D0735706

COLLECTION
FOLIO CLASSIQUE

Prosper Mérimée

La Vénus d'Ille
Colomba
Mateo Falcone

Édition présentée, établie et annotée
par Patrick Berthier
Professeur à l'Université de Nantes

Gallimard

PREFACE

Comment considérer d'un seul regard les trois nouvelles de Mérimée réunies dans ce volume ?

D'abord, en constatant que toutes les trois font partie de ce corpus, peu abondant tout compte fait, des œuvres jugées à peu près unanimement parfaites dès leur époque. Mateo Falcone ? « un véritable chef-d'œuvre de narration [...] une perle [...] un diamant », *dit le sévère Gustave Planche* [1]. La Vénus d'Ille ? *Stendhal en trouve les* « contours [...] secs », *trop secs pour son goût* [2], *mais* « c'est, suivant moi, mon chef-d'œuvre », *affirme Mérimée lui-même, vingt ans après l'avoir écrite* [3]. *Enfin, d'un autre juge sans indulgence, Sainte-Beuve :* « La Colomba *de Mérimée est un chef-d'œuvre qui a réuni ici tous les suffrages* [4]. » *Cette perfection indis-*

---

1. *Revue des Deux Mondes*, 1er septembre 1832.
2. Remarques portées en marge du manuscrit du roman inachevé *Le Rose et le Vert*, publiées par Louis Royer, *Le Divan*, février-mars 1932, p. 76.
3. Lettre à Mme de La Rochejaquelein, 18 février 1857 (*Correspondance générale*, éd. Maurice Parturier, t. VIII, p. 244).
4. Lettre à Mme Juste Olivier, 3 août 1840 (*Correspondance générale*, éd. Jean Bonnerot, t. III, p. 332).

cutée fait de longue date partie du statut de ces nouvelles, dont le succès est favorisé par la brièveté des
deux premières, la vivacité et le pittoresque de la troisième.

Ces textes magistralement clos sur leur achève-
ment se rencontrent par un autre point commun,
qui concerne cette fois la démarche littéraire elle-
même. Les trois œuvres, en effet, trouvent leur
point d'intensité dans la punition d'un coupable.
Un ou plusieurs personnages ont fauté : Fortunato,
le fils benjamin du berger Mateo Falcone, a bafoué
l'honneur corse et l'honneur paternel en dénonçant
aux forces de l'ordre un proscrit en fuite, qui lui
avait demandé asile. Alphonse de Peyrehorade, le
sot bellâtre du Roussillon, tout fier des succès fémi-
nins de sa médiocre jeunesse, a bafoué l'énigmatique statue de Vénus découverte par l'archéologue
son père, en lui passant par irréflexion au doigt la
bague qu'il s'apprêtait à offrir à sa fiancée. Giudice
Barricini enfin, le maire félon, a bafoué à la fois la
loi qu'il représente et l'honneur (corse ou non) en
chargeant ses deux fils — autres médiocres — d'assassiner sans traces son rival le colonel della
Rebbia. Tous les fautifs paient : Orlanduccio et
Vincentello, les fils de Barricini, en sont pour leur
embuscade ; ils meurent, et le désespoir viscéral de
leur père fait de lui un mort en sursis. Adolphe en
est pour sa vantardise ; il meurt au moment d'accomplir ses noces, étouffé, selon l'invraisemblable
vraisemblance, par la statue dont il s'est moqué.
Enfin le petit vaurien, le fils Falcone, n'a presque
pas le temps de se repentir de sa cupidité : son père
l'exécute sommairement, à l'abri précaire de

quelques patenôtres. Dans les trois œuvres, même violence farouche, et même loi du talion. Mérimée met en récit, de trois façons différentes, ce qui ne se pardonne pas, et qui relève dans les trois textes de la bassesse morale : soif d'argent, vanité, vindicte aveugle.

Mérimée voyageur et archéologue

Si nous ne relisons plus les trois œuvres ensemble, mais en les disposant par groupes de deux, nous observons entre elles d'autres intersections.

La plus visible, naturellement, relève du cadre géographique : trois nouvelles, deux récits corses. De Mateo Falcone *(1829) à* Colomba *(1840), les échos sont nombreux : description des mœurs, particularités du costume et du langage, traits de caractère. Mateo, père impitoyable, pourrait être l'oncle de l'impitoyable Colomba. Ces cœurs droits mais primaires ne connaissent pas l'attendrissement, dès lors que leurs convictions sont en jeu. Cependant, pour Mérimée, écrire* Colomba *comporte un enjeu plus important et présente un intérêt plus vif que s'il n'avait pas d'abord imaginé* Mateo *; en 1829, en effet, il avait jeté sur le papier, pour les lecteurs de la* Revue de Paris *avides de divertissements bien calibrés, une brève et fictive anecdote mise au point à partir de quelques lectures ; en 1840, toujours en s'appuyant sur des sources écrites, mais plus soigneusement explorées, et surtout en opérant la synthèse d'une série de*

visites effectives des décors que, naguère, il avait
recréés sur la foi de quelques gravures, il élabore
une histoire beaucoup plus ramifiée, et qu'il espère
plus vraie. Lire les deux œuvres dans le même
volume, en étant à même de mesurer l'intérêt des
corrections faites dans la réédition de Mateo après
le voyage en Corse, c'est donc accompagner le mouvement créateur de l'artiste. Fixées en 1850 dans leur
texte définitif, les deux nouvelles, la petite et la
grande, s'épaulent et se complètent pour former dans
l'esprit du lecteur une seule image de ce que Pierrette
Jeoffroy, dans le sous-titre de sa belle thèse, a si justement nommé « le mythe corse [1] ».

Un autre groupement de deux œuvres est possible si l'on songe, à présent, au rapport qu'elles
entretiennent avec le métier de Mérimée. Le jeune
auteur de 1829 était encore, peu ou prou, un oisif ;
il n'en va plus de même à partir de l'été 1834, date à
laquelle Adolphe Thiers, le ministre de l'Intérieur
(chargé des Arts et des Cultes), nomme Mérimée au
poste, récemment créé, d'Inspecteur des Monuments historiques. Il en est le deuxième titulaire, et
succède à son ami Ludovic Vitet, lui aussi écrivain.
Cette nomination aurait pu n'être qu'une faveur
sans contenu, ou son bénéficiaire un paresseux ; il
n'en fut rien. C'est un vrai et lourd travail, et Mérimée, passionné d'« antiquaillerie » comme il le dit
lui-même dans La Vénus d'Ille, prend tout à fait au
sérieux les tâches nombreuses qui lui incombent

---

1. Voir Pierrette Jeoffroy-Faggianelli, *L'Image de la Corse
dans la littérature romantique française. Le mythe corse*, Presses
universitaires de France, 1979.

— *à commencer par un inventaire de la richesse monumentale française, et par un diagnostic sur son délabrement. D'où, pendant vingt ans, ces incessantes et souvent longues tournées, instructives et accablantes à la fois ; d'où, aussi, cette curiosité toujours réveillée, et dont une part, à plusieurs reprises, est réinvestie dans l'invention d'une belle histoire. De même que, plus tard, l'aventure sévillane de Carmen trouve sa source dans le séjour de Mérimée près des ruines de Munda (la Séville romaine), de même l'imaginaire Vénus surgit, tout armée de malice, du sous-sol du vrai bourg roussillonnais d'Ille-sur-Têt, visité en novembre 1834 ; de même encore « Colomba, l'héroïne sauvage[1] », naît de l'amalgame de deux femmes réelles, la mère et la fille : rudesse de l'une, beauté de l'autre, détermination de toutes deux. Autour de Perpignan, Mérimée admire des sites alors peu visités, rencontre des érudits locaux qui se querellent, est livré à des hôtes aussi serviables que, parfois, encombrants par leur désir même de combler (y compris gastronomiquement) le « savant de Paris ». Il suffit que se mêlent à ceux-là d'autres souvenirs, antérieurs : une étrange Vénus vue au bord du Rhône, ou postérieurs : une autre Vénus, plus étrange, résolument énigmatique, près de Baud en Morbihan, pour qu'au bout de plus de deux ans se forme la trame d'une histoire impossible, mais toute nourrie de réel. Pareillement, de la baie d'Ajaccio aux contreforts des collines bastiaises, en passant par telles*

---

1. C'est encore Pierrette Jeoffroy qui intitule ainsi le chapitre qu'elle consacre à cette nouvelle (*op. cit.*, p. 350-381).

vallées reculées des forêts intérieures, l'inspecteur Mérimée a vu une Corse fort peu monumentale, mégalithes exceptés, mais où, presque dès son arrivée, les mœurs l'ont passionné : « [...] c'est la pure nature qui m'a plu surtout [...] la pure nature de l'HOMME[1] ». Les récits de vendetta qu'il écoute, les ballate qu'on lui chante, apparaissent dans ses Notes de voyage professionnelles dans la mesure où il peut les présenter comme des documents ; dans la fiction qu'il en tire, ces mêmes récits, ces mêmes chants prennent leur autonomie, deviennent ce qui permet à un poème corse, dédié à un lecteur, d'exister à côté d'un rapport sur la Corse, destiné à un ministre. Ce caractère commun de La Vénus d'Ille et de Colomba s'impose fortement à l'esprit si l'on examine attentivement l'élaboration du récit dans les deux œuvres. Sans doute la trace de l'inspecteur est-elle plus aisément repérable dans La Vénus d'Ille, à cause de l'importance du rôle du narrateur, et donc du récit à la première personne. Dans la nouvelle corse, l'inspecteur ne pouvait guère se laisser voir derrière un auteur de fiction qui dénonce avec un si féroce humour, à travers le personnage semi-ridicule du préfet, l'impuissance de la légalité continentale dans l'île. D'où l'artifice aimable, d'où la médiation souvent amusante que constitue l'invention de Lydia Nevil et de son père : Mérimée confie à ces témoins étrangers le soin de porter sur la Corse une partie des jugements qu'il ne saurait prendre à son compte. Mais l'esprit

---

1. En majuscules dans le texte. Lettre à Requien, 30 septembre 1839 (*Correspondance générale*, t. II, p. 288).

des deux œuvres est au fond analogue, et d'ailleurs, comme l'a fait remarquer avec bon sens Jacques Chabot, le vieux Nevil et le vieux Peyrehorade se ressemblent beaucoup[1].

L'originalité de l'écrivain

Ainsi liées toutes les trois, ou deux par deux selon le point de vue que l'on adopte, ces œuvres n'en gardent pas moins l'une par rapport à l'autre cette autonomie qui fait d'un texte qu'il n'est que lui-même, et grâce à laquelle le souvenir que nous en gardons ne peut être confondu avec un autre. Comment cette originalité de chacun de nos trois récits se manifeste-t-elle ?

C'est peut-être à propos de Mateo Falcone *qu'il est le plus difficile de le dire. La brièveté lapidaire du texte (Mérimée a rarement fait plus court) semble être à l'origine du choc qu'il peut susciter chez quiconque le lit pour la première fois. Pourtant Mérimée, les érudits l'ont montré depuis bien longtemps, n'invente rien ; il puise même à des sources médiocres, comme le pamphlet de G. Feydel*[2]*, et pour l'anecdote même il s'inspire d'au moins deux récits corses qu'il pouvait connaître. Mais il écrase ses modèles par un élagage systématique, par cette économie de moyens qu'on loue en lui, dès cette première publication dans le domaine de la nouvelle, comme sa principale qualité. C'est*

1. Voir Jacques Chabot, *L'Autre Moi*, Édisud, 1983, p. 166.
2. *Mœurs et coutumes des Corses*, Garnery, 1799.

lui aussi qui invente de faire converger les regards sur un petit garçon, bien plus « intéressant », et comme coupable, et comme victime. À chaque relecture, nous éprouvons ce sentiment à la fois heureux et résigné : tout est dit, et par un maître.

L'originalité de La Vénus d'Ille, *bien qu'elle relève de la même maîtrise féroce des émotions personnelles (comme en témoignent certaines atténuations du texte imprimé par rapport au manuscrit), est plus complexe, plus irritante aussi. Dans* Mateo Falcone, *la clarté narrative coïncide totalement avec la clarté interprétative ; dans* La Vénus d'Ille, *c'est le contraire : récit limpide, parfois caustique, parfois grave, toujours absolument net, dégraissé, efficace ; mais signification mystérieuse, introuvable, au point que toutes les lectures possibles, de l'affirmation d'une plaisanterie intégrale à celle d'un total ésotérisme, se sont entassées sur le texte, jusqu'à l'étouffer si c'était possible. Peut-on proposer une interprétation raisonnable ? Il semble que Mérimée ait voulu à la fois donner de son très court séjour en Roussillon une idée fidèle, c'est-à-dire ambivalente (voir notre notice) ; et puis il y aurait une autre intention, littéraire celle-là : celle de réussir un récit parfait, voire exaspérant à force de perfection. Mais pourquoi avoir voulu ainsi enfermer le texte dans les contradictions rationnelles d'une logique imperturbable de l'irrationnel ? Par désir de réussir un conte fantastique digne de ce nom, comme la vogue d'Hoffmann en avait répandu la mode en Europe depuis quelques années ? mais Mérimée en écrit plutôt l'inverse, ou du moins sa puissance d'ironie en désamorce souvent la magie.*

Par pur amusement moqueur d'érudit, alors ? mais le plaisir visible qu'il prend à ajuster le montage des interprétations savantes des inscriptions de la statue n'est pas seulement humoristique. Je crois — et ce n'est pas une dérobade interprétative — qu'il faut faire sa part à un vrai rêve d'artiste : fondre sa statue à lui, parfaite, puis la laisser là, en défi faussement modeste jeté à la postérité. Et la postérité, si elle est honnête, doit se résigner : lisse et sombre comme le bronze dont elle est faite, la Vénus qui n'a jamais été trouvée à Ille est, à jamais silencieuse, la Vénus d'Ille, la Vengeresse.

Dernière vengeresse, mais, elle, bien vivante, Colomba n'a pas non plus laissé indifférents ceux que fascinent les ressorts passionnels du minimalisme mériméen. Ici, pas de mystère, mais un réseau savamment répétitif de portraits, de situations, de comportements. Pour souligner l'étrangeté de la Corse, l'auteur la montre à travers le regard à la fois inquisitorial et réticent d'une Irlandaise surtout riche de préjugés, et qui n'échappe à la caricature que grâce à beaucoup de tendresse ; car il faut parler d'une tendresse de Mérimée, lorsqu'il se fait le narrateur et le complice impatient d'une lente histoire d'amour qui, contrairement à ce qui se passe à tout coup dans les histoires de vendetta, n'unit pas deux jeunes gens des deux camps opposés. Au contraire, Lydia s'éprend du personnage le plus intéressant, intellectuellement, de la nouvelle : cet Orso della Rebbia, ce frère aîné longtemps absent pour cause d'études à Pise et de guerres napoléoniennes, et qui revient en Corse quasiment converti à la loi de la métropole. Il faut

*ses hésitations, l'humaine faiblesse de son person-
nage tour à tour bouillant et raisonnable, pour que
n'apparaisse pas dans une lumière trop uniforme le
thème têtu de la* vendetta *exprimé à travers le
caractère monolithique de sa sœur.* Colomba, *en
effet, n'évolue pas ; la rage, parfois dissimulée sous
une apparence de résignation qui n'est que tactique
naïve, l'habite de la première à la dernière des
paroles qu'elle prononce. Mérimée a même modifié
le premier dénouement envisagé* [1] *; il avait prévu d'y
montrer Colomba mettant à exécution ses projets
d'agrandissement du patrimoine familial* [2] *et assurant le mariage de son frère par une sorte de chan-
tage exercé contre Lydia ; sa maîtresse Valentine
Delessert, dont le jugement lui paraissait sûr, ayant
désapprouvé le cynisme d'une telle conclusion,
Mérimée écrivit la scène sentimentale dans le
maquis ; mais, au moment de finir par un trop
aimable épilogue, dans lequel Colomba minaude
avec le vieux Nevil, il a jugé impossible d'oublier
quelle furie il avait constamment montré en elle, et
c'est alors que vient sous sa plume l'entrevue avec
le vieux Barricini hébété. Mérimée sait très bien, il
le dit à Conti, qu'il a dans ces deux pages impi-
toyables « outré [...] la passion de la vendetta »,
mais c'est, selon lui, conforme aux vraies mœurs
d'un pays où « on ne pardonne guère* [3] *». De là*

---

1. Nous le savons par une lettre qu'il envoie au journaliste
d'Ajaccio Étienne Conti le 12 novembre 1840 (après, donc, la
publication de sa nouvelle dans la *Revue des Deux Mondes*).
2. Projets déjà esquissés au début du chapitre IX ; voir ci-
après p. 169-170.
3. *Correspondance générale*, t. II, p. 463.

à faire de Colomba la réincarnation d'Électre,
comme, depuis Sainte-Beuve et par sa faute, toute
une tradition critique l'a constamment proposé, il y
avait sans doute une approximation inutile, et dont
on revient aujourd'hui : Mérimée n'a pas cherché à
composer une tragédie classique, fût-elle grecque,
mais une tragédie sauvage, exaltée, autant que possible authentiquement corse. Au lecteur d'aujour-
d'hui, surtout s'il pense à la Corse moderne, de dire
si l'auteur s'est trompé...

Le sérieux et l'humour : un auteur double

*On a longtemps limité le talent de Mérimée à la
maîtrise d'une certaine netteté du récit, dont sa
petite nouvelle de 1829* L'Enlèvement de la
redoute *représenterait la perfection. Qu'un tel texte
soit, en effet, achevé et admirable ne fait aucun
doute ; et, d'ailleurs, on en retrouve l'énergie toute
simple dans l'évocation de la bataille de Vitoria par
le colonel Nevil [1]. Mais il va de soi que ce n'est pas
là le tout de l'art de Mérimée.*

*L'hommage rendu à son talent s'est en effet
déplacé du côté de son activité archéologique ; nous
avons — hélas ! — une telle habitude aujourd'hui
d'entendre parler de « chefs-d'œuvre en péril » que
nous ne prenons pas garde, nous qui ne sommes
pas de la partie, à l'importance du rôle qu'a joué
Mérimée dans l'inventaire et dans la protection
d'innombrables richesses. Sans doute est-il dom-*

---

1. Au chapitre II de *Colomba*, ci-après p. 113-115.

mage que, pendant longtemps, nous n'ayons pas pu lire sur sa carrière et sur sa personnalité un ouvrage qui rende vraiment justice à la fois à *l'archéologue et à l'écrivain :* Élisabeth Morel, *une de ses plus récentes biographes, intitule significativement son livre* Prosper Mérimée ou L'amour des pierres[1], *mais n'y dit, par exemple, pas un mot de* Colomba *; et l'on trouve, finalement, bien plus d'indications précieuses dans la réédition, au moment du centenaire de la mort de l'écrivain, de l'ensemble de ses* Notes de voyage *par Pierre-Marie Auzas[2], parce que l'on y voit coexister de façon évidemment féconde le carnet de notes du voyageur, le croquis de l'homme de métier consciencieux, et l'esquisse d'une dramaturgie humaine tirée de ses rencontres.*

Un autre éclairage sur Mérimée est venu, depuis longtemps déjà mais de façon irrégulière, contribuer à l'établissement d'une image plus juste de son être d'écrivain : c'est la prise en compte des formes très diverses de son humour. La plus pauvre façon d'en parler, c'est évidemment de le limiter aux gauloiseries dont sa correspondance (avec Stendhal, notamment) est souvent le réceptacle. On a fait mieux, déjà, en cherchant à nuancer l'appréciation de ce que j'appellerais volontiers sa malice littéraire (sans donner au mot le sens négatif qu'il comporte dans La Vénus d'Ille[3]*). Pas dans* Mateo Falcone, *sans doute — quoique donner à l'adjudant Gamba, représentant de la loi française en Corse, le prénom*

---

1. Hachette, 1988.
2. Hachette, 1971. Cette édition a été reprise en petits volumes séparés chez Adam Biro en 1989.
3. Voir ci-après, p. 64 et n. 1.

*de Théodore, qui est à l'époque celui du bandit le
plus recherché et le plus fameux de toute l'île,
puisse passer pour une moquerie volontaire. Mais,
dans* La Vénus d'Ille *et dans* Colomba, *cette malice
est certaine, ne serait-ce que si l'on songe à l'ambiguïté du jugement porté par Mérimée sur l'accueil
qu'il a reçu en Roussillon et en Corse. Certes, dans*
Colomba, *les quelques mots sur « cette hospitalité
corse qu'on ne peut apprécier que lorsqu'on l'a
connue*[1] *» paraissent nettement élogieux ; c'est seulement si nous lisons par ailleurs la lettre de Mérimée à Charles Lenormant sur le même sujet
(« Quand on arrive éreinté dans une maison incon-
nue, il faut faire l'aimable jusqu'à dix heures au
lieu d'écrire ou de dormir*[2] *») que nous comprenons
à quel point le verbe « apprécier » peut être lu à
double sens : en fait, la critique ironique de Mérimée contre les excès pantagruéliques imposés en
Corse à l'hôte de passage est la même que celle qu'il
avait explicitement développée dans* La Vénus d'Ille
à propos du Roussillon[3] *— mais masquée (peut-
être par souci de ménager la susceptibilité corse).
Ce n'est là, certes, qu'un détail ; mais, d'une façon
plus générale, je ne crois pas que l'on puisse lire ces
trois œuvres en ne faisant appel qu'à l'esprit de
sérieux, et en négligeant l'esprit tout court. Mérimée
s'amuse, au moment même où il est sérieux : c'est
sa façon à lui d'émettre un jugement ambigu sur le*

---

1. Voir ci-après p. 171.
2. Lettre du 28 août 1839, *Correspondance générale*, t. II,
p. 283 ; ce passage est reproduit en entier dans notre ouvrage
sur *Colomba*, « Foliothèque », p. 163.
3. Voir ci-après p. 53 et suivantes.

sens de la vie. Il peut donc parfaitement à la fois faire de l'humour contre les querelles érudites des archéologues pyrénéens et émettre sur les origines phéniciennes de la Vénus d'Ille des hypothèses qui n'ont rien de fantaisiste [1].

Que cette dualité constante du propos soit vraie apparaît, me semble-t-il, à l'évidence, si nous réfléchissons à une autre forme encore de distance humoristique prise par Mérimée, la plus intéressante : celle qui exprime sa relation essentiellement mobile avec les genres littéraires. Là, c'est la justice peu à peu rendue à son théâtre, et plus particulièrement au Théâtre de Clara Gazul, *qui permet de saisir ce qui est en jeu. Mérimée croit et ne croit pas à l'immuabilité de l'expression littéraire : il écrit du théâtre romantique, mais dans lequel il se moque du romantisme ; ou, mieux, il en montre les facilités en même temps qu'il en exploite avec virtuosité, et avec goût, les recettes* [2]. *Il fait la même chose lorsque, ensuite, il se met à écrire des nouvelles. Il est passionnément dans ce qu'il raconte et, en même temps, il se regarde écrire ; ici encore,* Mateo Falcone *est, probablement, d'une facture trop univoque pour être vraiment significatif ; mais tous les chefs-d'œuvre qui suivent ! Le fantastique, dans* La Vénus d'Ille, *est magistral parce qu'il offre, en même temps que son développement, les moyens d'en faire une lecture critique qui ne le détruit pas, mais l'affine, et en aiguise la pointe ; même chose*

---

1. Voir *La Vénus d'Ille*, p. 65-70 et la notice, p. 323-324.
2. Je me permets de renvoyer pour plus de détails à mon édition du *Théâtre de Clara Gazul*, « Folio » n° 1626, 1985.

pour le tragique, dans Colomba *: la haine n'est pas feinte, et Barricini sait comme elle peut frapper ; mais elle est allégée (au sens où l'on parle d'émulsion en cuisine) par le discours implicite, parallèle, mi-documentaire, mi-goguenard, d'un auteur qui fournit ainsi constamment de quoi expliquer le texte tout en en goûtant, et pleinement, les beautés immédiates.*

Au fond, le fameux trucage de 1825, par lequel Mérimée avait fait matériellement apparaître son visage derrière celui de l'imaginaire Clara Gazul[1], reste actif durant le reste de sa carrière. Il y a toujours deux auteurs pour chaque œuvre ; seulement ce sont deux êtres vrais, cette fois : ce dédoublement, sans doute constitutif de la personnalité hypersensible de Mérimée, est aussi la source de l'exceptionnelle épaisseur critique des lectures que nous pouvons multiplier de ses œuvres sans perdre ni le plaisir pur que nous y prenons, ni l'admiration qui y grandit chaque fois pour la lucidité avec laquelle cet homme secret méditait sur son art.

Patrick Berthier.

---

1. Ce montage de papiers découpés n'a été introduit que dans quelques exemplaires du premier tirage. L'édition de la « Pléiade » en propose une reproduction face à la page 1134 du volume où se trouvent nos trois nouvelles.

Mateo Falcone

En sortant de Porto-Vecchio et se dirigeant au nord-ouest, vers l'intérieur de l'île[1], on voit le terrain s'élever assez rapidement, et après trois heures de marche par des sentiers tortueux, obstrués par de gros quartiers de rocs, et quelquefois coupés par des ravins, on se trouve sur le bord d'un *maquis* très étendu. Le maquis est la patrie des bergers corses et de quiconque s'est brouillé avec la justice. Il faut savoir que le laboureur corse, pour s'épargner la peine de fumer son champ, met le feu à une certaine étendue de bois : tant pis si la flamme se répand plus loin que besoin n'est ; arrive que pourra ; on est sûr d'avoir une bonne récolte en semant sur cette terre fertilisée par les cendres des arbres qu'elle portait. Les épis enlevés, car on laisse la paille, qui donnerait de la peine à recueillir, les racines qui sont restées

1. Le lecteur continental de 1829 ne connaît guère de la Corse qu'Ajaccio, à cause de Napoléon ; s'il consulte une carte, il voit que Mérimée situe sa nouvelle dans la partie sud-est de l'île, la moins accessible à l'époque ; c'est une garantie d'authenticité sauvage.

en terre sans se consumer poussent au printemps suivant des cépées[1] très épaisses qui, en peu d'années, parviennent à une hauteur de sept ou huit pieds. C'est cette manière de taillis fourré[2] que l'on nomme maquis. Différentes espèces d'arbres et d'arbrisseaux le composent, mêlés et confondus comme il plaît à Dieu. Ce n'est que la hache à la main que l'homme s'y ouvrirait un passage, et l'on voit des maquis si épais et si touffus que les mouflons eux-mêmes ne peuvent y pénétrer.

Si vous avez tué un homme, allez dans le maquis de Porto-Vecchio, et vous y vivrez en sûreté, avec un bon fusil, de la poudre et des balles ; n'oubliez pas un manteau brun garni d'un capuchon[3], qui sert de couverture et de matelas. Les bergers vous donnent du lait, du fromage et des châtaignes, et vous n'aurez rien à craindre de la justice ou des parents du mort, si ce n'est quand il vous faudra descendre à la ville pour y renouveler vos munitions.

Mateo Falcone, quand j'étais en Corse en 18...[4], avait sa maison à une demi-lieue de ce maquis. C'était un homme assez riche pour le pays ; vivant

---

1. *Cépée* : jeunes rejets qui ont poussé sur une souche. On remarquera la construction transitive (« les racines [...] poussent [...] des cépées », assez rare, mais que Mérimée affectionne (on la retrouve p. 209).
2. « Fourré » est ici un adjectif, et signifie : fourni, épais.
3. « Pilone » (note de Mérimée). — Jusqu'à l'édition de 1833 incluse, la note renvoyait au mot *ruppa*, qui désigne une sorte de redingote ; Mérimée corrigea son erreur dans l'édition de 1842, c'est-à-dire après avoir écrit *Colomba*, où il donne d'ailleurs de nouveau la définition du mot (voir p. 241, n. 1).
4. Indication fictive : en 1829, Mérimée n'est encore jamais allé en Corse.

noblement, c'est-à-dire sans rien faire, du produit de ses troupeaux, que des bergers, espèces de nomades, menaient paître çà et là sur les montagnes. Lorsque je le vis, deux années après l'événement que je vais raconter, il me parut âgé de cinquante ans tout au plus. Figurez-vous un homme petit, mais robuste, avec des cheveux crépus, noirs comme le jais, un nez aquilin, les lèvres minces, les yeux grands et vifs, et un teint couleur de revers de botte. Son habileté au tir du fusil passait pour extraordinaire, même dans son pays, où il y a tant de bons tireurs. Par exemple, Mateo n'aurait jamais tiré sur un mouflon avec des chevrotines ; mais, à cent vingt pas, il l'abattait d'une balle dans la tête ou dans l'épaule, à son choix[1]. La nuit, il se servait de ses armes aussi facilement que le jour, et l'on m'a cité de lui ce trait d'adresse qui paraîtra peut-être incroyable à qui n'a pas voyagé en Corse. À quatre-vingts pas, on plaçait une chandelle allumée derrière un transparent de papier, large comme une assiette. Il mettait en joue, puis on éteignait la chandelle, et, au bout d'une minute dans l'obscurité la plus complète, il tirait et perçait le transparent trois fois sur quatre.

Avec un mérite aussi transcendant Mateo Falcone s'était attiré une grande réputation. On le disait aussi bon ami que dangereux ennemi : d'ailleurs serviable et faisant l'aumône, il vivait en paix avec tout le monde dans le district de Porto-

---

1. On retrouve dans *Colomba* cette admiration pour le tir à balles, qui exige beaucoup plus de précision que si l'on utilise du petit plomb (cf. p. 167, p. 245 et n. 1, p. 259 et n. 2).

Vecchio. Mais on contait de lui qu'à Corte, où il avait pris femme, il s'était débarrassé fort vigoureusement d'un rival qui passait pour aussi redoutable en guerre qu'en amour : du moins on attribuait à Mateo certain coup de fusil qui surprit ce rival comme il était à se raser devant un petit miroir pendu à sa fenêtre. L'affaire assoupie, Mateo se maria. Sa femme Giuseppa lui avait donné d'abord trois filles (dont[1] il enrageait), et enfin un fils, qu'il nomma Fortunato : c'était l'espoir de sa famille, l'héritier du nom. Les filles étaient bien mariées : leur père pouvait compter au besoin sur les poignards et les escopettes[2] de ses gendres. Le fils n'avait que dix ans, mais il annonçait déjà d'heureuses dispositions.

Un certain jour d'automne, Mateo sortit de bonne heure avec sa femme pour aller visiter un de ses troupeaux dans une clairière du maquis. Le petit Fortunato voulait l'accompagner, mais la clairière était trop loin ; d'ailleurs, il fallait bien que quelqu'un restât pour garder la maison ; le père refusa donc : on verra s'il n'eut pas lieu de s'en repentir.

Il était absent depuis quelques heures et le petit Fortunato était tranquillement étendu au soleil, regardant les montagnes bleues, et pensant que, le dimanche prochain, il irait dîner à la ville, chez

---

1. [Ce] dont il enrageait : tour neutre de la langue du XVIIᵉ siècle.
2. *Escopette* : en corse, *schiopetto*, fusil grossier à canon évasé (voir *Colomba*, p. 123, n. 2).

son oncle le *caporal*[1], quand il fut soudainement interrompu dans ses méditations par l'explosion d'une arme à feu. Il se leva et se tourna du côté de la plaine d'où partait ce bruit. D'autres coups de fusil se succédèrent, tirés à intervalles inégaux, et toujours de plus en plus rapprochés ; enfin, dans le sentier qui menait de la plaine à la maison de Mateo parut un homme, coiffé d'un bonnet pointu[2] comme en portent les montagnards, barbu, couvert de haillons, et se traînant avec peine en s'appuyant sur son fusil. Il venait de recevoir un coup de feu dans la cuisse.

Cet homme était un bandit[3], qui étant parti de nuit pour aller chercher de la poudre à la ville, était tombé en route dans une embuscade de voltigeurs corses[4]. Après une vigoureuse défense, il était parvenu à faire sa retraite, vivement pour-

---

1. « Les caporaux furent autrefois les chefs que se donnèrent les communes corses quand elles s'insurgèrent contre les seigneurs féodaux. Aujourd'hui, on donne encore quelquefois ce nom à un homme qui, par ses propriétés, ses alliances et sa clientèle, exerce une influence et une sorte de magistrature effective sur une *pieve* ou un canton. Les Corses se divisent, par une ancienne habitude, en cinq castes : les *gentilshommes* (dont les uns sont *magnifiques*, les autres *signori*), les *caporali*, les *citoyens*, les *plébéiens* et les *étrangers* » (note de Mérimée). — *Pieve* signifie « paroisse ». Sur les caporaux, voir aussi *Colomba*, p. 105-112.

2. Pour ce bonnet pointu, voir *Colomba*, p. 188, n. 1 et p. 189, n. 1.

3. « Ce mot est ici synonyme de proscrit » (note de Mérimée, 1842). — Voir *Colomba*, p. 184 et n. 1.

4. « C'est un corps levé depuis peu d'années par le gouvernement, et qui sert concurremment avec la gendarmerie au maintien de la police » (note de Mérimée). — La création de ce corps date de novembre 1822.

suivi et tiraillant de rocher en rocher. Mais il avait
peu d'avance sur les soldats et sa blessure le mettait hors d'état de gagner le maquis avant d'être
rejoint.

5   Il s'approcha de Fortunato et lui dit :

« Tu es le fils de Mateo Falcone ?

— Oui.

— Moi, je suis Gianetto Sanpiero. Je suis poursuivi par les collets jaunes[1]. Cache-moi, car je ne
10 puis aller plus loin.

— Et que dira mon père si je te cache sans sa
permission ?

— Il dira que tu as bien fait.

— Qui sait ?

15 — Cache-moi vite ; ils viennent.

— Attends que mon père soit revenu.

— Que j'attende ? malédiction ! Ils seront ici
dans cinq minutes. Allons, cache-moi, ou je te tue. »

Fortunato lui répondit avec le plus grand sang-
20 froid :

« Ton fusil est déchargé, et il n'y a plus de cartouches dans ta carchera[2].

— J'ai mon stylet[3].

— Mais courras-tu aussi vite que moi ? »

25 Il fit un saut, et se mit hors d'atteinte.

« Tu n'es pas le fils de Mateo Falcone ! Me lais-
seras-tu donc arrêter devant ta maison ? »

---

1. « L'uniforme des voltigeurs était alors un habit brun avec
un collet jaune » (note de Mérimée). — En réalité le collet était
vert ; cette inexactitude se trouve dans toutes les éditions.

2. « Ceinture de cuir qui sert de giberne et de portefeuille »
(note de Mérimée, 1842 — voir *Colomba*, p. 188 et n. 2).

3. *Stylet* : poignard effilé, qui joue un grand rôle dans *Colomba*.

L'enfant parut touché.

« Que me donneras-tu si je te cache ? » dit-il en se rapprochant.

Le bandit fouilla dans une poche de cuir qui pendait à sa ceinture, et il en tira une pièce de cinq francs[1] qu'il avait réservée sans doute pour acheter de la poudre. Fortunato sourit à la vue de la pièce d'argent ; il s'en saisit, et dit à Gianetto : « Ne crains rien. »

Aussitôt il fit un grand trou dans un tas de foin placé auprès de la maison. Gianetto s'y blottit, et l'enfant le recouvrit de manière à lui laisser un peu d'air pour respirer, sans qu'il fût possible cependant de soupçonner que ce foin cachât un homme. Il s'avisa, de plus, d'une finesse de sauvage assez ingénieuse. Il alla prendre une chatte et ses petits, et les établit sur le tas de foin pour faire croire qu'il n'avait pas été remué depuis peu. Ensuite, remarquant des traces de sang sur le sentier près de la maison, il les couvrit de poussière avec soin, et cela fait, il se recoucha au soleil avec la plus grande tranquillité.

Quelques minutes après, six hommes en uniforme brun à collet jaune, et commandés par un adjudant, étaient devant la porte de Mateo. Cet adjudant était quelque peu parent de Falcone. (On sait qu'en Corse on suit les degrés de parenté beaucoup plus loin qu'ailleurs.) Il se nommait Tiodoro Gamba : c'était un homme actif, fort

---

1. À l'époque du récit, cinq francs représentent une grosse somme, surtout pour un enfant (plus de cent francs actuels).

redouté des bandits dont il avait déjà traqué plusieurs.

« Bonjour, petit cousin, dit-il à Fortunato en
l'abordant ; comme te voilà grandi ! As-tu vu pas-
5   ser un homme tout à l'heure ?

— Oh ! je ne suis pas encore si grand que vous,
mon cousin, répondit l'enfant d'un air niais.

— Cela viendra. Mais n'as-tu pas vu passer un
homme, dis-moi ?

10   — Si j'ai vu passer un homme ?

— Oui, un homme avec un bonnet pointu en
velours noir[1], et une veste brodée de rouge et de
jaune ?

— Un homme avec un bonnet pointu, et une
15   veste brodée de rouge et de jaune ?

— Oui, réponds vite, et ne répète pas mes questions.

— Ce matin, M. le curé est passé devant notre
porte, sur son cheval Piero. Il m'a demandé
20   comment papa se portait, et je lui ai répondu...

— Ah ! petit drôle, tu fais le malin ! Dis-moi
vite par où est passé Gianetto, car c'est lui que
nous cherchons ; et, j'en suis certain, il a pris par
ce sentier.

25   — Qui sait ?

— Qui sait ? C'est moi qui sais que tu l'as vu.

— Est-ce qu'on voit les passants quand on
dort ?

— Tu ne dormais pas, vaurien ; les coups de
30   fusil t'ont réveillé.

---

1. Jusqu'à l'édition de 1833, on lisait : « bonnet pointu en
peau de chèvre ». Après être allé en Corse, Mérimée a corrigé ce
détail inexact (cf. p. 37, n. 1).

— Vous croyez donc, mon cousin, que vos fusils font tant de bruit ? L'escopette de mon père en fait bien davantage.

— Que le diable te confonde, maudit garnement ! Je suis bien sûr que tu as vu le Gianetto. Peut-être même l'as-tu caché. Allons, camarades, entrez dans cette maison, et voyez si notre homme n'y est pas. Il n'allait plus que d'une patte, et il a trop de bon sens, le coquin, pour avoir cherché à gagner le maquis en clopinant. D'ailleurs, les traces de sang s'arrêtent ici.

— Et que dira papa ? demanda Fortunato en ricanant ; que dira-t-il s'il sait qu'on est entré dans sa maison pendant qu'il était sorti ?

— Vaurien ! dit l'adjudant Gamba en le prenant par l'oreille, sais-tu qu'il ne tient qu'à moi de te faire changer de note ? Peut-être qu'en te donnant une vingtaine de coups de plat de sabre tu parleras enfin. »

Et Fortunato ricanait toujours.

« Mon père est Mateo Falcone ! dit-il avec emphase.

— Sais-tu bien, petit drôle, que je puis t'emmener à Corte ou à Bastia. Je te ferai coucher dans un cachot, sur la paille, les fers aux pieds, et je te ferai guillotiner si tu ne dis où est Gianetto Sanpiero. »

L'enfant éclata de rire à cette ridicule menace. Il répéta : « Mon père est Mateo Falcone !

— Adjudant, dit tout bas un des voltigeurs, ne nous brouillons pas avec Mateo. »

Gamba paraissait évidemment embarrassé. Il causait à voix basse avec ses soldats, qui avaient

déjà visité toute la maison. Ce n'était pas une opé-
ration fort longue, car la cabane d'un Corse ne
consiste qu'en une seule pièce carrée. L'ameuble-
ment se compose d'une table, de bancs, de coffres
5   et d'ustensiles de chasse ou de ménage. Cependant le petit Fortunato caressait sa chatte, et semblait jouir malignement de la confusion des voltigeurs et de son cousin.

  Un soldat s'approcha du tas de foin. Il vit la
10   chatte, et donna un coup de baïonnette[1] dans le
foin avec négligence, et haussant les épaules
comme s'il sentait que sa précaution était ridicule. Rien ne remua ; et le visage de l'enfant ne
trahit pas la plus légère émotion.

15   L'adjudant et sa troupe se donnaient au diable ;
déjà ils regardaient sérieusement du côté de la
plaine, comme disposés à s'en retourner par où ils
étaient venus, quand leur chef, convaincu que les
menaces ne produiraient aucune impression sur
20   le fils de Falcone, voulut faire un dernier effort et
tenter le pouvoir des caresses et des présents.

  « Petit cousin, dit-il, tu me parais un gaillard
bien éveillé ! Tu iras loin. Mais tu joues un vilain
jeu avec moi ; et, si je ne craignais de faire de la
25   peine à mon cousin Mateo, le diable m'emporte !
je t'emmènerais avec moi.

  — Bah !

  — Mais, quand mon cousin sera revenu, je lui

---

  1. En réalité les voltigeurs étaient équipés non de fusils à
baïonnette mais de carabines : ce détail, qui montre le caractère approximatif des connaissances de Mérimée avant son
séjour en Corse, fait partie de ceux qu'il n'a pas corrigés dans
les rééditions postérieures à son voyage.

conterai l'affaire, et, pour ta peine d'avoir menti,
il te donnera le fouet jusqu'au sang.

— Savoir[1] ?

— Tu verras... Mais tiens... sois brave garçon,
et je te donnerai quelque chose.

— Moi, mon cousin, je vous donnerai un avis :
c'est que, si vous tardez davantage, le Gianetto
sera dans le maquis, et alors il faudra plus d'un
luron[2] comme vous pour aller l'y chercher. »

L'adjudant tira de sa poche une montre d'argent qui valait bien dix écus[3] ; et, remarquant que
les yeux du petit Fortunato étincelaient en la
regardant, il lui dit en tenant la montre suspendue au bout de sa chaîne d'acier :

« Fripon ! tu voudrais bien avoir une montre
comme celle-ci suspendue à ton col, et tu te pro-
mènerais dans les rues de Porto-Vecchio, fier
comme un paon ; et les gens te demanderaient :
"Quelle heure est-il ?" et tu leur dirais : "Regardez
à ma montre."

— Quand je serai grand, mon oncle le caporal
me donnera une montre.

— Oui ; mais le fils de ton oncle en a déjà une...
pas aussi belle que celle-ci, à la vérité... Cependant il est plus jeune que toi. »

L'enfant soupira.

1. *Va savoir*, ou *qu'en sais-tu ?*
2. *Luron* : au vieux sens d'homme décidé, habile (sans
nuance comique).
3. *Dix écus* : trente francs d'alors, près de sept cents francs
actuels. Jusqu'à l'édition de 1833 la montre ne valait que « six
écus ».

« Eh bien, la veux-tu cette montre, petit cousin ? »

Fortunato, lorgnant la montre du coin de l'œil, ressemblait à un chat à qui l'on présente un poulet tout entier. Et comme il sent qu'on se moque de lui, il n'ose y porter la griffe, et de temps en temps il détourne les yeux pour ne pas s'exposer à succomber à la tentation ; mais il se lèche les babines à tout moment, il a l'air de dire à son maître : « Que votre plaisanterie est cruelle ! »

Cependant l'adjudant Gamba semblait de bonne foi en présentant sa montre. Fortunato n'avança pas la main ; mais il lui dit avec un sourire amer : « Pourquoi vous moquez-vous de moi[1] ?

— Par Dieu ! je ne me moque pas. Dis-moi seulement où est Gianetto, et cette montre est à toi. »

Fortunato laissa échapper un sourire d'incrédulité ; et, fixant ses yeux noirs sur ceux de l'adjudant, il s'efforçait d'y lire la foi qu'il devait avoir en ses paroles.

« Que je perde mon épaulette, s'écria l'adjudant, si je ne te donne pas la montre à cette condition ! Les camarades sont témoins ; et je ne puis m'en dédire. »

En parlant ainsi, il approchait toujours la montre, tant qu'elle touchait presque la joue pâle de l'enfant. Celui-ci montrait bien sur sa figure le combat que se livraient en son âme la convoitise et le respect dû à l'hospitalité. Sa poitrine nue se soulevait avec force, et il semblait près d'étouffer.

---

1. « *Perchè me c... ?* » (note de Mérimée, qui ne retranscrit pas le verbe corse, équivalent du français « couillonner »).

Cependant la montre oscillait, tournait, et quelquefois lui heurtait le bout du nez. Enfin, peu à peu, sa main droite s'éleva vers la montre : le bout de ses doigts la toucha ; et elle pesait tout entière dans sa main sans que l'adjudant lâchât pourtant le bout de la chaîne... Le cadran était azuré... la boîte nouvellement fourbie... au soleil, elle paraissait toute de feu... La tentation était trop forte.

Fortunato éleva aussi sa main gauche, et indiqua du pouce, par-dessus son épaule, le tas de foin auquel il était adossé. L'adjudant le comprit aussitôt. Il abandonna l'extrémité de la chaîne ; Fortunato se sentit seul possesseur de la montre. Il se leva avec l'agilité d'un daim, et s'éloigna de dix pas du tas de foin, que les voltigeurs se mirent aussitôt à culbuter.

On ne tarda pas à voir le foin s'agiter ; et un homme sanglant, le poignard à la main, en sortit ; mais, comme il essayait de se lever en pieds, sa blessure refroidie ne lui permit plus de se tenir debout. Il tomba. L'adjudant se jeta sur lui et lui arracha son stylet. Aussitôt on le garrotta fortement malgré sa résistance.

Gianetto, couché par terre et lié comme un fagot, tourna la tête vers Fortunato qui s'était rapproché. « Fils de... ! » lui dit-il avec plus de mépris que de colère. L'enfant lui jeta la pièce d'argent qu'il en[1] avait reçue, sentant qu'il avait cessé de la mériter ; mais le proscrit n'eut pas l'air de faire

---

1. Emploi, aujourd'hui incorrect, mais fréquent dans la langue classique, du pronom « en » pour renvoyer à une personne. On retrouve cet emploi dans *Colomba*, p. 293.

attention à ce mouvement. Il dit avec beaucoup
de sang-froid à l'adjudant : « Mon cher Gamba, je
ne puis marcher ; vous allez être obligé de me
porter à la ville.

5   — Tu courais tout à l'heure plus vite qu'un che-
vreuil, repartit le cruel vainqueur ; mais sois tranquille : je suis si content de te tenir, que je te por-
terais une lieue sur mon dos sans être fatigué. Au
reste, mon camarade, nous allons te faire une
10   litière avec des branches et ta capote ; et à la
ferme de Crespoli nous trouverons des chevaux.

          — Bien, dit le prisonnier ; vous mettrez aussi
un peu de paille sur votre litière, pour que je sois
plus commodément. »

15   Pendant que les voltigeurs s'occupaient, les uns
à faire une espèce de brancard avec des branches
de châtaignier, les autres à panser la blessure de
Gianetto, Mateo Falcone et sa femme parurent
tout d'un coup au détour d'un sentier qui condui-
20   sait au maquis. La femme s'avançait courbée
péniblement sous le poids d'un énorme sac de
châtaignes, tandis que son mari se prélassait, ne
portant qu'un fusil à la main et un autre en bandoulière ; car il est indigne d'un homme de porter
25   d'autre fardeau que ses armes.

          À la vue des soldats, la première pensée de
Mateo fut qu'ils venaient pour l'arrêter. Mais
pourquoi cette idée ? Mateo avait-il donc
quelques démêlés avec la justice ? Non. Il jouis-
30   sait d'une bonne réputation. C'était, comme on
dit, *un particulier bien famé* [1] ; mais il était Corse

---

1. *Bien famé* : de bonne réputation (voir de même *La Vénus
d'Ille*, p. 94, et, à l'inverse, « un homme aussi mal famé »,
Colomba, p. 228).

et montagnard, et il y a peu[1] de Corses montagnards qui, en scrutant bien leur mémoire, n'y
trouvent quelque peccadille, telle que coups de
fusil, coups de stylet et autres bagatelles. Mateo,
plus qu'un autre, avait la conscience nette ; car   5
depuis plus de dix ans il n'avait dirigé son fusil
contre un homme ; mais toutefois il était prudent,
et il se mit en posture de faire une belle défense,
s'il en était besoin.

  « Femme, dit-il à Giuseppa, mets bas ton sac et   10
tiens-toi prête. » Elle obéit sur-le-champ. Il lui
donna le fusil qu'il avait en bandoulière et qui
aurait pu le gêner. Il arma celui qu'il avait à la
main, et il s'avança lentement vers sa maison, longeant les arbres qui bordaient le chemin, et prêt,   15
à la moindre démonstration hostile, à se jeter derrière le plus gros tronc, d'où il aurait pu faire feu
à couvert. Sa femme marchait sur ses talons,
tenant son fusil de rechange et sa giberne. L'emploi d'une bonne ménagère, en cas de combat, est   20
de charger les armes de son mari.

  D'un autre côté, l'adjudant était fort en peine en
voyant Mateo s'avancer ainsi, à pas comptés, le
fusil en avant et le doigt sur la détente. « Si par
hasard, pensa-t-il, Mateo se trouvait parent de   25
Gianetto, ou s'il était son ami, et qu'il voulût le
défendre, les bourres[2] de ses deux fusils arrive-

---

  1. Jusqu'à l'édition de 1833 on lisait : « il n'y a point » ; après
être allé en Corse, Mérimée a atténué la formule par souci de
courtoisie.
  2. La *bourre* est ce qui sert à maintenir en place la balle dans
le canon du fusil ; le mot désigne ici par extension la balle elle-
même.

raient à deux d'entre nous, aussi sûr qu'une lettre
à la poste, et s'il me visait, nonobstant la parenté !... »

Dans cette perplexité, il prit un parti fort coura-
5   geux, ce fut de s'avancer seul vers Mateo pour lui
conter l'affaire, en l'abordant comme une vieille
connaissance ; mais le court intervalle qui le séparait de Mateo lui parut terriblement long.

« Holà ! eh ! mon vieux camarade, criait-il,
10   comment cela va-t-il, mon brave ? C'est moi, je
suis Gamba, ton cousin. »

Mateo, sans répondre un mot, s'était arrêté, et à
mesure que l'autre parlait il relevait doucement le
canon de son fusil, de sorte qu'il était dirigé vers
15   le ciel au moment où l'adjudant le joignit.

« Bonjour, frère[1], dit l'adjudant en lui tendant
la main. Il y a bien longtemps que je ne t'ai vu.

— Bonjour, frère !

— J'étais venu pour te dire bonjour en passant,
20   et à ma cousine Pepa. Nous avons fait une longue
traite aujourd'hui ; mais il ne faut pas plaindre
notre fatigue, car nous avons fait une fameuse
prise. Nous venons d'empoigner Gianetto Sanpiero.

25   — Dieu soit loué ! s'écria Giuseppa. Il nous a
volé une chèvre laitière la semaine passée. »

Ces mots réjouirent Gamba.

« Pauvre diable ! dit Mateo, il avait faim.

— Le drôle s'est défendu comme un lion, pour-
30   suivit l'adjudant un peu mortifié ; il m'a tué un de

---

1. « *Buon giorno, fratello*, salut ordinaire des Corses » (note
de Mérimée).

mes voltigeurs, et, non content de cela, il a cassé
le bras au caporal Chardon ; mais il n'y a pas
grand mal, ce n'était qu'un Français [1]... Ensuite, il
s'était si bien caché que le diable ne l'aurait pu
découvrir. Sans mon petit cousin Fortunato, je ne
l'aurais jamais pu trouver.

— Fortunato ! s'écria Mateo.

— Fortunato ! répéta Giuseppa.

— Oui, le Gianetto s'était caché sous ce tas de
foin là-bas ; mais mon petit cousin m'a montré la
malice. Aussi je le dirai à son oncle le caporal,
afin qu'il lui envoie un beau cadeau pour sa peine.
Et son nom et le tien seront dans le rapport que
j'enverrai à M. l'avocat général.

— Malédiction ! » dit tout bas Mateo.

Ils avaient rejoint le détachement. Gianetto
était déjà couché sur la litière et prêt à partir.
Quand il vit Mateo en la compagnie de Gamba, il
sourit d'un sourire étrange ; puis, se tournant vers
la porte de la maison, il cracha sur le seuil en
disant : « Maison d'un traître ! »

Il n'y avait qu'un homme décidé à mourir qui
eût osé prononcer le mot de traître en l'appli-
quant à Falcone. Un bon coup de stylet, qui n'aurait pas eu besoin d'être répété, aurait immédiatement payé l'insulte. Cependant Mateo ne fit pas
d'autre geste que celui de porter sa main à son
front comme un homme accablé.

Fortunato était entré dans la maison en voyant

---

1. Gamba aussi est français, mais cette façon de parler en dit
long sur son mépris des continentaux ; on trouve des formules
analogues dans *Colomba* (voir p. 237 et p. 291).

arriver son père. Il reparut bientôt avec une jatte
de lait, qu'il présenta les yeux baissés à Gianetto.
« Loin de moi ! » lui cria le proscrit d'une voix
foudroyante. Puis, se tournant vers un des voltigeurs : « Camarade, donne-moi à boire », dit-il. Le
soldat remit sa gourde entre ses mains, et le bandit but l'eau que lui donnait un homme avec
lequel il venait d'échanger des coups de fusil.
Ensuite il demanda qu'on lui attachât les mains
de manière qu'il les eût croisées sur sa poitrine,
au lieu de les avoir liées derrière le dos. « J'aime,
disait-il, à être couché à mon aise. » On s'empressa de le satisfaire ; puis l'adjudant donna le
signal du départ, dit adieu à Mateo, qui ne lui
répondit pas, et descendit au pas accéléré vers la
plaine.

Il se passa près de dix minutes avant que Mateo
ouvrît la bouche. L'enfant regardait d'un œil
inquiet tantôt sa mère et tantôt son père, qui,
s'appuyant sur son fusil, le considérait avec une
expression de colère concentrée.

« Tu commences bien ! dit enfin Mateo d'une
voix calme, mais effrayante pour qui connaissait
l'homme.

— Mon père ! » s'écria l'enfant en s'avançant
les larmes aux yeux comme pour se jeter à ses
genoux. Mais Mateo lui cria : « Arrière de moi ! »
Et l'enfant s'arrêta et sanglota, immobile, à
quelques pas de son père.

Giuseppa s'approcha. Elle venait d'apercevoir
la chaîne de la montre, dont un bout sortait de la
chemise de Fortunato.

« Qui t'a donné cette montre ? demanda-t-elle d'un air sévère.

— Mon cousin l'adjudant. »

Falcone saisit la montre, et, la jetant avec force contre une pierre, il la mit en mille pièces.   5

« Femme, dit-il, cet enfant est-il de moi ? »

Les joues brunes de Giuseppa devinrent d'un rouge de brique.

« Que dis-tu, Mateo ? et sais-tu bien à qui tu parles ?   10

— Eh bien, cet enfant est le premier de sa race qui ait fait une trahison. »

Les sanglots et les hoquets de Fortunato redoublèrent, et Falcone tenait ses yeux de lynx toujours attachés sur lui. Enfin il frappa la terre de la   15 crosse de son fusil, puis le jeta sur son épaule et reprit le chemin du maquis en criant à Fortunato de le suivre. L'enfant obéit.

Giuseppa courut après Mateo et lui saisit le bras. « C'est ton fils, lui dit-elle d'une voix trem-   20 blante en attachant ses yeux noirs sur ceux de son mari, comme pour lire ce qui se passait dans son âme.

— Laisse-moi, répondit Mateo : je suis son père. »   25

Giuseppa embrassa son fils et entra en pleurant dans sa cabane. Elle se jeta à genoux devant une image de la Vierge et pria avec ferveur. Cependant Falcone marcha quelque deux cents pas dans le sentier et ne s'arrêta que dans un petit   30 ravin où il descendit. Il sonda la terre avec la crosse de son fusil et la trouva molle et facile à creuser. L'endroit lui parut convenable pour son dessein.

« Fortunato, va auprès de cette grosse pierre. »

L'enfant fit ce qu'il lui commandait, puis il
5   s'agenouilla.

« Dis tes prières.

— Mon père, mon père, ne me tuez pas !

— Dis tes prières ! » répéta Mateo d'une voix
terrible.

10   L'enfant, tout en balbutiant et en sanglotant,
récita le *Pater* et le *Credo*. Le père, d'une voix
forte, répondait *Amen !* à la fin de chaque prière.

« Sont-ce là toutes les prières que tu sais ?

— Mon père, je sais encore l'*Ave Maria* et la
15   litanie[1] que ma tante m'a apprise.

— Elle est bien longue, n'importe. »

L'enfant acheva la litanie d'une voix éteinte.

« As-tu fini ?

— Oh ! mon père, grâce ! pardonnez-moi ! Je
20   ne le ferai plus ! Je prierai tant mon cousin[2] le
caporal qu'on fera grâce au Gianetto ! »

Il parlait encore ; Mateo avait armé son fusil et
le couchait en joue en lui disant : « Que Dieu te
pardonne ! » L'enfant fit un effort désespéré pour
25   se relever et embrasser les genoux de son père ;
mais il n'en eut pas le temps. Mateo fit feu, et Fortunato tomba roide mort.

Sans jeter un coup d'œil sur le cadavre, Mateo

---

1. *Litanie* : prière répétitive adressée à la Vierge ou aux
saints.
2. Inadvertance ? Auparavant (p. 27 et p. 39) le caporal était
l'oncle et non le cousin de l'enfant.

reprit le chemin de sa maison pour aller chercher
une bêche afin d'enterrer son fils. Il avait fait à
peine quelques pas qu'il rencontra Giuseppa, qui
accourait alarmée du coup de feu.

« Qu'as-tu fait ? s'écria-t-elle.

— Justice.

— Où est-il ?

— Dans le ravin. Je vais l'enterrer. Il est mort
en chrétien ; je lui ferai chanter une messe. Qu'on
dise à mon gendre Tiodoro Bianchi de venir de-
meurer avec nous. »

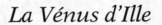

La Vénus d'Ille

"Ίλεως ἦν δ'ἐγώ, ἔστω ὁ ἀνδριὰς
καὶ ἤπιος, οὕτως ἀνδρεῖος ὤν.

ΛΟΥΚΙΑΝΟΥ ΦΙΛΟΨΕΥΔΗΣ [1].

Je descendais le dernier coteau du Canigou, et,
bien que le soleil fût déjà couché, je distinguais
dans la plaine les maisons de la petite ville d'Ille,
vers laquelle je me dirigeais [2].

« Vous savez, dis-je au Catalan qui me servait   5
de guide depuis la veille, vous savez sans doute où
demeure M. de Peyrehorade ?

— Si je le sais ! s'écria-t-il, je connais sa maison
comme la mienne ; et s'il ne faisait pas si noir, je
vous la montrerais. C'est la plus belle d'Ille. Il a de   10

1. Épigraphe empruntée au § XIX du *Philopseudès* (*L'Amateur
de mensonges*) de Lucien de Samosate, écrivain grec du
IIᵉ siècle apr. J.-C., et qui signifie : « Que la statue, disais-je, soit
favorable et bienveillante, puisqu'elle ressemble tant à un homme » (traduction de Maurice Parturier).
2. Le bourg d'Ille-sur-Têt se trouve à 25 km à l'ouest de Perpignan ; le mont Canigou, une vingtaine de kilomètres au sud-
est d'Ille, est le point culminant des Pyrénées orientales
(2 784 m).

l'argent, oui, M. de Peyrehorade ; et il marie son fils à plus riche que lui encore.

— Et ce mariage se fera-t-il bientôt ? lui demandai-je.

— Bientôt ! il se peut déjà que les violons soient commandés pour la noce. Ce soir, peut-être, demain, après-demain, que sais-je ! C'est à Puygarrig que ça se fera ; car c'est Mlle de Puygarrig que monsieur le fils épouse. Ce sera beau, oui ! »

J'étais recommandé à M. de Peyrehorade par mon ami M. de P[1]. C'était, m'avait-il dit, un antiquaire[2] fort instruit et d'une complaisance à toute épreuve. Il se ferait un plaisir de me montrer toutes les ruines à dix lieues à la ronde. Or, je comptais sur lui pour visiter les environs d'Ille, que je savais riches en monuments antiques et du Moyen Âge. Ce mariage, dont on me parlait alors pour la première fois, dérangeait tous mes plans.

« Je vais être un trouble-fête », me dis-je. Mais j'étais attendu : annoncé par M. de P., il fallait bien me présenter.

« Gageons, monsieur, me dit mon guide, comme nous étions déjà dans la plaine, gageons un cigare que je devine ce que vous allez faire chez M. de Peyrehorade ?

— Mais, répondis-je en lui tendant un cigare,

1. « M. J. de P. », disait plus précisément le manuscrit. Ces initiales désignent le baron Jaubert de Passa (voir la notice, p. 321).

2. *Antiquaire* : mot couramment employé au XIXe siècle au sens d'archéologue. On le retrouvera plusieurs fois au cours du récit (notamment p. 86), et aussi dans *Colomba*, p. 177.

cela n'est pas bien difficile à deviner. À l'heure qu'il est, quand on a fait six lieues dans le Canigou, la grande affaire, c'est de souper.

— Oui, mais demain ?... Tenez, je parierais que vous venez à Ille pour voir l'idole ? J'ai deviné cela à vous voir tirer en portrait les saints de Serrabona[1].

— L'idole ! quelle idole ? » Ce mot avait excité ma curiosité.

« Comment ! on ne vous a pas conté, à Perpignan, comment M. de Peyrehorade avait trouvé une idole en terre ?

— Vous voulez dire une statue en terre cuite, en argile ?

— Non pas. Oui, bien en cuivre, et il y en a de quoi faire des gros sous. Elle vous pèse autant qu'une cloche d'église. C'est bien avant dans la terre, au pied d'un olivier, que nous l'avons eue.

— Vous étiez donc présent à la découverte ?

— Oui, monsieur. M. de Peyrehorade nous dit, il y a quinze jours, à Jean Coll et à moi, de déraciner un vieil olivier qui était gelé de l'année dernière, car elle a été bien mauvaise, comme vous savez. Voilà donc qu'en travaillant, Jean Coll, qui y allait de tout cœur, il[2] donne un coup de pioche,

---

1. L'ancien prieuré de Serrabone se trouve à mi-montagne, entre Ille et le mont Canigou. Mérimée évoque ce site « triste et sauvage » dans ses *Notes d'un voyage dans le midi de la France* (voir *Notes de voyage*, éd. Auzas, p. 221), et dans une lettre nostalgique à Jaubert de Passa (6 mars 1836 ; *Correspondance générale*, t. II, p. 17).

2. Reprise incorrecte, mais courante en style oral, du sujet déjà exprimé : ce procédé permet à Mérimée de rendre plus vraisemblable le parler de son guide. On relève des incorrections analogues dans cette tirade (voir notamment l'usage de « que ») et dans l'ensemble du discours du paysan.

et j'entends bimm... comme s'il avait tapé sur une
cloche. "Qu'est-ce que c'est ?" que je dis. Nous
piochons toujours, nous piochons, et voilà qu'il
paraît une main noire, qui semblait la main d'un
5 mort qui sortait de terre. Moi, la peur me prend.
Je m'en vais à monsieur, et je lui dis : "Des morts,
notre maître, qui sont sous l'olivier ! Faut appeler
le curé. — Quels morts ?" qu'il me dit. Il vient, et il
n'a pas plus tôt vu la main qu'il s'écrie : "Un anti-
10 que ! un antique [1] !" Vous auriez cru qu'il avait
trouvé un trésor. Et le voilà avec la pioche, avec
les mains, qu'il se démène et qui faisait quasiment
autant d'ouvrage que nous deux.

— Et enfin que trouvâtes-vous ?

15 — Une grande femme noire plus qu'à moitié
nue, révérence parler [2], monsieur, toute en cuivre,
et M. de Peyrehorade nous a dit que c'était une
idole du temps des païens... du temps de Charlemagne [3], quoi !

20 — Je vois ce que c'est... Quelque bonne Vierge
en bronze d'un couvent détruit.

— Une bonne Vierge ! ah bien oui !... Je l'aurais
bien reconnue, si ç'avait été une bonne Vierge.

---

1. *Un antique* : l'Académie française recommandait de dire
plutôt *une* antique. Le mot, en ce sens (œuvre d'art datant de
l'Antiquité), n'est plus guère employé.
2. *Révérence parler* : formule toute faite que l'on emploie
pour s'excuser d'avoir à dire quelque chose d'inconvenant
(cf. « sauf votre respect »).
3. Erreur évidemment grossière, supposée typique de l'ignorance paysanne : le temps de Charlemagne (mort en 814) est
bien éloigné du « temps des païens » ! mais cette confusion
entraîne le narrateur lui-même à croire qu'il s'agit d'une statue
médiévale chrétienne, et ce malentendu n'est pas indifférent
vu l'importance que prend dans le texte le thème du diable.

C'est une idole, vous dis-je : on le voit bien à son air. Elle vous fixe avec ses grands yeux blancs... On dirait qu'elle vous dévisage. On baisse les yeux, oui, en la regardant.

— Des yeux blancs ? Sans doute ils sont incrustés dans le bronze. Ce sera peut-être quelque statue romaine.

— Romaine ! c'est cela. M. de Peyrehorade dit que c'est une Romaine. Ah ! je vois bien que vous êtes un savant comme lui.

— Est-elle entière, bien conservée ?

— Oh ! monsieur, il ne lui manque rien. C'est encore plus beau et mieux fini que le buste de Louis-Philippe[1], qui est à la mairie, en plâtre peint. Mais avec tout cela, la figure de cette idole ne me revient pas. Elle a l'air méchante... et elle l'est aussi.

— Méchante ! Quelle méchanceté vous a-t-elle faite ?

— Pas à moi précisément ; mais vous allez voir. Nous nous étions mis à quatre pour la dresser debout, et M. de Peyrehorade, qui lui aussi tirait à la corde, bien qu'il n'ait guère plus de force qu'un poulet, le digne homme ! Avec bien de la peine nous la mettons droite. J'amassai un tuileau[2] pour la caler, quand, patatras ! la voilà qui tombe à la renverse tout d'une masse. Je dis : "Gare des-

1. Louis-Philippe est le roi des Français depuis août 1830 (nous sommes en 1834).
2. *Tuileau* : morceau de tuile traînant à terre ; au lieu de « j'amassai » (tournure classique), nous dirions aujourd'hui « je ramassai ».

sous !" Pas assez vite pourtant, car Jean Coll n'a
pas eu le temps de tirer sa jambe...

— Et il a été blessé ?

— Cassée net comme un échalas, sa pauvre
jambe ! Pécaïre[1] ! quand j'ai vu cela, moi, j'étais
furieux. Je voulais défoncer l'idole à coups de
pioche, mais M. de Peyrehorade m'a retenu. Il a
donné de l'argent à Jean Coll, qui tout de même
est encore au lit depuis quinze jours que cela lui
est arrivé, et le médecin dit qu'il ne marchera
jamais de cette jambe-là comme de l'autre. C'est
dommage, lui qui était notre meilleur coureur et,
après monsieur le fils, le plus malin joueur de
paume[2]. C'est que M. Alphonse de Peyrehorade
en a été triste, car c'est Coll qui faisait sa partie.
Voilà qui était beau à voir comme ils se ren-
voyaient les balles. Paf ! paf ! Jamais elles ne tou-
chaient terre. »

Devisant de la sorte, nous entrâmes à Ille, et je
me trouvai bientôt en présence de M. de Peyrehorade. C'était un petit vieillard vert encore et dis-
pos, poudré[3], le nez rouge, l'air jovial et gogue-
nard. Avant d'avoir ouvert la lettre de M. de P.,
il m'avait installé devant une table bien servie, et
m'avait présenté à sa femme et à son fils comme
un archéologue illustre, qui devait tirer le Rous-

---

1. *Pécaïre !* : exclamation du parler languedocien exprimant
la pitié. Un *échalas* est un tuteur en bois utilisé pour soutenir
les pieds de vigne ; le mot est naturel en Roussillon, terre
viticole.
2. Le jeu de paume est un jeu de balle, ancêtre du tennis.
3. Se poudrer encore les cheveux après 1830 ne peut être le
fait que d'un homme né sous l'Ancien Régime.

sillon de l'oubli où le laissait l'indifférence des savants.

Tout en mangeant de bon appétit, car rien ne dispose mieux que l'air vif des montagnes, j'examinais mes hôtes. J'ai dit un mot de M. de Peyrehorade ; je dois ajouter que c'était la vivacité même. Il parlait, mangeait, se levait, courait à sa bibliothèque, m'apportait des livres, me montrait des estampes, me versait à boire ; il n'était jamais deux minutes en repos. Sa femme, un peu trop grasse, comme la plupart des Catalanes lorsqu'elles ont passé quarante ans, me parut une provinciale renforcée, uniquement occupée des soins du ménage. Bien que le souper fût suffisant pour six personnes au moins, elle courut à la cuisine, fit tuer des pigeons, frire des miliasses[1], ouvrit je ne sais combien de pots de confitures. En un instant la table fut encombrée de plats et de bouteilles, et je serais certainement mort d'indigestion si j'avais goûté seulement à tout ce qu'on m'offrait. Cependant, à chaque plat que je refusais, c'étaient de nouvelles excuses. On craignait que je ne me trouvasse bien mal à Ille. Dans la province on a si peu de ressources, et les Parisiens sont si difficiles !

Au milieu des allées et venues de ses parents, M. Alphonse de Peyrehorade ne bougeait pas plus qu'un Terme[2]. C'était un grand jeune homme de

1. La *miliasse* est une bouillie de mil ou, par extension, de maïs ; comme ici il s'agit de friture, on pense plutôt à des galettes ou à des beignets.
2. *Pas plus qu'un Terme*, c'est-à-dire pas plus qu'une borne. La majuscule renvoie au dieu latin Terme (*Terminus*), divinité secondaire qui veillait sur le bornage des champs.

vingt-six ans, d'une physionomie belle et régu-
lière, mais manquant d'expression. Sa taille et ses
formes athlétiques justifiaient bien la réputation
d'infatigable joueur de paume qu'on lui faisait
5   dans le pays. Il était ce soir-là habillé avec élégance, exactement d'après la gravure du dernier
numéro du *Journal des Modes*[1]. Mais il me semblait gêné dans ses vêtements ; il était raide
comme un piquet dans son col de velours, et ne se
10   tournait que tout d'une pièce. Ses mains grosses
et hâlées, ses ongles courts contrastaient singulièrement avec son costume. C'étaient des mains de
laboureur sortant des manches d'un dandy. D'ailleurs, bien qu'il me considérât de la tête aux pieds
15   fort curieusement, en ma qualité de Parisien, il ne
m'adressa qu'une seule fois la parole dans toute la
soirée, ce fut pour me demander où j'avais acheté
la chaîne de ma montre.

   « Ah çà ! mon cher hôte, me dit M. de Peyreho-
20   rade, le souper tirant à sa fin, vous m'appartenez,
vous êtes chez moi. Je ne vous lâche plus, sinon
quand vous aurez vu tout ce que nous avons de
curieux dans nos montagnes. Il faut que vous
appreniez à connaître notre Roussillon, et que
25   vous lui rendiez justice. Vous ne vous doutez pas

---

   1. Plus exactement le *Journal des dames et des modes*, élégante revue parisienne fondée en 1797, et qui paraissait tous
les cinq jours avec des gravures coloriées. D'autres pensent
qu'il s'agit de *La Mode*, fondée par Girardin en 1829, parce que
Mme Delessert, alors maîtresse de Mérimée, y donnait des des-
sins, et que le numéro du 28 février 1830 avait publié un conte
d'Hippolyte Auger sur la légende de Vénus. Mais Mérimée n'aurait pas commis d'inexactitude sur un titre aussi connu que *La
Mode*, et le *Journal* était davantage diffusé en province.

de tout ce que nous allons vous montrer, monuments phéniciens, celtiques, romains, arabes, byzantins, vous verrez tout, depuis le cèdre jusqu'à l'hysope[1]. Je vous mènerai partout et ne vous ferai pas grâce d'une brique. »

Un accès de toux l'obligea de s'arrêter. J'en profitai pour lui dire que je serais désolé de le déranger dans une circonstance aussi intéressante pour sa famille. S'il voulait bien me donner ses excellents conseils sur les excursions que j'aurais à faire, je pourrais, sans qu'il prît la peine de m'accompagner...

« Ah ! vous voulez parler du mariage de ce garçon-là, s'écria-t-il en m'interrompant. Bagatelle, ce sera fait après-demain. Vous ferez la noce avec nous, en famille, car la future est en deuil d'une tante dont elle hérite. Ainsi point de fête, point de bal... C'est dommage... vous auriez vu danser nos Catalanes... Elles sont jolies, et peut-être l'envie vous aurait-elle pris d'imiter mon Alphonse. Un mariage, dit-on, en amène d'autres... Samedi, les jeunes gens mariés, je suis libre, et nous nous mettons en course. Je vous demande pardon de vous donner l'ennui d'une noce de province. Pour un Parisien blasé sur les fêtes... et une noce sans bal encore ! Pourtant, vous verrez une mariée...

---

1. *L'hysope*, simple arbrisseau, est opposée dans la Bible au majestueux cèdre (I Rois, IV, 33) ; l'expression signifie donc : du plus grand au plus petit. Cf. la lettre à Requien sur la Corse : « Je me suis fort amusé dans ce pays-ci et j'ai tâché de tout voir depuis le cèdre jusqu'à l'hysope » (30 septembre 1839, *Correspondance générale*, t. II, p. 288). Sur la question complexe des vestiges archéologiques du Roussillon, voir la thèse de Clarisse Requena signalée dans la bibliographie.

une mariée... vous m'en direz des nouvelles..
Mais vous êtes un homme grave et vous ne regar
dez plus les femmes. J'ai mieux que cela à vou:
montrer. Je vous ferai voir quelque chose !... Je
5 vous réserve une fière surprise pour demain.

— Mon Dieu ! lui dis-je, il est difficile d'avoi:
un trésor dans sa maison sans que le public en
soit instruit. Je crois deviner la surprise que vou:
me préparez. Mais si c'est de votre statue qu'i
10 s'agit, la description que mon guide m'en a faite
n'a servi qu'à exciter ma curiosité et à me dispo
ser à l'admiration.

— Ah ! il vous a parlé de l'idole, car c'est ains
qu'ils appellent ma belle Vénus Tur... mais je ne
15 veux rien vous dire. Demain, au grand jour, vou:
la verrez, et vous me direz si j'ai raison de la
croire un chef-d'œuvre. Parbleu ! vous ne pouvie:
arriver plus à propos ! Il y a des inscriptions que
moi, pauvre ignorant, j'explique à ma manière..
20 mais un savant de Paris !... Vous vous moquere:
peut-être de mon interprétation... car j'ai fait ur
mémoire,... moi qui vous parle... vieil antiquaire
de province, je me suis lancé... Je veux faire gémi:
la presse [1]... Si vous vouliez bien me lire et me cor
25 riger, je pourrais espérer... Par exemple, je sui:
bien curieux de savoir comment vous traduire:
cette inscription sur le socle : CAVE... Mais je ne
veux rien vous demander encore ! À demain, à
demain ! Pas un mot sur la Vénus aujourd'hui.

30 — Tu as raison, Peyrehorade, dit sa femme, de

---

1. *Faire gémir la presse* : publier un ouvrage (le verbe « gé
mir » évoque le bruit grinçant des anciennes presses en bois).

laisser là ton idole. Tu devrais voir que tu empêches monsieur de manger. Va, monsieur a vu à Paris de bien plus belles statues que la tienne. Aux Tuileries, il y en a des douzaines, et en bronze aussi.

— Voilà bien l'ignorance, la sainte ignorance de la province ! interrompit M. de Peyrehorade. Comparer un antique admirable aux plates figures de Coustou[1] !

> *Comme avec irrévérence*
> *Parle des dieux ma ménagère[2] !*

« Savez-vous que ma femme voulait que je fondisse ma statue pour en faire une cloche à notre église ? C'est qu'elle en eût été la marraine. Un chef-d'œuvre de Myron[3], monsieur !

— Chef-d'œuvre ! chef-d'œuvre ! un beau chef-d'œuvre qu'elle a fait ! casser la jambe d'un homme !

— Ma femme, vois-tu ? dit M. de Peyrehorade d'un ton résolu, et tendant vers elle sa jambe droite dans un bas de soie chinée, si ma Vénus m'avait cassé cette jambe-là, je ne la regretterais pas.

---

1. Nicolas Coustou (1658-1733), auteur de certaines des statues du jardin des Tuileries représentant des allégories ou des divinités.

2. Adaptation de deux vers dits par Mercure à propos de Sosie, dans *Amphitryon* de Molière (I, ɪɪ, v. 276-277) : « Comme avec irrévérence / Parle des dieux ce maraud ».

3. Myron : fameux sculpteur grec du vᵉ siècle av. J.-C., auteur du *Discobole*. Il s'agit ici d'un de ses descendants imaginaires, Eutychès (voir plus loin p. 67).

— Bon Dieu ! Peyrehorade, comment peux-tu dire cela ! Heureusement que l'homme va mieux... Et encore je ne peux pas prendre sur moi de regarder la statue qui fait des malheurs comme celui-là. Pauvre Jean Coll !

— Blessé par Vénus, monsieur, dit M. de Peyrehorade riant d'un gros rire, blessé par Vénus, le maraud se plaint :

Veneris nec praemia noris [1].

« Qui n'a pas été blessé par Vénus ? »

M. Alphonse, qui comprenait le français mieux que le latin, cligna de l'œil d'un air d'intelligence, et me regarda comme pour me demander : « Et vous, Parisien, comprenez-vous ? »

Le souper finit. Il y avait une heure que je ne mangeais plus. J'étais fatigué, et je ne pouvais parvenir à cacher les fréquents bâillements qui m'échappaient. Mme de Peyrehorade s'en aperçut la première, et remarqua qu'il était temps d'aller dormir. Alors commencèrent de nouvelles excuses sur le mauvais gîte que j'allais avoir. Je ne serais pas comme à Paris. En province on est si mal ! Il fallait de l'indulgence pour les Roussillonnais. J'avais beau protester qu'après une course

---

1. Mérimée cite ces mots à la forme affirmative, comme s'ils signifiaient : « et tu ne connaîtras pas les récompenses de Vénus ». Dans l'*Énéide* de Virgile, ils figurent en réalité dans une question adressée à la reine Didon par sa suivante Anna, désolée de la voir rester veuve : « [...] vas-tu [...] n'avoir connu ni les enfants si doux ni les faveurs de Vénus ? » (IV, 33 ; traduction de Jacques Perret, coll. « Folio classique »).

dans les montagnes, une botte de paille me serait un coucher délicieux, on me priait toujours de pardonner à de pauvres campagnards s'ils ne me traitaient pas aussi bien qu'ils l'eussent désiré. Je montai enfin à la chambre qui m'était destinée, accompagné de M. de Peyrehorade. L'escalier, dont les marches supérieures étaient en bois[1], aboutissait au milieu d'un corridor, sur lequel donnaient plusieurs chambres.

« À droite, me dit mon hôte, c'est l'appartement que je destine à la future Mme Alphonse. Votre chambre est au bout du corridor opposé. Vous sentez bien, ajouta-t-il d'un air qu'il voulait rendre fin, vous sentez bien qu'il faut isoler de nouveaux mariés. Vous êtes à un bout de la maison, eux à l'autre. »

Nous entrâmes dans une chambre bien meublée, où le premier objet sur lequel je portai la vue fut un lit long de sept pieds, large de six, et si haut qu'il fallait un escabeau pour s'y guinder[2]. Mon hôte m'ayant indiqué la position de la sonnette, et s'étant assuré par lui-même que le sucrier était plein, les flacons d'eau de Cologne dûment placés sur la toilette, après m'avoir demandé plusieurs fois si rien ne me manquait, me souhaita une bonne nuit et me laissa seul.

Les fenêtres étaient fermées. Avant de me

1. Et non en pierre comme la partie donnant sur le vestibule — ce qui leur permet de « craqu[er] fortement » au moment décisif (p. 88).
2. *Se guinder* : se hisser (voir encore p. 113). Sept pieds sur six font environ 2,27 m sur 1,94 m (cf. un peu plus loin la hauteur de la statue).

déshabiller, j'en ouvris une pour respirer l'air
frais de la nuit, délicieux après un long souper.
En face était le Canigou, d'un aspect admirable en
tout temps, mais qui me parut ce soir-là la plus
5   belle montagne du monde, éclairé qu'il était par
une lueur resplendissante. Je demeurai quelques
minutes à contempler sa silhouette merveilleuse,
et j'allais fermer ma fenêtre, lorsque, baissant les
yeux, j'aperçus la statue sur un piédestal à une
10   vingtaine de toises[1] de la maison. Elle était placée
à l'angle d'une haie vive qui séparait un petit
jardin d'un vaste carré[2] parfaitement uni, qui, je
l'appris plus tard, était le jeu de paume de la ville.
Ce terrain, propriété de M. de Peyrehorade, avait
15   été cédé par lui à la commune, sur les pressantes
sollicitations de son fils.

   À la distance où j'étais, il m'était difficile de distinguer l'attitude de la statue ; je ne pouvais juger
que de sa hauteur, qui me parut de six pieds envi-
20   ron. En ce moment, deux polissons de la ville passaient sur le jeu de paume, assez près de la haie,
sifflant le joli air du Roussillon : *Montagnes réga-
lades*[3]. Ils s'arrêtèrent pour regarder la statue ; un
d'eux l'apostropha même à haute voix. Il parlait

   1. Autre mesure traditionnelle : le système métrique n'est
devenu légalement obligatoire qu'en 1840. Vingt toises équivalent à trente-neuf mètres.
   2. *Carré* : mot surprenant, car un terrain de paume est au
contraire très allongé (au moins 70 m de long, contre 14 de
large).
   3. Le manuscrit donne une graphie espagnole plus exacte :
« Montañes regalades » (« Montagnes royales »). Mérimée évoque cette chanson dans une lettre à Jaubert de Passa du
20 août 1838 (voir *Correspondance générale*, t. II, p. 176).

catalan ; mais j'étais dans le Roussillon depuis
assez longtemps pour pouvoir comprendre à peu
près ce qu'il disait :

« Te voilà donc, coquine ! (Le terme catalan
était plus énergique.) Te voilà, disait-il. C'est donc   5
toi qui as cassé la jambe à Jean Coll ! Si tu étais à
moi, je te casserais le cou.

— Bah ! avec quoi ? dit l'autre. Elle est de
cuivre, et si dure qu'Étienne a cassé sa lime dessus, essayant[1] de l'entamer. C'est du cuivre du   10
temps des païens ; c'est plus dur que je ne sais
quoi.

— Si j'avais mon ciseau à froid (il paraît que
c'était un apprenti serrurier), je lui ferais bientôt
sauter ses grands yeux blancs, comme je tirerais   15
une amande de sa coquille. Il y a pour plus de
cent sous[2] d'argent. »

Ils firent quelques pas en s'éloignant.

« Il faut que je souhaite le bonsoir à l'idole », dit
le plus grand des apprentis, s'arrêtant tout à coup.   20

Il se baissa, et probablement ramassa une
pierre. Je le vis déployer le bras, lancer quelque
chose, et aussitôt un coup sonore retentit sur le
bronze. Au même instant l'apprenti porta la main
à sa tête en poussant un cri de douleur.   25

« Elle me l'a rejetée ! » s'écria-t-il.

Et mes deux polissons prirent la fuite à toutes
jambes. Il était évident que la pierre avait rebondi
sur le métal, et avait puni ce drôle de l'outrage
qu'il faisait à la déesse.   30

---

1. On attendrait plutôt « *en* essayant », mais c'est bien le
texte.
2. *Cent sous* : cinq francs, soit plus de cent francs actuels.

Je fermai la fenêtre en riant de bon cœur.

« Encore un Vandale [1] puni par Vénus. Puissent tous les destructeurs de nos vieux monuments avoir ainsi la tête cassée ! »

Sur ce souhait charitable, je m'endormis.

Il était grand jour quand je me réveillai. Auprès de mon lit étaient, d'un côté, M. de Peyrehorade, en robe de chambre ; de l'autre un domestique envoyé par sa femme une tasse de chocolat à la main.

« Allons, debout, Parisien ! Voilà bien mes paresseux de la capitale ! disait mon hôte pendant que je m'habillais à la hâte. Il est huit heures, et encore au lit ! je suis levé, moi, depuis six heures. Voilà trois fois que je monte, je me suis approché de votre porte sur la pointe du pied : personne, nul signe de vie. Cela vous fera mal de trop dormir à votre âge. Et ma Vénus que vous n'avez pas encore vue. Allons, prenez-moi vite cette tasse de chocolat de Barcelone... Vraie contrebande [2]. Du chocolat comme on n'en a pas à Paris. Prenez des forces, car, lorsque vous serez devant ma Vénus, on ne pourra plus vous en arracher. »

1. La majuscule, quelque peu ironique ici, renvoie aux Vandales, l'une des peuplades germaniques qui envahirent l'Occident au début du Ve siècle. Mais Mérimée, inspecteur et amateur de monuments en péril, s'associe aussi, plus sérieusement, aux protestations que Victor Hugo lance, à la même époque, contre les « démolisseurs » (cf. le mot de « vandalisme », employé p. 71 lorsque M. de Peyrehorade découvre la trace du jet de caillou).
2. La contrebande de l'excellent chocolat espagnol, courante en effet pour ce qui était encore à l'époque une denrée de luxe, évitait de payer de forts droits de douane.

En cinq minutes je fus prêt, c'est-à-dire à moitié rasé, mal boutonné, et brûlé par le chocolat que j'avalai bouillant. Je descendis dans le jardin, et me trouvai devant une admirable statue.

C'était bien une Vénus, et d'une merveilleuse beauté. Elle avait le haut du corps nu, comme les anciens représentaient d'ordinaire les grandes divinités ; la main droite, levée à la hauteur du sein, était tournée, la paume en dedans, le pouce et les deux premiers doigts étendus, les deux autres légèrement ployés. L'autre main, rapprochée de la hanche, soutenait la draperie qui couvrait la partie inférieure du corps. L'attitude de cette statue rappelait celle du *Joueur de mourre* qu'on désigne, je ne sais trop pourquoi, sous le nom de *Germanicus*[1]. Peut-être avait-on voulu représenter la déesse au jeu de mourre.

Quoi qu'il en soit, il est impossible de voir quelque chose de plus parfait que le corps de cette Vénus ; rien de plus suave, de plus voluptueux que ses contours ; rien de plus élégant et de plus noble que sa draperie. Je m'attendais à quelque ouvrage du Bas-Empire[2] ; je voyais un chef-d'œuvre du meilleur temps de la statuaire. Ce qui me frappait surtout, c'était l'exquise vérité des formes, en sorte qu'on aurait pu les croire mou-

1. Germanicus : grand général romain, fils adoptif de Tibère. Cette statue, qui, en réalité, représente probablement un orateur, se trouve au musée du Louvre. La *mourre* est un jeu de devinette (à qui dira le nombre de doigts que déplie l'adversaire).
2. Bas-Empire : dernière période de l'Empire romain d'Occident (IVe-Ve siècle) ; l'art y est considéré comme inférieur et décadent par rapport aux époques antérieures.

lées sur nature, si la nature produisait d'aussi parfaits modèles.

La chevelure, relevée sur le front, paraissait avoir été dorée autrefois. La tête, petite comme celle de presque toutes les statues grecques, était légèrement inclinée en avant. Quant à la figure, jamais je ne parviendrai à exprimer son caractère étrange, et dont le type ne se rapprochait de celui d'aucune statue antique dont il me souvienne. Ce n'était point cette beauté calme et sévère des sculpteurs grecs, qui, par système, donnaient à tous les traits une majestueuse immobilité. Ici, au contraire, j'observais avec surprise l'intention marquée de l'artiste de rendre la malice[1] arrivant jusqu'à la méchanceté. Tous les traits étaient contractés légèrement : les yeux un peu obliques, la bouche relevée des coins, les narines quelque peu gonflées. Dédain, ironie, cruauté, se lisaient sur ce visage d'une incroyable beauté cependant. En vérité, plus on regardait cette admirable statue, et plus on éprouvait le sentiment pénible qu'une si merveilleuse beauté pût s'allier à l'absence de toute sensibilité.

« Si le modèle a jamais existé, dis-je à M. de Peyrehorade, et je doute que le Ciel ait jamais produit une telle femme, que je plains ses amants ! Elle a dû se complaire à les faire mourir de désespoir. Il y a dans son expression quelque chose de féroce, et pourtant je n'ai jamais vu rien de si beau.

— *C'est Vénus tout entière à sa proie atta-*

---

1. *Malice* : au sens fort et ancien, penchant à faire le mal.

chée[1] ! » s'écria M. de Peyrehorade, satisfait de mon enthousiasme.

Cette expression d'ironie infernale était augmentée peut-être par le contraste de ses yeux incrustés d'argent et très brillants avec la patine d'un vert noirâtre que le temps avait donnée à toute la statue. Ces yeux brillants produisaient une certaine illusion qui rappelait la réalité, la vie. Je me souvins de ce que m'avait dit mon guide, qu'elle faisait baisser les yeux à ceux qui la regardaient. Cela était presque vrai, et je ne pus me défendre d'un mouvement de colère contre moi-même en me sentant un peu mal à mon aise devant cette figure de bronze.

« Maintenant que vous avez tout admiré en détail, mon cher collègue en antiquaillerie[2], dit mon hôte, ouvrons, s'il vous plaît, une conférence scientifique. Que dites-vous de cette inscription, à laquelle vous n'avez point pris garde encore ? »

Il me montrait le socle de la statue, et j'y lus ces mots :

CAVE AMANTEM

« *Quid dicis, doctissime*[3] ? me demanda-t-il en se frottant les mains. Voyons si nous nous rencontrerons sur le sens de ce *cave amantem* !

---

1. Mot célèbre de la *Phèdre* de Racine évoquant devant sa nourrice Œnone son tourment amoureux (I, III, v. 306).
2. *Antiquaillerie* : néologisme de Mérimée (voir p. 48, n. 2).
3. « Qu'en dis-tu, très savant [collègue] ? » : formule latine jadis employée dans les jurys de thèse, et déjà parodiée par Molière (*Le Malade imaginaire*, III, VI).

— Mais, répondis-je, il y a deux sens. On peut traduire : "Prends garde à celui qui t'aime, défie-toi des amants." Mais, dans ce sens, je ne sais si *cave amantem* serait d'une bonne latinité[1]. En
5 voyant l'expression diabolique de la dame, je croirais plutôt que l'artiste a voulu mettre en garde le spectateur contre cette terrible beauté. Je traduirais donc : "Prends garde à toi si *elle* t'aime."

— Humph ! dit M. de Peyrehorade, oui, c'est
10 un sens admissible ; mais, ne vous en déplaise, je préfère la première traduction, que je développerai pourtant. Vous connaissez l'amant de Vénus ?

— Il y en a plusieurs.

— Oui ; mais le premier, c'est Vulcain[2]. N'a-
15 t-on pas voulu dire : "Malgré toute ta beauté, ton air dédaigneux, tu auras un forgeron, un vilain boiteux pour amant ?" Leçon profonde, monsieur, pour les coquettes ! »

Je ne pus m'empêcher de sourire, tant l'explica-
20 tion me parut tirée par les cheveux.

« C'est une terrible langue que le latin avec sa concision », observai-je pour éviter de contredire formellement mon antiquaire, et je reculai de quelques pas afin de mieux contempler la statue.

25 « Un instant, collègue ! dit M. de Peyrehorade en m'arrêtant par le bras, vous n'avez pas tout vu.

---

1. Il est vrai que le verbe *cavere* (craindre), « en bonne latinité » (c'est-à-dire à l'époque classique de Cicéron), n'est pas transitif direct comme dans l'inscription proposée ici. Cela dit, la langue latine pratique volontiers des ellipses et des sous-entendus qui, en effet, rendent plausibles les deux traductions.
2. Vulcain : dieu romain du feu, resté boiteux après avoir été précipité du haut de l'Olympe par son père Jupiter (c'est l'Héphaïstos grec).

Il y a encore une autre inscription. Montez sur le socle et regardez au bras droit. » En parlant ainsi, il m'aidait à monter.

Je m'accrochai sans trop de façon au cou de la Vénus, avec laquelle je commençais à me familia- 5 riser. Je la regardai même un instant *sous le nez*, et la trouvai de près encore plus méchante et encore plus belle. Puis je reconnus qu'il y avait, gravés sur le bras, quelques caractères d'écriture cursive antique, à ce qu'il me sembla. À grand 10 renfort de besicles j'épelai ce qui suit, et cepen- dant M. de Peyrehorade répétait chaque mot à mesure que je le prononçais, approuvant du geste et de la voix. Je lus donc :

VENERI TVRBVL... 15
EVTYCHES MYRO
IMPERIO FECIT.

Après ce mot TVRBVL de la première ligne, il me sembla qu'il y avait quelques lettres effacées ; mais TVRBVL était parfaitement lisible. 20

« Ce qui veut dire ?... me demanda mon hôte, radieux et souriant avec malice, car il pensait bien que je ne me tirerais pas facilement de ce TVRBVL.

— Il y a un mot que je ne m'explique pas 25 encore, lui dis-je ; tout le reste est facile. "Euty- chès [1] a fait cette offrande à Vénus par son ordre."

1. Voir p. 57, n. 3. Cette scène est un écho direct des souve- nirs de Mérimée sur la Vénus de Quinipily (voir la notice, p. 324).

— À merveille. Mais TVRBVL, qu'en faites-vous ? Qu'est-ce que TVRBVL ?

— TVRBVL m'embarrasse fort. Je cherche en vain quelque épithète connue de Vénus qui puisse
5 m'aider. Voyons, que diriez-vous de TVRBVLENTA ? Vénus qui trouble, qui agite... Vous vous apercevez que je suis toujours préoccupé de son expression méchante. TVRBVLENTA, ce n'est point une trop mauvaise épithète pour Vénus, ajoutai-je
10 d'un ton modeste, car je n'étais pas moi-même fort satisfait de mon explication.

— Vénus turbulente ! Vénus la tapageuse ! Ah ! vous croyez donc que ma Vénus est une Vénus de cabaret ? Point du tout, monsieur ; c'est une
15 Vénus de bonne compagnie. Mais je vais vous expliquer ce TVRBVL... Au moins vous me promettez de ne point divulguer ma découverte avant l'impression de mon mémoire. C'est que, voyez-vous, je m'en fais gloire, de cette trouvaille-là... Il
20 faut bien que vous nous laissiez quelques épis à glaner, à nous autres pauvres diables de provinciaux. Vous êtes si riches, messieurs les savants de Paris ! »

Du haut du piédestal, où j'étais toujours perché,
25 je lui promis solennellement que je n'aurais jamais l'indignité de lui voler sa découverte.

« TVRBVL..., monsieur, dit-il en se rapprochant et baissant la voix de peur qu'un autre que moi ne pût l'entendre, lisez TVRBVLNERÆ.
30 — Je ne comprends pas davantage.

— Écoutez bien. À une lieue d'ici, au pied de la montagne, il y a un village qui s'appelle Boulternère. C'est une corruption du mot latin

TVRBVLNERA. Rien de plus commun que ces inver-
sions. Boulternère, monsieur, a été une ville
romaine. Je m'en étais toujours douté, mais
jamais je n'en avais eu la preuve. La preuve, la
voilà. Cette Vénus était la divinité topique[1] de la
cité de Boulternère, et ce mot de Boulternère, que
je viens de démontrer d'origine antique, prouve
une chose bien plus curieuse, c'est que Boulternère, avant d'être une ville romaine, a été une ville
phénicienne ! »

Il s'arrêta un moment pour respirer et jouir de
ma surprise. Je parvins à réprimer une forte envie
de rire.

« En effet, poursuivit-il, TVRBVLNERA est pur
phénicien, TVR, prononcez TOUR... TOUR et SOUR,
même mot, n'est-ce pas ? SOUR est le nom phénicien de Tyr ; je n'ai pas besoin de vous en rappeler
le sens. BVL c'est Baal, Bâl, Bel, Bul, légères différences de prononciation[2]. Quant à NERA, cela me
donne un peu de peine. Je suis tenté de croire,
faute de trouver un mot phénicien, que cela vient
du grec νηρός, humide, marécageux. Ce serait
donc un mot hybride. Pour justifier νηρός, je vous
montrerai à Boulternère comment les ruisseaux
de la montagne y forment des mares infectes.
D'autre part, la terminaison NERA aurait pu être
ajoutée beaucoup plus tard en l'honneur de Nera

1. *Topique* : locale (du grec *topos*, lieu). La graphie actuelle
du nom du village, situé à 4 km au sud-ouest d'Ille, est « Bouleternère ».
2. Sour (ou Sûr) est en effet le nom moderne de Tyr, capitale
des Phéniciens (Liban actuel), et Baal est le nom générique des
dieux de ce pays.

Pivesuvia, femme de Tetricus, laquelle aurait fait
quelque bien à la cité de Turbul[1]. Mais, à cause
des mares, je préfère l'étymologie de νηρός ».

Il prit une prise de tabac d'un air satisfait.

5   « Mais laissons les Phéniciens, et revenons à
l'inscription. Je traduis donc : "À Vénus de Boulternère Myron dédie par son ordre cette statue,
son ouvrage". »

Je me gardai bien de critiquer son étymologie,
10   mais je voulus à mon tour faire preuve de pénétration, et je lui dis : « Halte-là, monsieur. Myron
a consacré quelque chose, mais je ne vois nullement que ce soit cette statue.

— Comment ! s'écria-t-il, Myron n'était-il pas
15   un fameux sculpteur grec ? Le talent se sera per-
pétué dans sa famille : c'est un de ses descendants
qui aura fait cette statue. Il n'y a rien de plus sûr.

— Mais, répliquai-je, je vois sur le bras un petit
trou. Je pense qu'il a servi à fixer quelque chose,
20   un bracelet, par exemple, que ce Myron donna à
Vénus en offrande expiatoire. Myron était un
amant malheureux. Vénus était irritée contre lui :
il l'apaisa en lui consacrant un bracelet d'or.
Remarquez que *fecit* se prend fort souvent pour
25   *consecravit*. Ce sont termes synonymes[2]. Je vous
en montrerais plus d'un exemple si j'avais sous la
main Gruter ou bien Orelli[3]. Il est naturel qu'un

1. Sur le général et aventurier romain Tetricus et sa femme
Nera, voir la notice, p. 324.
2. *Fecit* : a fait, a fabriqué. *Consecravit* : a consacré, a dédié.
3. Jan van Gruytere (1560-1627), humaniste hollandais, est
l'auteur des *Inscriptions antiques du monde romain* (en latin,
1616). Sur ses traces, le philologue suisse Johann Kaspar von
Orelli (1787-1849), admiré pour ses éditions des auteurs latins

amoureux voie Vénus en rêve, qu'il s'imagine qu'elle lui commande de donner un bracelet d'or à sa statue. Myron lui consacra un bracelet... Puis les barbares ou bien quelque voleur sacrilège...

— Ah ! qu'on voit bien que vous avez fait des 5 romans ! s'écria mon hôte en me donnant la main pour descendre. Non, monsieur, c'est un ouvrage de l'école de Myron. Regardez seulement le travail, et vous en conviendrez. »

M'étant fait une loi de ne jamais contredire à 10 outrance les antiquaires entêtés, je baissai la tête d'un air convaincu en disant :

« C'est un admirable morceau.

— Ah ! mon Dieu, s'écria M. de Peyrehorade, encore un trait de vandalisme ! On aura jeté une 15 pierre à ma statue ! »

Il venait d'apercevoir une marque blanche un peu au-dessus du sein de la Vénus. Je remarquai une trace semblable sur les doigts de la main droite, qui, je le supposai alors, avaient été touchés dans 20 le trajet de la pierre, ou bien un fragment s'en était détaché par le choc et avait ricoché sur la main. Je contai à mon hôte l'insulte dont j'avais été témoin et la prompte punition qui s'en était suivie. Il en rit beaucoup, et, comparant l'apprenti à Diomède, il 25 lui souhaita de voir, comme le héros grec, tous ses compagnons changés en oiseaux blancs[1].

---

et grecs, avait publié en 1828, en latin également, une ample *Collection d'inscriptions latines*.

1. Dans l'*Iliade* d'Homère, Diomède, un des compagnons d'Ulysse, blesse Aphrodite (la Vénus des Latins) à la main au moment où celle-ci intervient pour sauver son protégé Énée (V, 330). Ovide raconte comment la déesse se vengea en changeant les compagnons de Diomède en des sortes de cygnes ou de pigeons (*Métamorphoses*, XIV, 494-511).

La cloche du déjeuner interrompit cet entretien classique, et, de même que la veille, je fus obligé de manger comme quatre. Puis vinrent des fermiers de M. de Peyrehorade ; et, pendant qu'il leur donnait audience, son fils me mena voir une calèche qu'il avait achetée à Toulouse pour sa fiancée, et que j'admirai, cela va sans dire. Ensuite j'entrai avec lui dans l'écurie, où il me tint une demi-heure à me vanter ses chevaux, à me faire leur généalogie, à me conter les prix qu'ils avaient gagnés aux courses du département. Enfin, il en vint à me parler de sa future, par la transition d'une jument grise qu'il lui destinait.

« Nous la verrons aujourd'hui, dit-il. Je ne sais si vous la trouverez jolie. Vous êtes difficiles, à Paris ; mais tout le monde, ici et à Perpignan, la trouve charmante. Le bon, c'est qu'elle est fort riche. Sa tante de Prades[1] lui a laissé son bien. Oh ! je vais être fort heureux. »

Je fus profondément choqué de voir un jeune homme paraître plus touché de la dot que des beaux yeux de sa future.

« Vous vous connaissez en bijoux, poursuivit M. Alphonse, comment trouvez-vous ceci ? Voici l'anneau que je lui donnerai demain. »

En parlant ainsi, il tirait de la première phalange de son petit doigt une grosse bague enrichie de diamants, et formée de deux mains entrelacées ; allusion qui me parut infiniment poétique.

---

1. Voir p. 55. Prades, aujourd'hui célèbre par son festival de musique, est à 20 km à l'ouest d'Ille en remontant la vallée de la Têt.

Le travail en était ancien, mais je jugeai qu'on
l'avait retouchée pour enchâsser les diamants.
Dans l'intérieur de la bague se lisaient ces mots en
lettres gothiques : *Sempr'ab ti*, c'est-à-dire toujours avec toi.

« C'est une jolie bague, lui dis-je ; mais ces diamants ajoutés lui ont fait perdre un peu de son
caractère.

— Oh ! elle est bien plus belle comme cela,
répondit-il en souriant. Il y a là pour douze cents
francs[1] de diamants. C'est ma mère qui me l'a
donnée. C'était une bague de famille très
ancienne... du temps de la chevalerie. Elle avait
servi à ma grand-mère, qui la tenait de la sienne.
Dieu sait quand cela a été fait.

— L'usage à Paris, lui dis-je, est de donner un
anneau tout simple, ordinairement composé de
deux métaux différents, comme de l'or et du pla-
tine. Tenez, cette autre bague, que vous avez à ce
doigt, serait fort convenable. Celle-ci, avec ses
diamants et ses mains en relief, est si grosse,
qu'on ne pourrait mettre un gant par-dessus.

— Oh ! Mme Alphonse s'arrangera comme elle
voudra. Je crois qu'elle sera toujours bien
contente de l'avoir. Douze cents francs au doigt,
c'est agréable. Cette petite bague-là, ajouta-t-il en
regardant d'un air de satisfaction l'anneau tout
uni qu'il portait à la main, celle-là, c'est une
femme à Paris qui me l'a donnée un jour de Mardi
gras. Ah ! comme je m'en suis donné quand j'étais

1. Plus de 25 000 francs actuels.

à Paris, il y a deux ans ! C'est là qu'on s'amuse !... » Et il soupira de regret.

Nous devions dîner ce jour-là à Puygarrig, chez les parents de la future ; nous montâmes en calèche, et nous nous rendîmes au château, éloigné d'Ille d'environ une lieue et demie. Je fus présenté et accueilli comme l'ami de la famille. Je ne parlerai pas du dîner ni de la conversation qui s'ensuivit, et à laquelle je pris peu de part. M. Alphonse, placé à côté de sa future, lui disait un mot à l'oreille tous les quarts d'heure. Pour elle, elle ne levait guère les yeux, et chaque fois que son prétendu lui parlait, elle rougissait avec modestie, mais lui répondait sans embarras.

Mlle de Puygarrig avait dix-huit ans ; sa taille souple et délicate contrastait avec les formes osseuses de son robuste fiancé. Elle était non seulement belle, mais séduisante. J'admirais le naturel parfait de toutes ses réponses ; et son air de bonté, qui pourtant n'était pas exempt d'une légère teinte de malice [1], me rappela, malgré moi, la Vénus de mon hôte. Dans cette comparaison que je fis en moi-même, je me demandais si la supériorité de beauté qu'il fallait bien accorder à la statue ne tenait pas, en grande partie, à son expression de tigresse ; car l'énergie, même dans les mauvaises passions, excite toujours en nous un étonnement et une espèce d'admiration involontaire.

---

1. Ici au sens atténué et habituel ; mais l'effet d'écho est tout de même net (voir p. 64 et n. 1) — et plus net encore dans le brouillon de ce passage (voir la notice, p. 326).

« Quel dommage, me dis-je en quittant Puygarrig, qu'une si aimable personne soit riche, et que
sa dot la fasse rechercher par un homme indigne
d'elle ! »

En revenant à Ille, et ne sachant trop que dire à
Mme de Peyrehorade, à qui je croyais convenable
d'adresser quelquefois la parole :

« Vous êtes bien esprits forts en Roussillon !
m'écriai-je ; comment, madame, vous faites un
mariage un vendredi ! À Paris, nous aurions plus
de superstition ; personne n'oserait prendre
femme un tel jour.

— Mon Dieu ! ne m'en parlez pas, me dit-elle,
si cela n'avait dépendu que de moi, certes on eût
choisi un autre jour. Mais Peyrehorade l'a voulu,
et il a fallu lui céder. Cela me fait de la peine
pourtant. S'il arrivait quelque malheur ? Il faut
bien qu'il y ait une raison car enfin pourquoi tout
le monde a-t-il peur du vendredi ?

— Vendredi ! s'écria son mari, c'est le jour de
Vénus[1] ! Bon jour pour un mariage ! Vous le
voyez, mon cher collègue, je ne pense qu'à ma
Vénus. D'honneur ! c'est à cause d'elle que j'ai
choisi le vendredi. Demain, si vous voulez, avant
la noce, nous lui ferons un petit sacrifice, nous
sacrifierons deux palombes, et, si je savais où
trouver de l'encens...

— Fi donc, Peyrehorade ! interrompit sa
femme scandalisée au dernier point. Encenser

---

1. C'est en effet le sens étymologique (*Veneris dies*). La « superstition » qui dissuade de se réjouir le vendredi est, elle,
d'origine chrétienne (c'est le jour de la mort du Christ).

une idole ! Ce serait une abomination ! Que
dirait-on de nous dans le pays ?

— Au moins, dit M. de Peyrehorade, tu me per-
mettras de lui mettre sur la tête une couronne de
roses et de lis :

Manibus date lilia plenis [1].

Vous le voyez, monsieur, la Charte est un vain
mot. Nous n'avons pas la liberté des cultes [2] ! »

Les arrangements du lendemain furent réglés
de la manière suivante. Tout le monde devait être
prêt et en toilette à dix heures précises. Le chocolat pris, on se rendrait en voiture à Puygarrig. Le
mariage civil devait se faire à la mairie du village,
et la cérémonie religieuse dans la chapelle du
château. Viendrait ensuite un déjeuner. Après le
déjeuner on passerait le temps comme l'on pourrait jusqu'à sept heures. À sept heures, on retour-
nerait à Ille, chez M. de Peyrehorade, où devaient
souper les deux familles réunies. Le reste s'ensuit
naturellement. Ne pouvant danser [3], on avait
voulu manger le plus possible.

1. Citation de l'*Énéide*, tirée de la célèbre évocation des
morts (VI, 883) : « Donnez des lis à pleines mains », demande
l'ombre d'Anchise qui veut rendre hommage à ses descendants
futurs.
2. L'article 5 de la Charte constitutionnelle du 14 août 1830
garantit pourtant cette liberté du culte, mais pour la scrupu-
leuse Mme de Peyrehorade, seul le catholicisme est pensable
— d'où sa crainte du qu'en dira-t-on à l'idée que son mari irait
brûler pour son « idole » l'encens réservé à la liturgie chrétienne.
3. À cause du deuil (voir p. 55).

Dès huit heures, j'étais assis devant la Vénus, un crayon à la main, recommençant pour la vingtième fois la tête de la statue, sans pouvoir parvenir à en saisir l'expression. M. de Peyrehorade allait et venait autour de moi, me donnait des conseils, me répétait ses étymologies phéniciennes ; puis disposait des roses du Bengale sur le piédestal de la statue, et d'un ton tragicomique lui adressait des vœux pour le couple qui allait vivre sous son toit. Vers neuf heures il rentra pour songer à sa toilette, et en même temps parut M. Alphonse, bien serré dans un habit neuf, en gants blancs, souliers vernis, boutons ciselés, une rose à la boutonnière.

« Vous ferez le portrait de ma femme ? me dit-il en se penchant sur mon dessin. Elle est jolie aussi. »

En ce moment commençait, sur le jeu de paume dont j'ai parlé, une partie qui, sur-le-champ, attira l'attention de M. Alphonse. Et moi, fatigué, et désespérant de rendre cette diabolique figure, je quittai bientôt mon dessin pour regarder les joueurs. Il y avait parmi eux quelques muletiers espagnols arrivés de la veille. C'étaient des Aragonais et des Navarrois, presque tous d'une adresse merveilleuse. Aussi les Illois, bien qu'encouragés par la présence et les conseils de M. Alphonse, furent-ils assez promptement battus par ces nouveaux champions. Les spectateurs nationaux étaient consternés. M. Alphonse regarda sa montre. Il n'était encore que neuf heures et demie. Sa mère n'était pas coiffée. Il n'hésita plus : il ôta son habit, demanda une

veste, et défia les Espagnols. Je le regardais faire
en souriant, et un peu surpris.

« Il faut soutenir l'honneur du pays », dit-il.

Alors je le trouvai vraiment beau. Il était pas-
5   sionné. Sa toilette, qui l'occupait si fort tout à
l'heure, n'était plus rien pour lui. Quelques minutes
avant, il eût craint de tourner la tête de peur de
déranger sa cravate. Maintenant il ne pensait plus
à ses cheveux frisés ni à son jabot si bien plissé. Et
10   sa fiancée ?... Ma foi, si cela eût été nécessaire, il
aurait, je crois, fait ajourner le mariage. Je le vis
chausser à la hâte une paire de sandales, retrousser
ses manches, et, d'un air assuré, se mettre à la tête
du parti vaincu, comme César ralliant ses soldats à
15   Dyrrachium. Je sautai la haie, et me plaçai commodément à l'ombre d'un micocoulier[1], de façon à
bien voir les deux camps.

Contre l'attente générale, M. Alphonse manqua
la première balle ; il est vrai qu'elle vint rasant la
20   terre et lancée avec une force surprenante par un
Aragonais qui paraissait être le chef des Espagnols.

C'était un homme d'une quarantaine d'années,
sec et nerveux, haut de six pieds, et sa peau oli-
vâtre avait une teinte presque aussi foncée que le
25   bronze de la Vénus.

M. Alphonse jeta sa raquette à terre avec
fureur.

« C'est cette maudite bague, s'écria-t-il, qui me
serre le doigt et me fait manquer une balle sûre ! »

1. *Micocoulier* : orme des pays chauds. Dyrrachium, où
César fut battu par Pompée peu de temps avant de le vaincre à
la bataille de Pharsale (48 av. J.-C.), est aujourd'hui Durrës, le
principal port de l'Albanie.

Il ôta, non sans peine, sa bague de diamants : je m'approchais pour la recevoir ; mais il me prévint, courut à la Vénus, lui passa la bague au doigt annulaire, et reprit son poste à la tête des Illois.

Il était pâle, mais calme et résolu. Dès lors il ne fit plus une seule faute, et les Espagnols furent battus complètement. Ce fut un beau spectacle que l'enthousiasme des spectateurs : les uns poussaient mille cris de joie en jetant leurs bonnets en l'air ; d'autres lui serraient les mains, l'appelant l'honneur du pays. S'il eût repoussé une invasion, je doute qu'il eût reçu des félicitations plus vives et plus sincères. Le chagrin des vaincus ajoutait encore à l'éclat de sa victoire.

« Nous ferons d'autres parties, mon brave, dit-il à l'Aragonais d'un ton de supériorité ; mais je vous rendrai des points. »

J'aurai désiré que M. Alphonse fût plus modeste, et je fus presque peiné de l'humiliation de son rival [1].

Le géant espagnol ressentit profondément cette insulte. Je le vis pâlir sous sa peau basanée. Il regardait d'un air morne sa raquette en serrant les dents ; puis, d'une voix étouffée, il dit tout bas : « *Me lo pagarás* [2]. »

La voix de M. de Peyrehorade troubla le triomphe de son fils : mon hôte, fort étonné de

1. On rend des points à son adversaire quand on lui consent un avantage avant le début d'une partie que l'on pense gagner facilement ; la proposition est donc, en effet, humiliante.
2. « Tu me le paieras », en espagnol.

ne point le trouver présidant aux apprêts de la
calèche neuve, le fut bien plus encore en le voyant
tout en sueur la raquette à la main. M. Alphonse
courut à la maison, se lava la figure et les mains,
5 remit son habit neuf et ses souliers vernis, et cinq
minutes après nous étions au grand trot sur la
route de Puygarrig. Tous les joueurs de paume de
la ville et grand nombre de spectateurs nous suivirent avec des cris de joie. À peine les chevaux
10 vigoureux qui nous traînaient pouvaient-ils maintenir leur avance sur ces intrépides Catalans.

Nous étions à Puygarrig, et le cortège allait
se mettre en marche pour la mairie, lorsque
M. Alphonse, se frappant le front, me dit tout
15 bas :

« Quelle brioche[1] ! J'ai oublié la bague ! Elle est
au doigt de la Vénus, que le diable puisse emporter ! Ne le dites pas à ma mère au moins. Peut-
être qu'elle ne s'apercevra de rien.

20 — Vous pourriez envoyer quelqu'un, lui dis-je.

— Bah ! mon domestique est resté à Ille ; ceux-
ci, je ne m'y fie guère. Douze cents francs de diamants ! cela pourrait en tenter plus d'un. D'ailleurs que penserait-on ici de ma distraction ? Ils
25 se moqueraient trop de moi. Ils m'appelleraient le
mari de la statue... Pourvu qu'on ne me la vole
pas ! Heureusement que l'idole fait peur à mes

---

1. *Brioche* : fausse note, en musique ; d'où sottise, erreur,
faute (notamment d'inattention). L'expression, aujourd'hui
désuète, viendrait d'une coutume de l'ancien orchestre de
l'Opéra : tout musicien qui avait mal joué devait cotiser à une
cagnotte qui servait à acheter une grosse brioche ensuite
dégustée en commun.

coquins. Ils n'osent l'approcher à longueur de bras. Bah ! ce n'est rien ; j'ai une autre bague. »

Les deux cérémonies civile et religieuse s'accomplirent avec la pompe convenable ; et Mlle de Puygarrig reçut l'anneau d'une modiste de Paris, sans se douter que son fiancé lui faisait le sacrifice d'un gage amoureux. Puis on se mit à table, où l'on but, mangea, chanta même, le tout fort longuement. Je souffrais pour la mariée de la grosse joie qui éclatait autour d'elle : pourtant elle faisait meilleure contenance que je ne l'aurais espéré, et son embarras n'était ni de la gaucherie ni de l'affectation.

Peut-être le courage vient-il avec les situations difficiles.

Le déjeuner terminé quand il plut à Dieu, il était quatre heures ; les hommes allèrent se promener dans le parc, qui était magnifique, ou regardèrent danser sur la pelouse du château les paysannes de Puygarrig, parées de leurs habits de fête. De la sorte, nous employâmes quelques heures. Cependant les femmes étaient fort empressées autour de la mariée, qui leur faisait admirer sa corbeille[1]. Puis elle changea de toilette, et je remarquai qu'elle couvrit ses beaux cheveux d'un bonnet et d'un chapeau à plumes, car les femmes n'ont rien de plus pressé que de prendre, aussitôt qu'elles le peuvent, les parures que l'usage leur défend de porter quand elles sont encore demoiselles.

1. Sa corbeille de mariage, les cadeaux qu'elle vient de recevoir.

Il était près de huit heures quand on se disposa à partir pour Ille. Mais d'abord eut lieu une scène pathétique. La tante de Mlle de Puygarrig, qui lui servait de mère, femme très âgée et fort dévote, ne
5   devait point aller avec nous à la ville. Au départ elle fit à sa nièce un sermon touchant sur ses devoirs d'épouse, duquel sermon résulta un torrent de larmes et des embrassements sans fin. M. de Peyrehorade comparait cette séparation à
10 l'enlèvement des Sabines[1]. Nous partîmes pourtant, et, pendant la route, chacun s'évertua pour distraire la mariée et la faire rire ; mais ce fut en vain.

À Ille, le souper nous attendait, et quel souper !
15 Si la grosse joie du matin m'avait choqué, je le fus bien davantage des équivoques et des plaisanteries dont le marié et la mariée surtout furent l'objet. Le marié, qui avait disparu un instant avant de se mettre à table, était pâle et d'un
20 sérieux de glace. Il buvait à chaque instant du vieux vin de Collioure presque aussi fort que de l'eau-de-vie[2]. J'étais à côté de lui, et me crus obligé de l'avertir :

1. Cette comparaison avec l'enlèvement des Sabines est fort mal venue dans la bouche du père de la mariée, surtout après le « sermon » de la vieille tante sur « ses devoirs d'épouse », c'est-à-dire sur la docilité dont elle devra faire preuve durant la nuit de noces, si l'on songe que cet épisode (immortalisé par le peintre David) ne fut autre, selon l'histoire légendaire des débuts de Rome, qu'un rapt collectif organisé par Romulus pour fournir des femmes à ses compagnons.
2. La zone de la côte méditerranéenne proche de la frontière espagnole, plantée en grenache noir, mourvèdre et syrah, donne des vins naturellement très alcoolisés : Banyuls (vins doux) et Collioure.

« Prenez garde ! on dit que le vin... »

Je ne sais quelle sottise je lui dis pour me
mettre à l'unisson des convives.

Il me poussa le genou, et très bas il me dit :

« Quand on se lèvera de table..., que je puisse   5
vous dire deux mots. »

Son ton solennel me surprit. Je le regardai plus
attentivement, et je remarquai l'étrange altération
de ses traits.

« Vous sentez-vous indisposé ? lui demandai-je.   10

— Non. »

Et il se remit à boire.

Cependant, au milieu des cris et des battements
de mains, un enfant de onze ans, qui s'était glissé
sous la table, montrait aux assistants un joli   15
ruban blanc et rose qu'il venait de détacher de la
cheville de la mariée. On appelle cela sa jarretière.
Elle fut aussitôt coupée par morceaux et distri-
buée aux jeunes gens, qui en ornèrent leur boutonnière, suivant un antique usage qui se   20
conserve encore dans quelques familles patriar-
cales. Ce fut pour la mariée une occasion de rou-
gir jusqu'au blanc des yeux... Mais son trouble fut
au comble lorsque M. de Peyrehorade, ayant
réclamé le silence, lui chanta quelques vers cata-   25
lans, impromptu, disait-il. En voici le sens, si je
l'ai bien compris :

« Qu'est-ce donc, mes amis ? le vin que j'ai bu
me fait-il voir double ? Il y a deux Vénus ici... »

Le marié tourna brusquement la tête d'un air   30
effaré, qui fit rire tout le monde.

« Oui, poursuivit M. de Peyrehorade, il y a deux

Vénus sous mon toit. L'une, je l'ai trouvée dans la
terre comme une truffe ; l'autre, descendue des
cieux, vient de nous partager sa ceinture. »

Il voulait dire sa jarretière.

5 « Mon fils, choisis de la Vénus romaine ou de la
catalane celle que tu préfères. Le maraud prend la
catalane, et sa part est la meilleure. La romaine
est noire, la catalane est blanche. La romaine est
froide, la catalane enflamme tout ce qui l'ap-
10 proche. »

Cette chute excita un tel hourra, des applaudis-
sements si bruyants et des rires si sonores, que je
crus que le plafond allait nous tomber sur la tête.
Autour de la table il n'y avait que trois visages
15 sérieux, ceux des mariés et le mien. J'avais un
grand mal de tête : et puis, je ne sais pourquoi, un
mariage m'attriste toujours. Celui-là, en outre, me
dégoûtait un peu.

Les derniers couplets ayant été chantés par
20 l'adjoint du maire, et ils étaient fort lestes, je dois
le dire, on passa dans le salon pour jouir
du départ de la mariée, qui devait être bientôt conduite à sa chambre, car il était près de
minuit.

25 M. Alphonse me tira dans l'embrasure d'une
fenêtre, et me dit en détournant les yeux :

« Vous allez vous moquer de moi... Mais je ne
sais ce que j'ai... je suis ensorcelé ! le diable m'emporte ! »

30 La première pensée qui me vint fut qu'il se
croyait menacé de quelque malheur du genre de
ceux dont parlent Montaigne et Mme de Sévigné :

« Tout l'empire amoureux est plein d'histoires tragiques[1] », etc.

Je croyais que ces sortes d'accidents n'arrivaient qu'aux gens d'esprit, me dis-je à moi-même.

« Vous avez trop bu de vin de Collioure, mon cher monsieur Alphonse, lui dis-je. Je vous avais prévenu.

— Oui, peut-être. Mais c'est quelque chose de bien plus terrible. »

Il avait la voix entrecoupée. Je le crus tout à fait ivre.

« Vous savez bien, mon anneau ? poursuivit-il après un silence.

— Eh bien, on l'a pris ?

— Non.

— En ce cas, vous l'avez ?

— Non... je... je ne puis l'ôter du doigt de cette diable de Vénus.

— Bon ! vous n'avez pas tiré assez fort.

— Si fait... Mais la Vénus... elle a serré le doigt. »

Il me regardait fixement d'un air hagard, s'appuyant à l'espagnolette[2] pour ne pas tomber.

« Quel conte ! lui dis-je. Vous avez trop enfoncé

1. Ce « malheur » serait de se trouver, par émotion ou par nervosité, impuissant au moment de consommer le mariage. Montaigne en parle au premier livre des *Essais* (chap. XXI, « De la force de l'imagination ») ; et Mme de Sévigné, dans la lettre que cite ici (un peu inexactement) Mérimée, raconte sans charité un *fiasco* de son propre fils à sa fille Mme de Grignan (8 avril 1671 ; *Correspondance*, Bibliothèque de la Pléiade, t. I, p. 211).

2. *Espagnolette* : poignée de la fenêtre.

l'anneau. Demain vous l'aurez avec des tenailles. Mais prenez garde de gâter la statue.

— Non, vous dis-je. Le doigt de la Vénus est retiré, reployé ; elle serre la main, m'entendez-vous ?... C'est ma femme, apparemment, puisque je lui ai donné mon anneau... Elle ne veut plus le rendre. »

J'éprouvai un frisson subit, et j'eus un instant la chair de poule. Puis, un grand soupir qu'il fit m'envoya une bouffée de vin, et toute émotion disparut.

« Le misérable, pensai-je, est complètement ivre. »

« Vous êtes antiquaire, monsieur, ajouta le marié d'un ton lamentable, vous connaissez ces statues-là... il y a peut-être quelque ressort, quelque diablerie, que je ne connais point... Si vous alliez voir ?

— Volontiers, dis-je. Venez avec moi.

— Non, j'aime mieux que vous y alliez seul. »
Je sortis du salon.

Le temps avait changé pendant le souper, et la pluie commençait à tomber avec force. J'allais demander un parapluie, lorsqu'une réflexion m'arrêta. « Je serais un bien grand sot, me dis-je, d'aller vérifier ce que m'a dit un homme ivre ! Peut-être, d'ailleurs, a-t-il voulu me faire quelque méchante plaisanterie pour apprêter à rire[1] à ces honnêtes provinciaux ; et le moins qu'il puisse

---

1. « Apprêter à », au sens de « donner une occasion de », est d'un emploi vieilli. Nous dirions aujourd'hui « prêter à rire ».

m'en arriver c'est d'être trempé jusqu'aux os et
d'attraper un bon rhume. »

De la porte je jetai un coup d'œil sur la statue
ruisselante d'eau, et je montai dans ma chambre
sans rentrer dans le salon. Je me couchai ; mais le
sommeil fut long à venir. Toutes les scènes de la
journée se représentaient à mon esprit. Je pensais
à cette jeune fille si belle et si pure abandonnée à
un ivrogne brutal. « Quelle odieuse chose, me
disais-je, qu'un mariage de convenance ! Un
maire revêt une écharpe tricolore, un curé une
étole, et voilà la plus honnête fille du monde
livrée au Minotaure[1] ! Deux êtres qui ne s'aiment
pas, que peuvent-ils se dire dans un pareil
moment, que deux amants achèteraient au prix
de leur existence ? Une femme peut-elle jamais
aimer un homme qu'elle aura vu grossier une
fois ? Les premières impressions ne s'effacent
pas, et, j'en suis sûr, ce M. Alphonse méritera bien
d'être haï[2]... »

Durant mon monologue, que j'abrège beaucoup, j'avais entendu force allées et venues dans
la maison, les portes s'ouvrir et se fermer, des voi-
tures partir ; puis il me semblait avoir entendu
sur l'escalier les pas légers de plusieurs femmes se

1. Ce monstre fabuleux dont Thésée délivra la Crète recevait
tous les ans un tribut de chair fraîche constitué d'adolescents ;
cette fois la référence mythologique n'est pas humoristique,
mais exprime avec force l'opinion de l'auteur, tout en en voi-
lant la crudité, qui était plus nette dans les brouillons de tout ce
passage (voir la notice, p. 326-327).
2. Sous-entendu : parce que la nuit de noces aura été trau-
matisante. Mérimée est ici très proche des propos de Balzac
sur le même sujet dans la *Physiologie du mariage* (1829).

dirigeant vers l'extrémité du corridor opposée à
ma chambre. C'était probablement le cortège de
la mariée qu'on menait au lit. Ensuite on avait
redescendu l'escalier. La porte de Mme de Peyre-
5   horade s'était fermée. « Que cette pauvre fille, me
dis-je, doit être troublée et mal à son aise ! » Je me
tournais dans mon lit de mauvaise humeur. Un
garçon joue un sot rôle dans une maison où s'ac-
complit un mariage.

10   Le silence régnait depuis quelque temps lorsqu'il fut troublé par des pas lourds qui montaient
l'escalier. Les marches de bois craquèrent fortement.

« Quel butor ! m'écriai-je. Je parie qu'il va tom-
15   ber dans l'escalier. »

Tout redevint tranquille. Je pris un livre pour
changer le cours de mes idées. C'était une statis-
tique du département, ornée d'un mémoire de
M. de Peyrehorade sur les monuments druidiques
20   de l'arrondissement de Prades [1]. Je m'assoupis à la
troisième page.

Je dormis mal et me réveillai plusieurs fois. Il
pouvait être cinq heures du matin, et j'étais éveillé
depuis plus de vingt minutes, lorsque le coq
25   chanta. Le jour allait se lever. Alors j'entendis dis-
tinctement les mêmes pas lourds, le même cra-
quement de l'escalier que j'avais entendus avant
de m'endormir. Cela me parut singulier. J'essayai,

---

1. Pour Prades, voir p. 72, n. 1. Les dolmens et menhirs
étaient, à l'époque, un sujet à la mode ; peut-être Mérimée
pense-t-il ici à un archéologue roussillonnais, Jaubert de Réart,
mort en 1836, et qui avait publié un mémoire à ce sujet.

en bâillant, de deviner pourquoi M. Alphonse se
levait si matin. Je n'imaginais rien de vraisemblable. J'allais refermer les yeux lorsque mon
attention fut de nouveau excitée par des trépigne-
ments étranges auxquels se mêlèrent bientôt le   5
tintement des sonnettes et le bruit de portes qui
s'ouvraient avec fracas, puis je distinguai des cris
confus.

« Mon ivrogne aura mis le feu quelque part ! »
pensais-je en sautant à bas de mon lit.   10

Je m'habillai rapidement et j'entrai dans le corridor. De l'extrémité opposée partaient des cris et
des lamentations, et une voix déchirante dominait toutes les autres : « Mon fils ! mon fils ! » Il
était évident qu'un malheur était arrivé à   15
M. Alphonse. Je courus à la chambre nuptiale :
elle était pleine de monde. Le premier spectacle
qui frappa ma vue fut le jeune homme à demi
vêtu, étendu en travers sur le lit dont le bois était
brisé. Il était livide, sans mouvement. Sa mère   20
pleurait et criait à côté de lui. M. de Peyrehorade
s'agitait, lui frottait les tempes avec de l'eau de
Cologne, ou lui mettait des sels sous le nez.
Hélas ! depuis longtemps son fils était mort. Sur
un canapé, à l'autre bout de la chambre, était la   25
mariée, en proie à d'horribles convulsions. Elle
poussait des cris inarticulés, et deux robustes ser-
vantes avaient toutes les peines du monde à la
contenir.

« Mon Dieu ! m'écriai-je, qu'est-il donc arri-   30
vé ? »

Je m'approchai du lit et soulevai le corps du
malheureux jeune homme ; il était déjà raide et

froid. Ses dents serrées et sa figure noircie expri-
maient les plus affreuses angoisses. Il paraissait
assez que sa mort avait été violente et son agonie
terrible. Nulle trace de sang cependant sur ses
5   habits. J'écartai sa chemise et vis sur sa poitrine
une empreinte livide qui se prolongeait sur les
côtes et le dos. On eût dit qu'il avait été étreint
dans un cercle de fer. Mon pied posa sur quelque
chose de dur qui se trouvait sur le tapis ; je me
10   baissai et vis la bague de diamants.

J'entraînai M. de Peyrehorade et sa femme
dans leur chambre ; puis j'y fis porter la mariée.
« Vous avez encore une fille, leur dis-je, vous lui
devez vos soins. » Alors je les laissai seuls.

15   Il ne me paraissait pas douteux que M. Alphonse n'eût été victime d'un assassinat dont les
auteurs avaient trouvé moyen de s'introduire la
nuit dans la chambre de la mariée. Ces meurtris-
sures à la poitrine, leur direction circulaire m'em-
20   barrassaient beaucoup pourtant, car un bâton ou
une barre de fer n'aurait pu les produire. Tout
d'un coup, je me souvins d'avoir entendu dire qu'à
Valence des braves[1] se servaient de longs sacs de
cuir remplis de sable fin pour assommer les gens
25   dont on leur avait payé la mort. Aussitôt, je me
rappelai le muletier aragonais et sa menace ; toutefois, j'osais à peine penser qu'il eût tiré une si
terrible vengeance d'une plaisanterie légère.

J'allais dans la maison, cherchant partout des
30   traces d'effraction, et n'en trouvant nulle part, je
descendis dans le jardin pour voir si les assassins

---

1. *Braves* : tueurs à gages (*bravi*, en italien).

avaient pu s'introduire de ce côté ; mais je ne
trouvai aucun indice certain. La pluie de la veille
avait d'ailleurs tellement détrempé le sol, qu'il
n'aurait pu garder d'empreinte bien nette. J'ob-
servai pourtant quelques pas profondément   5
imprimés dans la terre ; il y en avait dans deux
directions contraires, mais sur une même ligne,
partant de l'angle de la haie contiguë au jeu de
paume et aboutissant à la porte de la maison. Ce
pouvaient être les pas de M. Alphonse lorsqu'il   10
était allé chercher son anneau au doigt de la statue. D'un autre côté, la haie, en cet endroit, étant
moins fourrée qu'ailleurs, ce devait être sur ce
point que les meurtriers l'auraient franchie. Passant et repassant devant la statue, je m'arrêtai un   15
instant pour la considérer. Cette fois, je l'avoue-
rai, je ne pus contempler sans effroi son expression de méchanceté ironique ; et, la tête toute
pleine des scènes horribles dont je venais d'être le
témoin, il me sembla voir une divinité infernale   20
applaudissant au malheur qui frappait cette
maison.

Je regagnai ma chambre et j'y restai jusqu'à
midi. Alors je sortis et demandai des nouvelles de
mes hôtes. Ils étaient un peu plus calmes. Mlle de   25
Puygarrig, je devrais dire la veuve de M. Alphonse, avait repris connaissance. Elle avait
même parlé au procureur du roi de Perpignan,
alors en tournée à Ille, et ce magistrat avait reçu
sa déposition. Il me demanda la mienne. Je lui dis   30
ce que je savais, et ne lui cachai pas mes soupçons
contre le muletier aragonais. Il ordonna qu'il fût
arrêté sur-le-champ.

« Avez-vous appris quelque chose de Mme Alphonse ? demandai-je au procureur du roi, lorsque ma déposition fut écrite et signée.

— Cette malheureuse jeune femme est devenue folle, me dit-il en souriant tristement. Folle ! tout à fait folle. Voici ce qu'elle conte :

« Elle était couchée, dit-elle, depuis quelques minutes, les rideaux tirés[1], lorsque la porte de sa chambre s'ouvrit, et quelqu'un entra. Alors Mme Alphonse était dans[2] la ruelle du lit, la figure tournée vers la muraille. Elle ne fit pas un mouvement, persuadée que c'était son mari. Au bout d'un instant, le lit cria comme s'il était chargé d'un poids énorme. Elle eut grand-peur, mais n'osa pas tourner la tête. Cinq minutes, dix minutes peut-être... elle ne peut se rendre compte du temps, se passèrent de la sorte. Puis elle fit un mouvement involontaire, ou bien la personne qui était dans le lit en fit un, et elle sentit le contact de quelque chose de froid comme la glace, ce sont ses expressions. Elle s'enfonça dans la ruelle, tremblant de tous ses membres. Peu après, la porte s'ouvrit une seconde fois, et quelqu'un entra, qui dit : "Bonsoir, ma petite femme." Bientôt après, on tira[3] les rideaux. Elle entendit un cri étouffé. La personne qui était dans le lit, à côté d'elle, se leva sur son séant et parut étendre les

---

1. Il s'agit des rideaux qui ferment un lit à baldaquin.
2. *Sic*. La ruelle étant l'espace qui sépare le lit du mur, la mariée ne peut se trouver *dans* la ruelle — pourtant, les mêmes mots reviennent quelques lignes plus loin. Comprenons qu'elle s'est couchée au bord du lit, du côté opposé à la chambre.
3. *Tirer* a ici le sens d'ouvrir et non de fermer.

bras en avant. Elle tourna la tête alors... et vit, dit-elle, son mari à genoux auprès du lit, la tête à la hauteur de l'oreiller, entre les bras d'une espèce de géant verdâtre qui l'étreignait avec force. Elle dit, et m'a répété vingt fois, pauvre femme !... elle dit qu'elle a reconnu... devinez-vous ? La Vénus de bronze, la statue de M. de Peyrehorade... Depuis qu'elle est dans le pays, tout le monde en rêve. Mais je reprends le récit de la malheureuse folle. À ce spectacle, elle perdit connaissance, et probablement depuis quelques instants elle avait perdu la raison. Elle ne peut en aucune façon dire combien de temps elle demeura évanouie. Revenue à elle, elle revit le fantôme, ou la statue, comme elle dit toujours, immobile, les jambes et le bas du corps dans le lit, le buste et les bras étendus en avant, et entre ses bras son mari, sans mouvement. Un coq chanta. Alors la statue sortit du lit, laissa tomber le cadavre et sortit. Mme Alphonse se pendit à la sonnette, et vous savez le reste. »

On amena l'Espagnol ; il était calme, et se défendit avec beaucoup de sang-froid et de présence d'esprit. Du reste, il ne nia pas le propos que j'avais entendu ; mais il l'expliquait, prétendant qu'il n'avait voulu dire autre chose, sinon que le lendemain, reposé qu'il serait, il aurait gagné une partie de paume à son vainqueur. Je me rappelle qu'il ajouta :

« Un Aragonais, lorsqu'il est outragé, n'attend pas au lendemain pour se venger. Si j'avais cru que M. Alphonse eût voulu m'insulter, je lui aurais sur-le-champ donné de mon couteau dans le ventre. »

On compara ses souliers avec les empreintes de pas dans le jardin ; ses souliers étaient beaucoup
5　plus grands.

Enfin l'hôtelier chez qui cet homme était logé assura qu'il avait passé toute la nuit à frotter et à médicamenter un de ses mulets qui était malade.

D'ailleurs cet Aragonais était un homme bien
10　famé [1], fort connu dans le pays où il venait tous les ans pour son commerce. On le relâcha donc en lui faisant des excuses.

J'oubliais la déposition d'un domestique qui le dernier avait vu M. Alphonse vivant. C'était au
15　moment qu'il allait monter chez sa femme, et, appelant cet homme, il lui demanda d'un air d'inquiétude s'il savait où j'étais. Le domestique répondit qu'il ne m'avait point vu. Alors M. Alphonse fit un soupir et resta plus d'une
20　minute sans parler, puis il dit : « *Allons ! le diable l'aura emporté aussi !* »

Je demandai à cet homme si M. Alphonse avait sa bague de diamants lorsqu'il lui parla. Le domestique hésita pour répondre ; enfin il dit
25　qu'il ne le croyait pas, qu'il n'y avait fait au reste aucune attention. « S'il avait eu cette bague au doigt, ajouta-t-il en se reprenant, je l'aurais sans doute remarquée, car je croyais qu'il l'avait donnée à Mme Alphonse. »
30　En questionnant cet homme, je ressentais un peu de la terreur superstitieuse que la déposition

---

1. *Bien famé* : voir p. 36, n. 1.

de Mme Alphonse avait répandue dans toute la maison. Le procureur du roi me regarda en souriant, et je me gardai bien d'insister.

Quelques heures après les funérailles de M. Alphonse, je me disposai à quitter Ille. La voiture de M. de Peyrehorade devait me conduire à Perpignan. Malgré son état de faiblesse, le pauvre vieillard voulut m'accompagner jusqu'à la porte de son jardin. Nous le traversâmes en silence, lui se traînant à peine, appuyé sur mon bras. Au moment de nous séparer, je jetai un dernier regard sur la Vénus. Je prévoyais bien que mon hôte, quoiqu'il ne partageât point les terreurs et les haines qu'elle inspirait à une partie de sa famille, voudrait se défaire d'un objet qui lui rappellerait sans cesse un malheur affreux. Mon intention était de l'engager à la placer dans un musée. J'hésitais pour entrer en matière, quand M. de Peyrehorade tourna machinalement la tête du côté où il me voyait regarder fixement. Il aperçut la statue et aussitôt fondit en larmes. Je l'embrassai, et, sans oser lui dire un seul mot, je montai dans la voiture.

Depuis mon départ je n'ai point appris que quelque jour nouveau soit venu éclairer cette mystérieuse catastrophe.

M. de Peyrehorade mourut quelques mois après son fils. Par son testament il m'a légué ses manuscrits, que je publierai peut-être un jour. Je n'y ai point trouvé le mémoire relatif aux inscriptions de la Vénus [1].

---

1. Il a été question de ce mémoire plus haut (p. 56).

P.S. Mon ami M. de P.[1] vient de m'écrire de
Perpignan que la statue n'existe plus. Après la
mort de son mari, le premier soin de Mme de Peyrehorade fut de la faire fondre en cloche, et sous
5 cette nouvelle forme elle sert à l'église d'Ille. Mais,
ajoute M. de P., il semble qu'un mauvais sort
poursuive ceux qui possèdent ce bronze. Depuis
que cette cloche sonne à Ille, les vignes ont gelé
deux fois[2].

1. M. de P. : voir p. 48 et la note 1.
2. Cette note finale d'humour noir renvoie à peu près le lecteur à la date réelle du séjour de Mérimée à Ille (novembre
1834).

Colomba

CHAPITRE PREMIER

Pè far la to vendetta,
Sta sigur', vasta anche ella.
VOCERO DU NIOLO[1].

Dans les premiers jours du mois d'octobre 181.[2], le colonel Sir Thomas Nevil, Irlandais, officier distingué de l'armée anglaise, descendit avec sa fille à l'hôtel Beauvau, à Marseille[3], au retour d'un voyage en Italie. L'admiration continue des voyageurs enthousiastes a produit une réaction, et, pour se singulariser, beaucoup de *touristes* aujourd'hui prennent pour devise le *nil admirari* d'Horace[4]. C'est à cette classe de

5

1. « Pour faire ta vengeance, sois tranquille, elle suffit » (c'est-à-dire : l'orpheline saura te venger, toi qui as été assassiné). Le *Vocero* [chant funèbre, voir plus loin p. 118] *du Niolo* est un des textes que Mérimée a reproduits à la fin de ses *Notes d'un voyage en Corse* (voir *Notes de voyage*, éd. Auzas, p. 733, et notre ouvrage sur *Colomba*, « Foliothèque », p. 177).
2. 1819, selon la seule chronologie vraisemblable (voir p. 152 et la note 1).
3. Mérimée était descendu dans cet hôtel lors de son départ pour la Corse en août 1839.
4. *Nil admirari* : ne s'étonner de rien (Horace, *Épîtres*, I, VI, v. 1). Dans la même phrase « *touristes* » est en italique parce

voyageurs mécontents qu'appartenait Miss Lydia,
fille unique du colonel. *La Transfiguration* [1] lui
avait paru médiocre, le Vésuve en éruption à
peine supérieur aux cheminées des usines de Bir-
mingham. En somme, sa grande objection contre
l'Italie était que ce pays manquait de couleur
locale, de caractère. Explique qui pourra le sens
de ces mots, que je comprenais fort bien il y a
quelques années, et que je n'entends plus aujour-
d'hui. D'abord, Miss Lydia s'était flattée de trouver au-delà des Alpes des choses que personne
n'aurait vues avant elle, et dont elle pourrait parler *avec les honnêtes gens*, comme dit M. Jour-
dain [2]. Mais bientôt, partout devancée par ses
compatriotes et désespérant de rencontrer rien
d'inconnu, elle se jeta dans le parti de l'opposition. Il est bien désagréable, en effet, de ne pouvoir parler des merveilles de l'Italie sans que quelqu'un ne vous dise : « Vous connaissez sans doute
ce Raphaël du palais***, à*** ? C'est ce qu'il y a
de plus beau en Italie. » — Et c'est justement ce
qu'on a négligé de voir. Comme il est trop long de
tout voir, le plus simple c'est de tout condamner
de parti pris.

À l'hôtel Beauvau, Miss Lydia eut un amer
désappointement. Elle rapportait un joli croquis

---

que le mot, venu de l'anglais *tour*, excursion, est un néologisme
en cours d'acclimatation (cf. le titre du livre de Stendhal publié
en 1838, *Mémoires d'un touriste*).

1. Ce chef-d'œuvre de Raphaël, confisqué par l'occupant
français en 1797, avait été exposé au Louvre durant tout l'Empire. Il se trouve depuis 1815 au musée du Vatican.

2. Voir *Le Bourgeois gentilhomme*, III, III.

de la porte pélasgique ou cyclopéenne de Segni,
qu'elle croyait oubliée par les dessinateurs. Or,
Lady Frances Fenwich[1], la rencontrant à Marseille, lui montra son album, où, entre un sonnet
et une fleur desséchée, figurait la porte en question, enluminée à grand renfort de terre de
Sienne. Miss Lydia donna la porte de Segni à sa
femme de chambre, et perdit toute estime pour
les constructions pélasgiques.

Ces tristes dispositions étaient partagées par le
colonel Nevil, qui, depuis la mort de sa femme, ne
voyait les choses que par les yeux de Miss Lydia.
Pour lui, l'Italie avait le tort immense d'avoir
ennuyé sa fille, et par conséquent c'était le plus
ennuyeux pays du monde. Il n'avait rien à dire, il est
vrai, contre les tableaux et les statues ; mais ce qu'il
pouvait assurer, c'est que la chasse était misérable
dans ce pays-là, et qu'il fallait faire dix lieues au
grand soleil dans la campagne de Rome pour tuer
quelques méchantes perdrix rouges.

Le lendemain de son arrivée à Marseille, il
invita à dîner le capitaine Ellis, son ancien adjudant, qui venait de passer six semaines en Corse.
Le capitaine raconta fort bien à Miss Lydia une
histoire de bandits qui avait le mérite de ne ressembler nullement aux histoires de voleurs dont

1. Cette lady Fenwich est une grande dame imaginaire,
semble-t-il. La petite ville de Segni, à 50 km à l'est de Rome, est,
avec sa Porta Saracena dont il est question ici, un des sites
archéologiques connus pour leurs fortifications aux pierres
énormes, assemblées sans mortier, mode de construction appelé
en effet pélasgique ou cyclopéen, et que l'on trouve aussi, par
exemple, à Tirynthe, dans le Péloponnèse.

on l'avait si souvent entretenue sur la route de
Rome à Naples. Au dessert, les deux hommes, restés seuls avec des bouteilles de vin de Bordeaux,
parlèrent chasse, et le colonel apprit qu'il n'y a
5   pas de pays où elle soit plus belle qu'en Corse,
plus variée, plus abondante. « On y voit force sangliers, disait le capitaine Ellis, et il faut apprendre
à les distinguer des cochons domestiques, qui
leur ressemblent d'une manière étonnante ; car,
10 en tuant des cochons, l'on se fait une mauvaise
affaire avec leurs gardiens. Ils sortent d'un taillis
qu'ils nomment *maquis*, armés jusqu'aux dents,
se font payer leurs bêtes et se moquent de vous.
Vous avez encore le mouflon, fort étrange animal
15 qu'on ne trouve pas ailleurs, fameux gibier, mais
difficile[1]. Cerfs, daims, faisans, perdreaux, jamais
on ne pourrait nombrer toutes les espèces de
gibier qui fourmillent en Corse. Si vous aimez
à tirer, allez en Corse, colonel ; là, comme disait
20 un de mes hôtes, vous pourrez tirer sur tous
les gibiers possibles, depuis la grive jusqu'à
l'homme. »

     Au thé, le capitaine charma de nouveau
Miss Lydia par une histoire de vendetta *transver-*
25 *sale*[2], encore plus bizarre que la première, et il
acheva de l'enthousiasmer pour la Corse en lui
décrivant l'aspect étrange, sauvage du pays, le
caractère original de ses habitants, leur hospita-

---

1. Cf. *Mateo Falcone*, p. 23-25, où l'on retrouve les mêmes
données descriptives.
2. « C'est la vengeance que l'on fait tomber sur un parent
plus ou moins éloigné de l'auteur de l'offense » (note de
Mérimée).

lité et leurs mœurs primitives. Enfin, il mit à ses
pieds un joli petit stylet[1], moins remarquable par
sa forme et sa monture en cuivre que par son origine. Un fameux bandit l'avait cédé au capitaine
Ellis, garanti pour s'être enfoncé dans quatre   5
corps humains. Miss Lydia le passa dans sa ceinture, le mit sur sa table de nuit, et le tira deux fois
de son fourreau avant de s'endormir. De son côté,
le colonel rêva qu'il tuait un mouflon et que le
propriétaire lui en faisait payer le prix, à quoi il   10
consentait volontiers, car c'était un animal très
curieux, qui ressemblait à un sanglier, avec des
cornes de cerf et une queue de faisan.

   « Ellis conte qu'il y a une chasse admirable en
Corse, dit le colonel, déjeunant tête à tête avec sa   15
fille ; si ce n'était pas si loin, j'aimerais à y passer
une quinzaine.

   — Eh bien, répondit Miss Lydia, pourquoi
n'irions-nous pas en Corse ? Pendant que vous
chasseriez, je dessinerais ; je serais charmée   20
d'avoir dans mon album la grotte dont parlait le
capitaine Ellis, où Bonaparte allait étudier quand
il était enfant[2]. »

   1. *Stylet* : voir p. 28 et la note 3.
   2. Cette grotte, située à flanc de colline à la sortie ouest
d'Ajaccio, est de nouveau évoquée p. 164. Que Bonaparte y ait
jamais étudié est plus que douteux, mais l'anecdote est
typique : dès 1819, époque de la captivité de l'empereur à
Sainte-Hélène (voir p. 197 et n. 4), la légende napoléonienne
est fortement développée ; c'est plus net encore en 1840, à la
fois par haine envers les Anglais et dans la perspective du
retour annoncé des cendres de l'empereur de Sainte-Hélène en
France (leur translation aux Invalides a lieu en décembre, six
mois après la publication de *Colomba* dans la *Revue des Deux
Mondes*).

C'était peut-être la première fois qu'un désir
manifesté par le colonel eût obtenu l'approbation
de sa fille. Enchanté de cette rencontre inattendue, il eut pourtant le bon sens de faire quelques
objections pour irriter l'heureux caprice de
Miss Lydia. En vain il parla de la sauvagerie du
pays et de la difficulté pour une femme d'y
voyager : elle ne craignait rien ; elle aimait par-
dessus tout à voyager à cheval ; elle se faisait une
fête de coucher au bivac [1] ; elle menaçait d'aller en
Asie Mineure. Bref, elle avait réponse à tout, car
jamais Anglaise n'avait été en Corse ; donc elle
devait y aller. Et quel bonheur, de retour dans
Saint-James's Place [2], de montrer son album !
« Pourquoi donc, ma chère, passez-vous ce charmant dessin ? — Oh ! ce n'est rien. C'est un croquis que j'ai fait d'après un fameux bandit corse
qui nous a servi de guide. — Comment ! vous avez
été en Corse ?... »

Les bateaux à vapeur n'existant point encore
entre la France et la Corse [3], on s'enquit d'un
navire en partance pour l'île que Miss Lydia se
proposait de découvrir. Dès le jour même, le colonel écrivait à Paris pour décommander l'appartement qui devait le recevoir, et fit marché avec le
patron d'une goélette corse qui allait faire voile
pour Ajaccio. Il y avait deux chambres telles quel-

1. *Bivac* : orthographe de l'édition de 1850 ; auparavant, on
lisait « bivouac », graphie alors rare, devenue courante. Même
chose p. 284.
2. Allée résidentielle proche de Picadilly.
3. Les deux lignes régulières reliant Marseille à Ajaccio et à
Bastia n'ont en effet été inaugurées qu'en juin 1830.

les[1]. On embarqua des provisions ; le patron jura
qu'un vieux sien matelot était un cuisinier esti-
mable et n'avait pas son pareil pour la bouilla-
baisse ; il promit que mademoiselle serait conve-
nablement, qu'elle aurait bon vent, belle mer.   5

En outre, d'après les volontés de sa fille, le colonel stipula que le capitaine ne prendrait aucun
passager, et qu'il s'arrangerait pour raser les côtes
de l'île de façon qu'on pût jouir de la vue des montagnes.   10

CHAPITRE II

Au jour fixé pour le départ, tout était emballé,
embarqué dès le matin : la goélette devait partir
avec la brise du soir. En attendant, le colonel se
promenait avec sa fille sur la Canebière, lorsque
le patron l'aborda pour lui demander la permis-   15
sion de prendre à son bord un de ses parents,
c'est-à-dire le petit-cousin du parrain de son fils
aîné, lequel retournant en Corse, son pays natal,
pour affaires pressantes, ne pouvait trouver de
navire pour le passer. « C'est un charmant garçon, 20
ajouta le capitaine Matei, militaire, officier aux
chasseurs à pied de la garde, et qui serait déjà
colonel si l'Autre[2] était encore empereur.

1. C'est-à-dire sans confort (« telles quelles » signifie à peu
près : à prendre ou à laisser).
2. *L'Autre* : Napoléon. La loi sur les écrits et les cris séditieux
du 11 novembre 1815 assimilait à un trouble de l'ordre public
le fait d'imprimer dans une publication « le nom de l'usurpa-

— Puisque c'est un militaire », dit le colonel...
il allait ajouter : « Je consens volontiers à ce qu'il
vienne avec nous... » mais Miss Lydia s'écria en
anglais :

5 « Un officier d'infanterie !... (son père ayant
servi dans la cavalerie, elle avait du mépris pour
toute autre arme) un homme sans éducation
peut-être, qui aura le mal de mer et qui nous
gâtera tout le plaisir de la traversée ! »

10 Le patron n'entendait pas un mot d'anglais,
mais il parut comprendre ce que disait
Miss Lydia à la petite moue de sa jolie bouche, et
il commença un éloge en trois points de son
parent, qu'il termina en assurant que c'était un
15 homme très comme il faut, d'une famille de *caporaux*, et qu'il ne gênerait en rien monsieur le colonel, car lui, patron, se chargeait de le loger
dans un coin où l'on ne s'apercevrait pas de sa
présence.

20 Le colonel et Miss Nevil trouvèrent singulier
qu'il y eût en Corse des familles où l'on fût ainsi
caporal de père en fils ; mais, comme ils pen-
saient pieusement qu'il s'agissait d'un caporal
d'infanterie, ils conclurent que c'était quelque
25 pauvre diable que le patron voulait emmener par
charité. S'il se fût agi d'un officier, on eût été
obligé de lui parler, de vivre avec lui ; mais, avec
un caporal, il n'y a pas à se gêner, et c'est un être
sans conséquence, lorsque son escouade n'est pas

teur » ou même de le prononcer « en réunion ». La « garde »
évoquée dans la même phrase est évidemment la Garde impériale, corps d'élite de Napoléon (même chose p. 108).

là, baïonnette au bout du fusil, pour vous mener
où vous n'avez pas envie d'aller.

« Votre parent a-t-il le mal de mer ? demanda
Miss Nevil d'un ton sec.

— Jamais, mademoiselle ; le cœur ferme comme   5
un roc, sur mer comme sur terre.

— Eh bien, vous pouvez l'emmener, dit-elle.

— Vous pouvez l'emmener », répéta le colonel,
et ils continuèrent leur promenade.

Vers cinq heures du soir, le capitaine Matei vint   10
les chercher pour monter à bord de la goélette.
Sur le port, près de la yole[1] du capitaine, ils trouvèrent un grand jeune homme vêtu d'une redingote bleue boutonnée jusqu'au menton, le teint
basané, les yeux noirs, vifs, bien fendus, l'air   15
franc et spirituel. À la manière dont il effaçait les
épaules, à sa petite moustache frisée, on recon-
naissait facilement un militaire ; car, à cette
époque, les moustaches ne couraient pas les rues,
et la garde nationale n'avait pas encore introduit   20
dans toutes les familles la tenue avec les habitudes de corps de garde[2].

Le jeune homme ôta sa casquette en voyant le

1. *Yole* : barque étroite et légère, utilisée pour aller du quai
jusqu'à la goélette mouillée au large.
2. Mérimée joue volontiers, dans son récit, des différences
entre la Restauration, époque de l'intrigue, et la monarchie de
Juillet, époque de l'écriture : c'est le cas, ici, au sujet du port de
la moustache, en effet rare avant 1830, hors de l'armée. L'allusion à la Garde nationale est plus complexe : c'est seulement en
1827 que Charles X supprime pour indiscipline cette milice
bourgeoise, créée en juillet 1789, et donc, à l'époque de la scène
évoquée, elle existe encore ; mais Mérimée pense ici à sa
reconstitution ostentatoire en août 1830 : alors, en effet, elle
envahit la vie quotidienne des Français.

colonel, et le remercia sans embarras et en bons termes du service qu'il lui rendait.

« Charmé de vous être utile, mon garçon », dit le colonel en lui faisant un signe de tête amical.

Et il entra dans la yole.

« Il est sans gêne, votre Anglais », dit tout bas en italien le jeune homme au patron.

Celui-ci plaça son index sous son œil gauche et abaissa les deux coins de la bouche. Pour qui comprend le langage des signes, cela voulait dire que l'Anglais entendait l'italien et que c'était un homme bizarre. Le jeune homme sourit légèrement, toucha son front en réponse au signe de Matei, comme pour lui dire que tous les Anglais avaient quelque chose de travers dans la tête, puis il s'assit auprès du patron, et considéra avec beaucoup d'attention, mais sans impertinence, sa jolie compagne de voyage.

« Ils ont bonne tournure, ces soldats français, dit le colonel à sa fille en anglais ; aussi en fait-on facilement des officiers. »

Puis, s'adressant en français au jeune homme :

« Dites-moi, mon brave, dans quel régiment avez-vous servi ? »

Celui-ci donna un léger coup de coude au père du filleul de son petit-cousin, et, comprimant un sourire ironique, répondit qu'il avait été dans les chasseurs à pied de la garde, et que présentement il sortait du 7e léger[1].

1. Abréviation courante pour : 7e régiment d'infanterie légère (voir encore p. 115).

« Est-ce que vous avez été à Waterloo ? Vous êtes bien jeune.

— Pardon, mon colonel ; c'est ma seule campagne.

— Elle compte double », dit le colonel.

Le jeune Corse se mordit les lèvres.

« Papa, dit Miss Lydia en anglais, demandez-lui donc si les Corses aiment beaucoup leur Bonaparte ? »

Avant que le colonel eût traduit la question en français, le jeune homme répondit en assez bon anglais, quoique avec un accent prononcé :

« Vous savez, mademoiselle, que nul n'est prophète en son pays. Nous autres, compatriotes de Napoléon, nous l'aimons peut-être moins que les Français. Quant à moi, bien que ma famille ait été autrefois l'ennemie de la sienne, je l'aime et l'admire.

— Vous parlez anglais ! s'écria le colonel.

— Fort mal, comme vous pouvez vous en apercevoir. »

Bien qu'un peu choquée de son ton dégagé, Miss Lydia ne put s'empêcher de rire en pensant à une inimitié personnelle entre un caporal et un empereur. Ce lui fut comme un avant-goût des singularités de la Corse, et elle se promit de noter le trait sur son journal.

« Peut-être avez-vous été prisonnier en Angleterre ? demanda le colonel.

— Non, mon colonel, j'ai appris l'anglais en France, tout jeune, d'un prisonnier de votre nation. »

Puis, s'adressant à Miss Nevil :

« Matei m'a dit que vous reveniez d'Italie. Vous parlez sans doute le pur toscan, mademoiselle ; vous serez un peu embarrassée, je le crains, pour comprendre notre patois.

5 — Ma fille entend tous les patois italiens, répondit le colonel ; elle a le don des langues. Ce n'est pas comme moi.

— Mademoiselle comprendrait-elle, par exemple, ces vers d'une de nos chansons corses ? C'est 10 un berger qui dit à une bergère :

S'entrassi 'ndru Paradisu santu, santu,
E nun truvassi a tia, mi n'esciria [1]. »

Miss Lydia comprit, et trouvant la citation audacieuse et plus encore le regard qui l'accom-15 pagnait, elle répondit en rougissant : « *Capisco* [2]. »

« Et vous retournez dans votre pays en semestre [3] ? demanda le colonel.

— Non, mon colonel. Ils m'ont mis en demi-solde, probablement parce que j'ai été à Waterloo 20 et que je suis compatriote de Napoléon [4]. Je

1. « "Si j'entrais dans le paradis saint, saint, et si je ne t'y trouvais pas, j'en sortirais" (*Serenata di Zicavo*) » (note de Mérimée). — Zicavo se trouve à 60 km à l'est d'Ajaccio. Voir le texte complet dans les *Notes d'un voyage en Corse* (*Notes de voyage*, éd. Auzas, p. 727) et dans notre ouvrage sur *Colomba* (« Foliothèque », p. 176).

2. *Capisco* : je comprends, en italien.

3. *En semestre*, c'est-à-dire avec un congé de six mois (généralement accordé après les campagnes).

4. Les officiers de Napoléon, démobilisés et réduits à la moitié de leur solde, furent si nombreux que le nom de « demi-solde » servit bientôt à les désigner. Il revient plusieurs fois dans la suite du texte.

retourne chez moi, léger d'espoir, léger d'argent, comme dit la chanson. »

Et il soupira en regardant le ciel.

Le colonel mit la main à sa poche, et, retournant entre ses doigts une pièce d'or, il cherchait une phrase pour la glisser poliment dans la main de son ennemi malheureux.

« Et moi aussi, dit-il, d'un ton de bonne humeur, on m'a mis en demi-solde[1] ; mais... avec votre demi-solde vous n'avez pas de quoi vous acheter du tabac. Tenez, caporal. »

Et il essaya de faire entrer la pièce d'or dans la main fermée que le jeune homme appuyait sur le rebord de la yole.

Le jeune Corse rougit, se redressa, se mordit les lèvres, et paraissait disposé à répondre avec emportement, quand tout à coup, changeant d'expression, il éclata de rire. Le colonel, sa pièce à la main, demeurait tout ébahi.

« Colonel, dit le jeune homme reprenant son sérieux, permettez-moi de vous donner deux avis : le premier, c'est de ne jamais offrir de l'argent à un Corse, car il y a de mes compatriotes assez impolis pour vous le jeter à la tête ; le second, c'est de ne pas donner aux gens des titres qu'ils ne réclament point. Vous m'appelez caporal et je suis lieutenant. Sans doute, la différence n'est pas bien grande, mais...

— Lieutenant ! s'écria Sir Thomas, lieutenant ! mais le patron m'a dit que vous étiez caporal,

---

1. Parce qu'il est à la retraite.

ainsi que votre père et tous les hommes de votre famille. »

À ces mots le jeune homme, se laissant aller à la renverse, se mit à rire de plus belle, et de si bonne grâce, que le patron et ses deux matelots éclatèrent en chœur.

« Pardon, colonel, dit enfin le jeune homme ; mais le quiproquo est admirable, je ne l'ai compris qu'à l'instant. En effet, ma famille se glorifie de compter des caporaux parmi ses ancêtres ; mais nos caporaux corses n'ont jamais eu de galons sur leurs habits. Vers l'an de grâce 1100, quelques communes, s'étant révoltées contre la tyrannie des seigneurs montagnards, se choisirent des chefs qu'elles nommèrent *caporaux*. Dans notre île, nous tenons à honneur de descendre de ces espèces de tribuns[1].

— Pardon, monsieur ! s'écria le colonel, mille fois pardon. Puisque vous comprenez la cause de ma méprise, j'espère que vous voudrez bien l'excuser. »

Et il lui tendit la main.

« C'est la juste punition de mon petit orgueil, colonel, dit le jeune homme riant toujours et serrant cordialement la main de l'Anglais ; je ne vous en veux pas le moins du monde. Puisque mon ami Matei m'a si mal présenté, permettez-moi de me présenter moi-même : je m'appelle Orso della Rebbia, lieutenant en demi-solde, et, si, comme je le présume en voyant ces deux beaux chiens, vous

1. Sur les *caporaux* et leur histoire, voir déjà ci-dessus p. 27, n. 1.

venez en Corse pour chasser, je serai très flatté de vous faire les honneurs de nos maquis et de nos montagnes... si toutefois je ne les ai pas oubliés », ajouta-t-il en soupirant.

En ce moment la yole touchait la goélette. Le lieutenant offrit la main à Miss Lydia, puis aida le colonel à se guinder[1] sur le pont. Là, Sir Thomas, toujours fort penaud de sa méprise, et, ne sachant comment faire oublier son impertinence à un homme qui datait de l'an 1100, sans attendre l'assentiment de sa fille, le pria à souper en lui renouvelant ses excuses et ses poignées de main. Miss Lydia fronçait bien un peu le sourcil, mais, après tout, elle n'était pas fâchée de savoir ce que c'était qu'un caporal ; son hôte ne lui avait pas déplu, elle commençait même à lui trouver un certain je ne sais quoi aristocratique ; seulement il avait l'air trop franc et trop gai pour un héros de roman.

« Lieutenant della Rebbia, dit le colonel en le saluant à la manière anglaise, un verre de vin de Madère à la main, j'ai vu en Espagne beaucoup de vos compatriotes : c'était de la fameuse infanterie en tirailleurs.

— Oui, beaucoup sont restés en Espagne, dit le jeune lieutenant d'un air sérieux.

— Je n'oublierai jamais la conduite d'un bataillon corse à la bataille de Vitoria[2], poursuivit le

1. *Se guinder* : voir p. 59, n. 2.
2. Après avoir envahi l'Espagne (1808), Napoléon y lutta pendant six ans contre les Anglais sans parvenir à prendre le dessus. La bataille de Vitoria fut remportée le 21 juin 1813 par Wellington contre le général Jourdan.

colonel. Il doit m'en souvenir, ajouta-t-il, en se
frottant la poitrine. Toute la journée ils avaient
été en tirailleurs dans les jardins, derrière les
haies, et nous avaient tué je ne sais combien
d'hommes et de chevaux. La retraite décidée, ils
se rallièrent et se mirent à filer grand train. En
plaine, nous espérions prendre notre revanche,
mais mes drôles... excusez, lieutenant, — ces
braves gens, dis-je, s'étaient formés en carré, et il
n'y avait pas moyen de les rompre. Au milieu du
carré, je crois le voir encore, il y avait un officier
monté sur un petit cheval noir ; il se tenait à côté
de l'aigle[1], fumant son cigare comme s'il eût été
au café. Parfois, comme pour nous braver, leur
musique nous jouait des fanfares... Je lance sur
eux mes deux premiers escadrons... Bah ! au lieu
de mordre sur le front du carré, voilà mes dragons qui passent à côté, puis font demi-tour, et
reviennent fort en désordre et plus d'un cheval
sans maître... et toujours la diable de musique !
Quand la fumée qui enveloppait le bataillon se
dissipa, je revis l'officier à côté de l'aigle, fumant
encore son cigare. Enragé, je me mis moi-même à
la tête d'une dernière charge. Leurs fusils, crassés[2] à force de tirer, ne partaient plus, mais les
soldats étaient formés sur six rangs, la baïonnette
au nez des chevaux, on eût dit un mur. Je criais,
j'exhortais mes dragons, je serrais la botte pour

---

1. Une *aigle* (mot féminin, en ce sens) est un étendard sur-
monté d'une effigie d'aigle, signe des armées napoléoniennes
(par imitation des armées romaines).
2. *Crassés* : encrassés ; le mot ne s'emploie guère qu'à propos
d'armes à feu.

faire avancer mon cheval, quand l'officier dont je vous parlais, ôtant enfin son cigare, me montra de la main à un de ses hommes. J'entendis quelque chose comme : *"Al capello bianco*[1] !" J'avais un plumet blanc. Je n'en entendis pas davantage, car une balle me traversa la poitrine.

— C'était un beau bataillon, monsieur della Rebbia, le premier du 18e léger, tous Corses, à ce qu'on me dit depuis[2].

— Oui, dit Orso dont les yeux brillaient pendant ce récit, ils soutinrent la retraite et rapportèrent leur aigle ; mais les deux tiers de ces braves gens dorment aujourd'hui dans la plaine de Vitoria.

— Et par hasard ! sauriez-vous le nom de l'officier qui les commandait ?

— C'était mon père. Il était alors major au 18e, et fut fait colonel pour sa conduite dans cette triste journée.

— Votre père ! Par ma foi, c'était un brave ! J'aurais du plaisir à le revoir, et je le reconnaîtrais, j'en suis sûr. Vit-il encore ?

— Non, colonel, dit le jeune homme pâlissant légèrement.

— Était-il à Waterloo ?

— Oui, colonel, mais il n'a pas eu le bonheur de tomber sur un champ de bataille... Il est mort en Corse... Il y a deux ans... Mon Dieu ! que cette

---

1. « [L'homme] au chapeau blanc ! » Il faudrait *cappello* (*capello* signifie « cheveu »).
2. Détails inventés (il n'y eut pas de bataillon corse à Vitoria et le 18e léger n'y fut pas engagé).

mer est belle ! il y a dix ans que je n'ai vu la Méditerranée. — Ne trouvez-vous pas la Méditerranée
plus belle que l'Océan, mademoiselle ?

— Je la trouve trop bleue... et les vagues manquent de grandeur.

— Vous aimez la beauté sauvage, mademoiselle ? À ce compte, je crois que la Corse vous plaira.

— Ma fille, dit le colonel, aime tout ce qui est
extraordinaire ; c'est pourquoi l'Italie ne lui a
guère plu.

— Je ne connais de l'Italie, dit Orso, que Pise,
où j'ai passé quelque temps au collège ; mais je ne
puis penser sans admiration au Campo Santo, au
Dôme, à la Tour penchée... au Campo Santo surtout. Vous vous rappelez *La Mort*, d'Orcagna... Je
crois que je pourrais la dessiner, tant elle est restée gravée dans ma mémoire [1]. »

Miss Lydia craignit que monsieur le lieutenant
ne s'engageât dans une tirade d'enthousiasme.

« C'est très joli, dit-elle en bâillant. Pardon,
mon père, j'ai un peu mal à la tête, je vais descendre dans ma chambre. »

Elle baisa son père sur le front, fit un signe de
tête majestueux à Orso et disparut. Les deux
hommes causèrent alors chasse et guerre.

Ils apprirent qu'à Waterloo ils étaient en face
l'un de l'autre, et qu'ils avaient dû échanger bien
des balles. Leur bonne intelligence en redoubla.

---

1. Il s'agit du *Triomphe de la Mort*, fresque macabre peinte
sur les murs des galeries couvertes du cimetière (*campo santo*,
en italien) de Pise par Andrea di Cione Arcangelo, dit l'Orcagna, artiste florentin du xive siècle. Elle a été détruite durant la
Seconde Guerre mondiale.

Tour à tour ils critiquèrent Napoléon, Wellington, et Blücher[1], puis ils chassèrent ensemble le daim, le sanglier et le mouflon. Enfin, la nuit étant déjà très avancée, et la dernière bouteille de bordeaux finie, le colonel serra de nouveau la main au lieutenant et lui souhaita le bonsoir, en exprimant l'espoir de cultiver une connaissance commencée d'une façon si ridicule. Ils se séparèrent, et chacun fut se coucher.   5

CHAPITRE III

La nuit était belle, la lune se jouait sur les flots,   10
le navire voguait doucement au gré d'une brise légère, Miss Lydia n'avait point envie de dormir, et ce n'était que la présence d'un profane qui l'avait empêchée de goûter ces émotions qu'en mer et par un clair de lune tout être humain   15
éprouve quand il a deux grains de poésie dans le cœur. Lorsqu'elle jugea que le jeune lieutenant dormait sur les deux oreilles, comme un être prosaïque qu'il était, elle se leva, prit une pelisse, éveilla sa femme de chambre et monta sur le   20
pont. Il n'y avait personne qu'un matelot au gouvernail, lequel chantait une espèce de complainte dans le dialecte corse, sur un air sauvage et

1. Blücher : faut-il rappeler que c'est grâce au renfort de ce général prussien que Wellington vit tourner en sa faveur la bataille de Waterloo jusqu'alors indécise ?

monotone. Dans le calme de la nuit, cette musique étrange avait son charme. Malheureusement Miss Lydia ne comprenait pas parfaitement ce que chantait le matelot. Au milieu de beaucoup de lieux communs, un vers énergique excitait vivement sa curiosité, mais bientôt, au plus beau moment, arrivaient quelques mots de patois dont le sens lui échappait. Elle comprit pourtant qu'il était question d'un meurtre. Des imprécations contre les assassins, des menaces de vengeance, l'éloge du mort, tout cela était confondu pêle-mêle. Elle retint quelques vers ; je vais essayer de les traduire[1] :

« ... *Ni les canons, ni les baïonnettes — n'ont fait pâlir son front, — serein sur un champ de bataille — comme un ciel d'été. — Il était le faucon ami de l'aigle, — miel des sables pour ses amis, — pour ses ennemis la mer en courroux. — Plus haut que le soleil, — plus doux que la lune. — Lui que les ennemis de la France — n'atteignirent jamais, — des assassins de son pays — l'ont frappé par derrière, — comme Vittolo tua Sampiero Corso*[2]. *— Jamais ils n'eussent osé le regarder en face. — ... Placez sur*

---

1. Le texte qui suit a été composé par Mérimée, mais ses thèmes et quelques expressions textuelles viennent des chants qu'il avait reproduits dans ses *Notes d'un voyage en Corse* (voir *Notes de voyage*, éd. Auzas, p. 741, et notre ouvrage sur *Colomba*, « Foliothèque », p. 181).

2. « Voyez Filippini, liv. XI. — Le nom de Vittolo est encore en exécration parmi les Corses. C'est aujourd'hui un synonyme de traître » (note de Mérimée). — Sur le héros national Sampiero Corso et sur le chroniqueur Filippini, voir la notice, p. 329-330.

la muraille, devant mon lit, — ma croix d'honneur
bien gagnée. — Rouge en est le ruban, — plus rouge
ma chemise. — À mon fils, mon fils en lointain
pays, — gardez ma croix et ma chemise sanglante.
— Il y verra deux trous. — Pour chaque trou, un 5
trou dans une autre chemise. — Mais la vengeance
serait-elle faite alors ! — Il me faut la main qui a
tiré, — l'œil qui a visé, — le cœur qui a pensé... »

Le matelot s'arrêta tout à coup. « Pourquoi
ne continuez-vous pas, mon ami ? » demanda 10
Miss Nevil.

Le matelot, d'un mouvement de tête, lui montra
une figure qui sortait du grand panneau de la goélette : c'était Orso qui venait jouir du clair de lune.

« Achevez donc votre complainte, dit Miss Ly- 15
dia, elle me faisait grand plaisir. »

Le matelot se pencha vers elle et dit fort bas :

« Je ne donne le *rimbecco* à personne.

— Comment ? le... ? »

Le matelot, sans répondre, se mit à siffler. 20

« Je vous prends à admirer notre Méditerranée,
Miss Nevil, dit Orso s'avançant vers elle. Conve-
nez qu'on ne voit point ailleurs cette lune-ci.

— Je ne la regardais pas. J'étais tout occupée à
étudier le corse. Ce matelot, qui chantait une 25
complainte des plus tragiques, s'est arrêté au plus
beau moment. »

Le matelot se baissa comme pour mieux lire
sur la boussole, et tira rudement la pelisse de
Miss Nevil. Il était évident que sa complainte ne 30
pouvait être chantée devant le lieutenant Orso.

« Que chantais-tu là, Paolo Francè ? dit Orso ;

est-ce une *ballata*, un *vocero*[1] ? Mademoiselle te comprend et voudrait entendre la fin.

— Je l'ai oubliée, Ors' Anton' », dit le matelot.

Et sur-le-champ, il se mit à entonner à tue-tête un cantique à la Vierge.

Miss Lydia écouta le cantique avec distraction et ne pressa pas davantage le chanteur, se promettant bien toutefois de savoir plus tard le mot de l'énigme. Mais sa femme de chambre, qui, étant de Florence, ne comprenait pas mieux que sa maîtresse le dialecte corse, était aussi curieuse de s'instruire ; et s'adressant à Orso avant que celle-ci pût l'avertir par un coup de coude :

« Monsieur le capitaine, dit-elle, que veut dire *donner le rimbecco*[2] ?

— Le rimbecco ! dit Orso ; mais c'est faire la

1. « Lorsqu'un homme est mort, particulièrement lorsqu'il a été assassiné, on place son corps sur une table, et les femmes de sa famille, à leur défaut, des amies, ou même des femmes étrangères connues pour leur talent poétique, improvisent devant un auditoire nombreux des complaintes en vers dans le dialecte du pays. On nomme ces femmes *voceratrici* ou, suivant la prononciation corse, *buceratrici*, et la complainte s'appelle *vocero*, *buceru*, *buceratu*, sur la côte orientale ; *ballata*, sur la côte opposée. Le mot *vocero*, ainsi que ses dérivés, *vocerar*, *voceratrice*, vient du latin *vociferare*. Quelquefois, plusieurs femmes improvisent tour à tour, et souvent la femme ou la fille du mort chante elle-même la complainte funèbre » (note de Mérimée).

2. « *Rimbeccare*, en italien, signifie renvoyer, riposter, rejeter. Dans le dialecte corse, cela veut dire : adresser un reproche offensant et public. — On donne le *rimbecco* au fils d'un homme assassiné en lui disant que son père n'est pas vengé. Le *rimbecco* est une espèce de mise en demeure pour l'homme qui n'a pas encore lavé une injure dans le sang. — La loi génoise punissait très sévèrement l'auteur d'un *rimbecco* » (note de Mérimée).

plus mortelle injure à un Corse : c'est lui reprocher de ne pas s'être vengé. Qui vous a parlé de rimbecco ?

— C'est hier à Marseille, répondit Miss Lydia avec empressement, que le patron de la goélette s'est servi de ce mot.

— Et de qui parlait-il ? demanda Orso avec vivacité.

— Oh ! il nous contait une vieille histoire... du temps de... oui, je crois que c'était à propos de Vannina d'Ornano ?

— La mort de Vannina, je le suppose, mademoiselle, ne vous a pas fait beaucoup aimer notre héros, le brave Sampiero ?

— Mais trouvez-vous que ce soit bien héroïque ?

— Son crime a pour excuse les mœurs sauvages du temps ; et puis Sampiero faisait une guerre à mort aux Génois : quelle confiance auraient pu avoir en lui ses compatriotes, s'il n'avait puni celle qui cherchait à traiter avec Gênes ?

— Vannina, dit le matelot, était partie sans la permission de son mari ; Sampiero a bien fait de lui tordre le cou.

— Mais, dit Miss Lydia, c'était pour sauver son mari, c'était par amour pour lui, qu'elle allait demander sa grâce aux Génois.

— Demander sa grâce, c'était l'avilir ! s'écria Orso.

— Et la tuer lui-même ! poursuivit Miss Nevil. Quel monstre ce devait être !

— Vous savez qu'elle lui demanda comme une

faveur de périr de sa main. Othello, mademoiselle, le regardez-vous aussi comme un monstre ?

— Quelle différence ! il était jaloux ; Sampiero
n'avait que de la vanité.

5   — Et la jalousie, n'est-ce pas aussi de la vanité ? C'est la vanité de l'amour, et vous l'excuserez
peut-être en faveur du motif[1] ? »

Miss Lydia lui jeta un regard plein de dignité,
et, s'adressant au matelot, lui demanda quand la
10   goélette arriverait au port.

« Après-demain, dit-il, si le vent continue.

— Je voudrais déjà voir Ajaccio, car ce navire
m'excède. »

Elle se leva, prit le bras de sa femme de
15   chambre et fit quelques pas sur le tillac[2]. Orso
demeura immobile auprès du gouvernail, ne
sachant s'il devait se promener avec elle ou bien
cesser une conversation qui paraissait l'impor-
tuner.

20   « Belle fille, par le sang de la Madone ! dit le
matelot ; si toutes les puces de mon lit lui ressem-
blaient, je ne me plaindrais pas d'en être mor-
du[3] ! »

Miss Lydia entendit peut-être cet éloge naïf de
25   sa beauté et s'en effaroucha, car elle descendit
presque aussitôt dans sa chambre. Bientôt après
Orso se retira de son côté. Dès qu'il eut quitté le
tillac, la femme de chambre remonta, et, après

1. Sur cette nouvelle évocation de Sampiero Corso, voir
encore la notice, p. 329-330.
2. Le *tillac* : le pont supérieur.
3. Image empruntée à Sancho Pança (voir Cervantès, *Don
Quichotte*, I, xxx, Folio n° 1900, p. 360).

avoir fait subir un interrogatoire au matelot, rapporta les renseignements suivants à sa maîtresse :
la ballata interrompue par la présence d'Orso
avait été composée à l'occasion de la mort du
colonel della Rebbia, père du susdit, assassiné il y   5
avait deux ans. Le matelot ne doutait pas qu'Orso
ne revînt en Corse *pour faire la vengeance*, c'était
son expression, et affirmait qu'avant peu on ver-
rait *de la viande fraîche* dans le village de Pietranera[1]. Traduction faite de ce terme national, il   10
résultait que le seigneur Orso se proposait d'assassiner deux ou trois personnes soupçonnées
d'avoir assassiné son père, lesquelles, à la vérité,
avaient été recherchées en justice pour ce fait,
mais s'étaient trouvées blanches comme neige   15
attendu qu'elles avaient dans leur manche juges,
avocats, préfets et gendarmes.

« Il n'y a pas de justice en Corse, ajoutait le
matelot, et je fais plus de cas d'un bon fusil que
d'un conseiller à la cour royale. Quand on a un   20
ennemi, il faut choisir entre les trois S[2]. »

Ces renseignements intéressants changèrent
d'une façon notable les manières et les dispositions de Miss Lydia à l'égard du lieutenant della
Rebbia. Dès ce moment il était devenu un person-   25
nage aux yeux de la romanesque Anglaise. Main-

1. Sur ce nom du village natal d'Orso, Pietranera, voir la
notice, p. 331. Les mots « de la viande fraîche » rappellent la
Lamentation de Béatrice de Piedicroce (voir *Notes de voyage*, éd.
Auzas, p. 735, et notre ouvrage sur *Colomba*, « Foliothèque »,
p. 179). L'expression revient avec une variante p. 179 et p. 258.
2. « Expression nationale, c'est-à-dire *schiopetto*, *stiletto*,
strada, fusil, stylet, fuite » (note de Mérimée). — Cf. *Mateo Falcone*, p. 26, n. 2 et p. 28, n. 3.

tenant cet air d'insouciance, ce ton de franchise et
de bonne humeur, qui d'abord l'avaient prévenue
défavorablement, devenaient pour elle un mérite
de plus, car c'était la profonde dissimulation
d'une âme énergique, qui ne laisse percer à l'extérieur aucun des sentiments qu'elle renferme. Orso
lui parut une espèce de Fiesque[1], cachant de
vastes desseins sous une apparence de légèreté ;
et, quoiqu'il soit moins beau de tuer quelques
coquins que de délivrer sa patrie, cependant une
belle vengeance est belle ; et d'ailleurs les femmes
aiment assez qu'un héros ne soit pas un homme
politique. Alors seulement Miss Nevil remarqua
que le jeune lieutenant avait de fort grands yeux,
des dents blanches, une taille élégante, de l'éducation et quelque usage du monde. Elle lui parla
souvent dans la journée suivante, et sa conversation l'intéressa. Il fut longuement questionné sur
son pays, et il en parlait bien. La Corse, qu'il avait
quittée fort jeune, d'abord pour aller au collège,
puis à l'école militaire, était restée dans son esprit
parée de couleurs poétiques. Il s'animait en parlant de ses montagnes, de ses forêts, des coutumes originales de ses habitants. Comme on
peut le penser, le mot de vengeance se présenta
plus d'une fois dans ses récits, car il est impossible de parler des Corses sans attaquer ou sans
justifier leur passion proverbiale. Orso surprit un

1. Gian Luigi Fiesco, aristocrate génois né en 1523, tenta de
libérer sa ville de l'emprise de son chef Andrea Doria, mais il se
noya durant les opérations ; ses partisans furent cruellement
punis (1547). Une partie de sa famille se réfugia en France et y
francisa son nom.

peu Miss Nevil en condamnant d'une manière générale les haines interminables de ses compatriotes. Chez les paysans, toutefois, il cherchait à les excuser, et prétendait que la vendette[1] est le duel des pauvres. « Cela est si vrai, disait-il, qu'on ne s'assassine qu'après un défi en règle. "Gardetoi, je me garde", telles sont les paroles sacramentelles qu'échangent des ennemis avant de se tendre des embuscades l'un à l'autre. Il y a plus d'assassinats chez nous, ajoutait-il, que partout ailleurs ; mais jamais vous ne trouverez une cause ignoble à ces crimes. Nous avons, il est vrai, beaucoup de meurtriers, mais pas un voleur. »

Lorsqu'il prononçait les mots de vengeance et de meurtre, Miss Lydia le regardait attentivement, mais sans découvrir sur ses traits la moindre trace d'émotion. Comme elle avait décidé qu'il avait la force d'âme nécessaire pour se rendre impénétrable à tous les yeux, les siens exceptés, bien entendu, elle continua de croire fermement que les mânes du colonel della Rebbia n'attendraient pas longtemps la satisfaction qu'elles[2] réclamaient.

Déjà la goélette était en vue de la Corse. Le patron nommait les points principaux de la côte, et, bien qu'ils fussent tous parfaitement inconnus à Miss Lydia, elle trouvait quelque plaisir à savoir

----

1. *Vendette* : normalement ce mot est le pluriel italien de *vendetta*, mais ici c'est la francisation du singulier ; cette graphie revient p. 133, 241, 245 (nous ne la signalerons plus).
2. *Sic* dans toutes les éditions, bien que le mot *mânes* soit en principe masculin (on a des exemples du féminin chez Bossuet).

leurs noms. Rien de plus ennuyeux qu'un paysage
anonyme. Parfois la longue-vue du colonel faisait
apercevoir quelque insulaire, vêtu de drap brun,
armé d'un long fusil, monté sur un petit cheval, et
5   galopant sur des pentes rapides. Miss Lydia, dans
chacun, croyait voir un bandit, ou bien un fils
allant venger la mort de son père ; mais Orso
assurait que c'était quelque paisible habitant du
bourg voisin voyageant pour ses affaires ; qu'il
10   portait un fusil moins par nécessité que par *galan-*
terie, par mode, de même qu'un dandy ne sort
qu'avec une canne élégante. Bien qu'un fusil soit
une arme moins noble et moins poétique qu'un
stylet, Miss Lydia trouvait que, pour un homme,
15   cela était plus élégant qu'une canne, et elle se rappelait que tous les héros de Lord Byron meurent
d'une balle et non d'un classique poignard[1].

Après trois jours de navigation, on se trouva
devant les Sanguinaires[2], et le magnifique pano-
20   rama du golfe d'Ajaccio se développa aux yeux de
nos voyageurs. C'est avec raison qu'on le compare
à la baie de Naples ; et au moment où la goélette
entrait dans le port, un maquis en feu, couvrant
de fumée la Punta di Girato[3], rappelait le Vésuve

---

1. Affirmation fantaisiste... S'il est vrai qu'aucun des héros
de Byron ne meurt poignardé, nul non plus ne meurt par balle :
les uns finissent décapités (Marino Faliero ; ou Ugo, dans *Pari-*
sina), les autres traînés par un cheval fou (Mazeppa) ou sui-
cidés sur le bûcher (Sardanapale)... Enfin Conrad, *alias* Lara,
héros du poème de même titre (1814, suite du *Corsaire*), périt
tué par une flèche.
2. Les Îles Sanguinaires, que l'on contourne pour entrer
dans la baie d'Ajaccio.
3. La Punta di Girato (nom absent des cartes détaillées
actuelles), sommet granitique à 20 km au sud d'Ajaccio, figure

et ajoutait à la ressemblance. Pour qu'elle fût complète, il faudrait qu'une armée d'Attila vînt s'abattre sur les environs de Naples ; car tout est mort et désert autour d'Ajaccio. Au lieu de ces élégantes fabriques qu'on découvre de tous côtés depuis Castellamare jusqu'au cap Misène[1], on ne voit, autour du golfe d'Ajaccio, que de sombres maquis, et derrière, des montagnes pelées. Pas une villa, pas une habitation. Seulement, çà et là, sur les hauteurs autour de la ville, quelques constructions blanches se détachent isolées sur un fond de verdure ; ce sont des chapelles funéraires, des tombeaux de famille. Tout, dans ce paysage, est d'une beauté grave et triste.

L'aspect de la ville, surtout à cette époque, augmentait encore l'impression causée par la solitude de ses alentours. Nul mouvement dans les rues, où l'on ne rencontre qu'un petit nombre de figures oisives, et toujours les mêmes. Point de femmes, sinon quelques paysannes qui viennent vendre leurs denrées. On n'entend point parler haut, rire, chanter, comme dans les villes italiennes. Quelquefois, à l'ombre d'un arbre de la promenade, une douzaine de paysans armés jouent aux cartes ou regardent jouer. Ils ne crient pas, ne se disputent jamais ; si le jeu s'anime, on entend alors des coups de pistolet, qui toujours précèdent la menace. Le Corse est naturellement

---

sur la carte de Corse de Testevuide et Bégis (1824) dont, selon Maurice Parturier, Mérimée s'est servi (cf. p. 296 et n. 1).

1. Soit de l'est à l'ouest de la baie de Naples. « Fabriques » est à prendre au sens, fréquent au XVIIIe siècle, de constructions d'agrément ornant les parcs des propriétés.

grave et silencieux. Le soir, quelques figures
paraissent pour jouir de la fraîcheur, mais les
promeneurs du Cours sont presque tous des
étrangers. Les insulaires restent devant leurs por-
5   tes ; chacun semble aux aguets comme un faucon
sur son nid.

CHAPITRE IV

Après avoir visité la maison où Napoléon est né,
après s'être procuré par des moyens plus ou
moins catholiques un peu du papier de la tenture,
10   Miss Lydia, deux jours après être débarquée en
Corse, se sentit saisir d'une tristesse profonde,
comme il doit arriver à tout étranger qui se trouve
dans un pays dont les habitudes insociables sem-
blent le condamner à un isolement complet. Elle
15   regretta son coup de tête ; mais partir sur-le-
champ c'eût été compromettre sa réputation de
voyageuse intrépide ; Miss Lydia se résigna donc
à prendre patience et à tuer le temps de son
mieux. Dans cette généreuse résolution, elle pré-
20   para crayons et couleurs, esquissa des vues du
golfe, et fit le portrait d'un paysan basané, qui
vendait des melons, comme un maraîcher du
continent, mais qui avait une barbe blanche et
l'air du plus féroce coquin qui se pût voir. Tout
25   cela ne suffisant point à l'amuser, elle résolut de
faire tourner la tête au descendant des caporaux,
et la chose n'était pas difficile, car, loin de se pres-

ser pour revoir son village, Orso semblait se plaire
fort à Ajaccio, bien qu'il n'y vît personne. D'ailleurs Miss Lydia s'était proposé une noble tâche,
celle de civiliser cet ours des montagnes, et de le
faire renoncer aux sinistres desseins qui le rame-   5
naient dans son île. Depuis qu'elle avait pris la
peine de l'étudier, elle s'était dit qu'il serait dommage de laisser ce jeune homme courir à sa perte,
et que pour elle il serait glorieux de convertir un
Corse.   10

Les journées pour nos voyageurs se passaient
comme il suit : le matin, le colonel et Orso allaient
à la chasse ; Miss Lydia dessinait ou écrivait à ses
amies, afin de pouvoir dater ses lettres d'Ajaccio.
Vers six heures, les hommes revenaient chargés   15
de gibier ; on dînait, Miss Lydia chantait, le colonel s'endormait, et les jeunes gens demeuraient
fort tard à causer.

Je ne sais quelle formalité de passeport avait
obligé le colonel Nevil à faire une visite au préfet ;   20
celui-ci, qui s'ennuyait fort, ainsi que la plupart
de ses collègues, avait été ravi d'apprendre l'arrivée d'un Anglais, riche, homme du monde et père
d'une jolie fille ; aussi il l'avait parfaitement reçu
et accablé d'offres de services ; de plus, fort peu   25
de jours après, il vint lui rendre sa visite. Le colonel, qui venait de sortir de table, était confortablement étendu sur le sofa, tout près de s'endormir ;
sa fille chantait devant un piano délabré ; Orso
tournait les feuillets de son cahier de musique, et   30
regardait les épaules et les cheveux blonds de la
virtuose. On annonça M. le préfet ; le piano se tut,
le colonel se leva, se frotta les yeux, et présenta le

préfet à sa fille : « Je ne vous présente pas M. della
Rebbia, dit-il, car vous le connaissez sans doute ?

— Monsieur est le fils du colonel della Rebbia ?
demanda le préfet d'un air légèrement embarrassé.

— Oui, monsieur, répondit Orso.

— J'ai eu l'honneur de connaître monsieur
votre père. »

Les lieux communs de conversation s'épuisè-
rent bientôt. Malgré lui, le colonel bâillait assez
fréquemment ; en sa qualité de libéral[1], Orso ne
voulait point parler à un satellite du pouvoir ;
Miss Lydia soutenait seule la conversation. De
son côté, le préfet ne la laissait pas languir, et il
était évident qu'il avait un vif plaisir à parler de
Paris et du monde à une femme qui connaissait
toutes les notabilités de la société européenne. De
temps en temps, et tout en parlant, il observait
Orso avec une curiosité singulière.

« C'est sur le continent que vous avez connu
M. della Rebbia ? » demanda-t-il à Miss Lydia.

Miss Lydia répondit avec quelque embarras
qu'elle avait fait sa connaissance sur le navire qui
les avait amenés en Corse.

« C'est un jeune homme très comme il faut, dit
le préfet à mi-voix. Et vous a-t-il dit, continua-t-il
encore plus bas, dans quelle intention il revient
en Corse ? »

Miss Lydia prit son air majestueux : « Je ne le

---

1. *Libéral* : sous la Restauration, opposant de « gauche », le
contraire d'un ultra.

lui ai point demandé, dit-elle ; vous pouvez l'inter-
roger. »

Le préfet garda le silence ; mais, un moment
après, entendant Orso adresser au colonel
quelques mots en anglais : « Vous avez beaucoup   5
voyagé, monsieur, dit-il, à ce qu'il paraît. Vous
devez avoir oublié la Corse... et ses coutumes.

— Il est vrai, j'étais bien jeune quand je l'ai
quittée.

— Vous appartenez toujours à l'armée ?   10

— Je suis en demi-solde, monsieur.

— Vous avez été trop longtemps dans l'armée
française, pour ne pas devenir tout à fait français,
je n'en doute pas, monsieur. »

Il prononça ces derniers mots avec une   15
emphase marquée.

Ce n'est pas flatter prodigieusement les Corses,
que leur rappeler qu'ils appartiennent à la grande
nation. Ils veulent être un peuple à part, et cette
prétention, ils la justifient assez bien pour qu'on   20
la leur accorde. Orso, un peu piqué, répliqua :
« Pensez-vous, monsieur le préfet, qu'un Corse,
pour être homme d'honneur, ait besoin de servir
dans l'armée française ?

— Non, certes, dit le préfet, ce n'est nullement   25
ma pensée : je parle seulement de certaines *coutumes* de ce pays-ci, dont quelques-unes ne sont
pas telles qu'un administrateur voudrait les
voir. »

Il appuya sur ce mot de coutumes, et prit l'ex-   30
pression la plus grave que sa figure comportait.
Bientôt après, il se leva et sortit, emportant la

promesse que Miss Lydia irait voir sa femme à la préfecture.

Quand il fut parti : « Il fallait, dit Miss Lydia, que j'allasse en Corse pour apprendre ce que c'est qu'un préfet. Celui-ci me paraît assez aimable.

— Pour moi, dit Orso, je n'en saurais dire autant, et je le trouve bien singulier avec son air emphatique et mystérieux. »

Le colonel était plus qu'assoupi ; Miss Lydia jeta un coup d'œil de son côté, et baissant la voix : « Et moi, je trouve, dit-elle, qu'il n'est pas si mystérieux que vous le prétendez, car je crois l'avoir compris.

— Vous êtes, assurément, bien perspicace, Miss Nevil ; et, si vous voyez quelque esprit dans ce qu'il vient de dire, il faut assurément que vous l'y ayez mis.

— C'est une phrase du marquis de Mascarille, monsieur della Rebbia, je crois [1] ; mais... voulez-vous que je vous donne une preuve de ma pénétration ? Je suis un peu sorcière, et je sais ce que pensent les gens que j'ai vus deux fois.

— Mon Dieu ! vous m'effrayez. Si vous saviez lire dans ma pensée, je ne sais si je devrais en être content ou affligé...

— Monsieur della Rebbia, continua Miss Lydia en rougissant, nous ne nous connaissons que depuis quelques jours ; mais en mer, et dans les pays barbares, — vous m'excuserez, je l'es-

---

1. Lydia a raison et tort à la fois : Orso a bien cité, en le déformant, une réplique des *Précieuses ridicules* de Molière (scène IX), mais elle est *adressée* à Mascarille (par Cathos).

père..., — dans les pays barbares, on devient ami
plus vite que dans le monde... Ainsi ne vous éton-
nez pas si je vous parle en amie de choses un peu
bien intimes, et dont peut-être un étranger ne
devrait pas se mêler.

— Oh ! ne dites pas ce mot-là, Miss Nevil ;
l'autre me plaisait bien mieux.

— Eh bien ! monsieur, je dois vous dire que,
sans avoir cherché à savoir vos secrets, je me
trouve les avoir appris en partie, et il y en a qui
m'affligent. Je sais, monsieur, le malheur qui a
frappé votre famille ; on m'a beaucoup parlé du
caractère vindicatif de vos compatriotes et de leur
manière de se venger... N'est-ce pas à cela que le
préfet faisait allusion ?

— Miss Lydia peut-elle penser !... » Et Orso
devint pâle comme la mort.

« Non, monsieur della Rebbia, dit-elle en l'interrompant ; je sais que vous êtes un gentleman
plein d'honneur. Vous m'avez dit vous-même qu'il
n'y avait plus dans votre pays que les gens du
peuple qui connussent la *vendette*... qu'il vous
plaît d'appeler une forme de duel...

— Me croiriez-vous donc capable de devenir
jamais un assassin ?

— Puisque je vous parle de cela, monsieur
Orso, vous devez bien voir que je ne doute pas de
vous, et si je vous ai parlé, poursuivit-elle en baissant les yeux, c'est que j'ai compris que de retour
dans votre pays, entouré peut-être de préjugés
barbares, vous seriez bien aise de savoir qu'il y a
quelqu'un qui vous estime pour votre courage à
leur résister. — Allons, dit-elle en se levant, ne

parlons plus de ces vilaines choses-là : elles me
font mal à la tête et d'ailleurs il est bien tard. Vous
ne m'en voulez pas ? Bonsoir, à l'anglaise. » Et
elle lui tendit la main.

5   Orso la pressa d'un air grave et pénétré.

« Mademoiselle, dit-il, savez-vous qu'il y a des
moments où l'instinct du pays se réveille en moi ?
Quelquefois, lorsque je songe à mon pauvre
père..., alors d'affreuses idées m'obsèdent. Grâce
10   à vous, j'en suis à jamais délivré. Merci, merci ! »

Il allait poursuivre ; mais Miss Lydia fit tomber
une cuiller à thé, et le bruit réveilla le colonel.

« Della Rebbia, demain à cinq heures en chasse ! Soyez exact.

15   — Oui, mon colonel. »

CHAPITRE V

Le lendemain, un peu avant le retour des chasseurs, Miss Nevil, revenant d'une promenade au
bord de la mer, regagnait l'auberge avec sa
femme de chambre, lorsqu'elle remarqua une
20   jeune femme vêtue de noir, montée sur un cheval
de petite taille, mais vigoureux, qui entrait dans la
ville. Elle était suivie d'une espèce de paysan, à
cheval aussi, en veste de drap brun trouée aux
coudes, une gourde en bandoulière, un pistolet
25   pendant à la ceinture ; à la main, un fusil, dont la
crosse reposait dans une poche de cuir attachée à
l'arçon de la selle ; bref, en costume complet de

brigand de mélodrame ou de bourgeois corse en voyage. La beauté remarquable de la femme attira d'abord l'attention de Miss Nevil. Elle paraissait avoir une vingtaine d'années. Elle était grande, blanche, les yeux bleu foncé, la bouche rose, les dents comme de l'émail[1]. Dans son expression on lisait à la fois l'orgueil, l'inquiétude et la tristesse. Sur la tête, elle portait ce voile de soie noire nommé *mezzaro*, que les Génois ont introduit en Corse, et qui sied si bien aux femmes. De longues nattes de cheveux châtains lui formaient comme un turban autour de la tête. Son costume était propre, mais de la plus grande simplicité.

Miss Nevil eut tout le temps de la considérer, car la dame au *mezzaro* s'était arrêtée dans la rue à questionner quelqu'un avec beaucoup d'intérêt, comme il semblait à l'expression de ses yeux ; puis sur la réponse qui lui fut faite, elle donna un coup de houssine[2] à sa monture, et, prenant le grand trot, ne s'arrêta qu'à la porte de l'hôtel où logeaient Sir Thomas Nevil et Orso. Là, après avoir échangé quelques mots avec l'hôte, la jeune femme sauta lestement à bas de son cheval et s'assit sur un banc de pierre à côté de la porte d'entrée, tandis que son écuyer conduisait les chevaux à l'écurie. Miss Lydia passa avec son costume

5
10
15
20
25

1. Ce détail, qui paraît si conventionnel dans un portrait, vient du modèle de Colomba, Catherine Bartoli, dont Mérimée avait remarqué les dents éclatantes (« trente-deux perles dans la bouche », écrit-il à Requien le 30 septembre 1839 ; *Correspondance générale*, t. II, p. 289).
2. *Houssine* : baguette de bois de houx servant de cravache.

parisien devant l'étrangère sans qu'elle levât les yeux. Un quart d'heure après, ouvrant sa fenêtre, elle vit encore la dame au mezzaro assise à la même place et dans la même attitude. Bientôt parurent le colonel et Orso, revenant de la chasse. Alors l'hôte dit quelques mots à la demoiselle en deuil et lui désigna du doigt le jeune della Rebbia. Celle-ci rougit, se leva avec vivacité, fit quelques pas en avant, puis s'arrêta immobile et comme interdite. Orso était tout près d'elle, la considérant avec curiosité.

« Vous êtes, dit-elle d'une voix émue, Orso Antonio della Rebbia ? Moi, je suis Colomba.

— Colomba ! » s'écria Orso.

Et, la prenant dans ses bras, il l'embrassa tendrement, ce qui étonna un peu le colonel et sa fille ; car en Angleterre on ne s'embrasse pas dans la rue.

« Mon frère, dit Colomba, vous me pardonnerez si je suis venue sans votre ordre ; mais j'ai appris par nos amis que vous étiez arrivé, et c'était pour moi une si grande consolation de vous voir... »

Orso l'embrassa encore ; puis, se tournant vers le colonel :

« C'est ma sœur, dit-il, que je n'aurais jamais reconnue si elle ne s'était nommée. — Colomba, le colonel Sir Thomas Nevil. — Colonel, vous voudrez bien m'excuser, mais je ne pourrai avoir l'honneur de dîner avec vous aujourd'hui... Ma sœur...

— Eh ! où diable voulez-vous dîner, mon cher ? s'écria le colonel ; vous savez bien qu'il n'y a qu'un dîner dans cette maudite auberge, et il est pour

nous. Mademoiselle fera grand plaisir à ma fille
de se joindre à nous. »

Colomba regarda son frère, qui ne se fit pas
trop prier, et tous ensemble entrèrent dans la plus
grande pièce de l'auberge, qui servait au colonel
de salon et de salle à manger. Mlle della Rebbia,
présentée à Miss Nevil, lui fit une profonde révérence, mais ne dit pas une parole. On voyait
qu'elle était très effarouchée et que, pour la première fois de sa vie peut-être, elle se trouvait en
présence d'étrangers gens du monde. Cependant
dans ses manières il n'y avait rien qui sentît la
province. Chez elle l'étrangeté sauvait la gaucherie. Elle plut à Miss Nevil par cela même ; et
comme il n'y avait pas de chambre disponible
dans l'hôtel que le colonel et sa suite avaient
envahi, Miss Lydia poussa la condescendance ou
la curiosité jusqu'à offrir à Mlle della Rebbia de
lui faire dresser un lit dans sa propre chambre.

Colomba balbutia quelques mots de remerciement et s'empressa de suivre la femme de
chambre de Miss Nevil pour faire à sa toilette les
petits arrangements que rend nécessaires un
voyage à cheval par la poussière et le soleil.

En rentrant dans le salon, elle s'arrêta devant
les fusils du colonel, que les chasseurs venaient de
déposer dans un coin. « Les belles armes ! dit-
elle ; sont-elles à vous, mon frère ?

— Non, ce sont des fusils anglais au colonel. Ils
sont aussi bons qu'ils sont beaux.

— Je voudrais bien, dit Colomba, que vous en
eussiez un semblable.

— Il y en a certainement un dans ces trois-là

qui appartient à della Rebbia, s'écria le colonel. Il s'en sert trop bien. Aujourd'hui quatorze coups de fusil, quatorze pièces ! »

Aussitôt s'établit un combat de générosité, dans lequel Orso fut vaincu, à la grande satisfaction de sa sœur, comme il était facile de s'en apercevoir à l'expression de joie enfantine qui brilla tout d'un coup sur son visage, tout à l'heure si sérieux. « Choisissez, mon cher », disait le colonel. Orso refusait. « Eh bien, mademoiselle votre sœur choisira pour vous. » Colomba ne se le fit pas dire deux fois : elle prit le moins orné des fusils, mais c'était un excellent Manton[1] de gros calibre. « Celui-ci, dit-elle, doit bien porter la balle. »

Son frère s'embarrassait dans ses remerciements, lorsque le dîner parut fort à propos pour le tirer d'affaire. Miss Lydia fut charmée de voir que Colomba, qui avait fait quelque résistance pour se mettre à table, et qui n'avait cédé que sur un regard de son frère, faisait en bonne catholique le signe de la croix avant de manger. « Bon, se dit-elle, voilà qui est primitif. » Et elle se promit de faire plus d'une observation intéressante sur ce jeune représentant des vieilles mœurs de la Corse. Pour Orso, il était évidemment un peu mal à son aise, par la crainte sans doute que sa sœur ne dît ou ne fît quelque chose qui sentît trop son village. Mais Colomba l'observait sans cesse et réglait tous ses mouvements sur ceux de son frère. Quelquefois elle le considérait fixement avec une

---

1. Du nom de Joseph Manton, armurier anglais très réputé (1766-1835).

étrange expression de tristesse ; et alors si les
yeux d'Orso rencontraient les siens, il était le premier à détourner ses regards, comme s'il eût
voulu se soustraire à une question que sa sœur lui
adressait mentalement et qu'il comprenait trop 5
bien. On parlait français car le colonel s'exprimait
fort mal en italien. Colomba entendait le français,
et prononçait même assez bien le peu de mots
qu'elle était forcée d'échanger avec ses hôtes.

Après le dîner, le colonel, qui avait remarqué 10
l'espèce de contrainte qui régnait entre le frère et
la sœur, demanda avec sa franchise ordinaire à
Orso s'il ne désirait point causer seul avec mademoiselle Colomba, offrant dans ce cas de passer
avec sa fille dans la pièce voisine. Mais Orso se 15
hâta de le remercier et de dire qu'ils auraient bien
le temps de causer à Pietranera. C'était le nom du
village où il devait faire sa résidence.

Le colonel prit donc sa place accoutumée sur le
sofa, et Miss Nevil, après avoir essayé plusieurs 20
sujets de conversation, désespérant de faire parler
la belle Colomba, pria Orso de lui dire un chant
du Dante : c'était son poète favori. Orso choisit le
chant de *L'Enfer* où se trouve l'épisode de Francesca da Rimini, et se mit à lire, accentuant de 25
son mieux ces sublimes tercets, qui expriment si
bien le danger de lire à deux un livre d'amour[1]. À

1. Francesca da Rimini, dame italienne du XIIIe siècle, tombe
amoureuse de Paolo, le frère de son mari, en lisant avec lui
l'histoire des amours du chevalier Lancelot ; le mari jaloux tue
les deux amants. Cet épisode, raconté à la fin du chant V de
« L'Enfer », est un des passages les plus célèbres de *La Divine
Comédie* de Dante.

mesure qu'il lisait, Colomba se rapprochait de la table, relevait la tête, qu'elle avait tenue baissée ; ses prunelles dilatées brillaient d'un feu extraordinaire : elle rougissait et pâlissait tour à tour, elle
5 s'agitait convulsivement sur sa chaise. Admirable organisation italienne, qui, pour comprendre la poésie, n'a pas besoin qu'un pédant lui en démontre les beautés !

Quand la lecture fut terminée : « Que cela est
10 beau ! s'écria-t-elle. Qui a fait cela, mon frère ? »

Orso fut un peu déconcerté, et Miss Lydia répondit en souriant que c'était un poète florentin mort depuis plusieurs siècles.

« Je te ferai lire le Dante, dit Orso, quand nous
15 serons à Pietranera.

— Mon Dieu, que cela est beau ! » répétait Colomba : et elle dit trois ou quatre tercets qu'elle avait retenus, d'abord à voix basse ; puis, s'animant, elle les déclama tout haut avec plus d'ex-
20 pression que son frère n'en avait mis à les lire.

Miss Lydia très étonnée : « Vous paraissez aimer beaucoup la poésie, dit-elle. Que je vous envie le bonheur que vous aurez à lire le Dante comme un livre nouveau !

25 — Vous voyez, Miss Nevil, disait Orso, quel pouvoir ont les vers du Dante, pour émouvoir ainsi une petite sauvagesse qui ne sait que son *Pater*... Mais je me trompe ; je me rappelle que Colomba est du métier. Tout enfant elle s'escri-
30 mait à faire des vers, et mon père m'écrivait qu'elle était la plus grande *voceratrice* de Pietranera et de deux lieues à la ronde. »

Colomba jeta un coup d'œil suppliant à son

frère. Miss Nevil avait ouï parler des improvisa-
trices corses et mourait d'envie d'en entendre une.
Ainsi elle s'empressa de prier Colomba de lui donner un échantillon de son talent. Orso s'interposa
alors, fort contrarié de s'être si bien rappelé les   5
dispositions poétiques de sa sœur. Il eut beau
jurer que rien n'était plus plat qu'une *ballata*
corse, protester que réciter des vers corses après
ceux du Dante, c'était trahir son pays, il ne fit
qu'irriter le caprice de Miss Nevil, et se vit obligé   10
à la fin de dire à sa sœur : « Eh bien, improvise
quelque chose, mais que cela soit court ! »

Colomba poussa un soupir, regarda attentivement pendant une minute le tapis de la table, puis
les poutres du plafond ; enfin, mettant la main   15
sur ses yeux comme ces oiseaux qui se rassurent
et croient n'être point vus quand ils ne voient
point eux-mêmes, chanta, ou plutôt déclama
d'une voix mal assurée la *serenata*[1] qu'on va lire :

LA JEUNE FILLE ET LA PALOMBE   20

Dans la vallée, bien loin derrière les montagnes,
— le soleil n'y vient qu'une heure tous les jours ;
— il y a dans la vallée une maison sombre, — et
l'herbe y croît sur le seuil. — Portes, fenêtres sont
toujours fermées. — Nulle fumée ne s'échappe du   25
toit. — Mais à midi, lorsque vient le soleil, — une
fenêtre s'ouvre alors, — et l'orpheline s'assied, filant

---

1. *Serenata* : sérénade, variante de la *ballata* (littéralement :
concert donné le soir sous les fenêtres d'une personne). Voir
p. 110, n. 1. Ce texte est de l'invention de Mérimée.

à son rouet : — elle file et chante en travaillant
— un chant de tristesse ; — mais nul autre chant
ne répond au sien. — Un jour, un jour de prin-
temps, — une palombe se posa sur un arbre voisin,
5 *— et entendit le chant de la jeune fille. — Jeune*
fille, dit-elle, tu ne pleures pas seule — un cruel
épervier m'a ravi ma compagne. — Palombe,
montre-moi l'épervier ravisseur ; — fût-il aussi
haut que les nuages, — je l'aurai bientôt abattu en
10 *terre. — Mais moi, pauvre fille, qui me rendra mon*
frère, — mon frère maintenant en lointain pays ?
— Jeune fille, dis-moi où est ton frère, — et mes
ailes me porteront près de lui.

« Voilà une palombe bien élevée ! s'écria Orso
15 en embrassant sa sœur avec une émotion qui
contrastait avec le ton de plaisanterie qu'il
affectait.

— Votre chanson est charmante, dit Miss Lydia. Je veux que vous me l'écriviez dans mon
20 album. Je la traduirai en anglais et je la ferai
mettre en musique. »

Le brave colonel, qui n'avait pas compris un
mot, joignit ses compliments à ceux de sa fille.
Puis il ajouta : « Cette palombe dont vous parlez,
25 mademoiselle, c'est cet oiseau que nous avons
mangé aujourd'hui à la crapaudine[1] ? »

Miss Nevil apporta son album et ne fut pas peu
surprise de voir l'improvisatrice écrire sa chanson

---

1. *À la crapaudine* : se dit des volailles que l'on cuit au gril
après les avoir aplaties, ce qui leur donne une silhouette aux
pattes repliées semblable à celle d'un crapaud.

en ménageant le papier d'une façon singulière. Au
lieu d'être en vedette[1], les vers se suivaient sur la
même ligne, tant que la largeur de la feuille le
permettait, en sorte qu'ils ne convenaient plus à
la définition connue des compositions poétiques :   5
« De petites lignes, d'inégale longueur, avec une
marge de chaque côté. » Il y avait bien encore
quelques observations à faire sur l'orthographe
un peu capricieuse de Mlle Colomba, qui, plus
d'une fois, fit sourire Miss Nevil, tandis que la   10
vanité fraternelle d'Orso était au supplice.

L'heure de dormir étant arrivée, les deux jeunes
filles se retirèrent dans leur chambre. Là, tandis
que Miss Lydia détachait collier, boucles, brace-
lets, elle observa sa compagne qui retirait de sa   15
robe quelque chose de long comme un busc[2],
mais de forme bien différente pourtant. Colomba
mit cela avec soin et presque furtivement sous
son mezzaro déposé sur une table ; puis elle s'agenouilla et fit dévotement sa prière. Deux minutes   20
après, elle était dans son lit. Très curieuse de son
naturel et lente comme une Anglaise à se déshabiller, Miss Lydia s'approcha de la table, et, fei-
gnant de chercher une épingle, souleva le mezzaro et aperçut un stylet assez long, curieusement   25
monté en nacre et en argent ; le travail en était
remarquable, et c'était une arme ancienne et de
grand prix pour un amateur.

« Est-ce l'usage ici, dit Miss Nevil en souriant,

1. *En vedette* : chacun seul sur une ligne (terme d'imprimerie).
2. *Busc* : lame de métal qui sert à assurer la rigidité d'un
corset.

que les demoiselles portent ce petit instrument
dans leur corset ?

— Il le faut bien, répondit Colomba en soupirant. Il y a tant de méchantes gens !

5   — Et auriez-vous vraiment le courage d'en
donner un coup comme cela ? »

Et Miss Nevil, le stylet à la main, faisait le geste
de frapper, comme on frappe au théâtre, de haut
en bas.

10   « Oui, si cela était nécessaire, dit Colomba de sa
voix douce et musicale, pour me défendre ou
défendre mes amis... Mais ce n'est pas comme
cela qu'il faut le tenir ; vous pourriez vous blesser,
si la personne que vous voulez frapper se reti-
15   rait. » Et se levant sur son séant : « Tenez, c'est
ainsi, en remontant le coup. Comme cela il est
mortel, dit-on. Heureux les gens qui n'ont pas
besoin de telles armes ! »

Elle soupira, abandonna sa tête sur l'oreiller,
20   ferma les yeux. On n'aurait pu voir une tête plus
belle, plus noble, plus virginale. Phidias, pour
sculpter sa Minerve, n'aurait pas désiré un autre
modèle[1].

---

1. Phidias, le plus grand sculpteur grec du Vᵉ siècle av. J.-C.
avait reçu de Périclès la commande d'une statue géante cou
verte d'ivoire et d'or, représentant la déesse Athéna (Minerve
chez les Romains), et destinée à orner le Parthénon.

CHAPITRE VI

C'est pour me conformer au précepte d'Horace
que je me suis lancé d'abord *in medias res* [1]. Maintenant que tout dort, et la belle Colomba, et le
colonel, et sa fille, je saisirai ce moment pour ins-
truire mon lecteur de certaines particularités qu'il   5
ne doit pas ignorer, s'il veut pénétrer davantage
dans cette véridique histoire. Il sait déjà que le
colonel della Rebbia, père d'Orso, est mort assassiné ; or on n'est pas assassiné en Corse, comme
on l'est en France, par le premier échappé des   10
galères qui ne trouve pas de meilleur moyen pour
vous voler votre argenterie : on est assassiné par
ses ennemis ; mais le motif pour lequel on a des
ennemis, il est souvent fort difficile de le dire.
Bien des familles se haïssent par vieille habitude,   15
et la tradition de la cause originelle de leur haine
s'est perdue complètement.

La famille à laquelle appartenait le colonel
della Rebbia haïssait plusieurs autres familles,
mais singulièrement celle des Barricini ; quel-   20
ques-uns disaient que, dans le XVIe siècle, un della
Rebbia avait séduit une Barricini, et avait été poignardé ensuite par un parent de la demoiselle
outragée. À la vérité, d'autres racontaient l'affaire
différemment, prétendant que c'était une della   25
Rebbia qui avait été séduite, et un Barricini poignardé. Tant il y a que, pour me servir d'une

1. *In medias res* : littéralement « au milieu des choses »,
c'est-à-dire dans le vif du sujet (Horace, *Art poétique*, v. 148).

expression consacrée, il y avait du sang entre les
deux maisons. Toutefois, contre l'usage, ce
meurtre n'en avait pas produit d'autres ; c'est que
les della Rebbia et les Barricini avaient été également persécutés par le gouvernement génois[1] et,
les jeunes gens s'étant expatriés, les deux familles
furent privées, pendant plusieurs générations, de
leurs représentants énergiques. À la fin du siècle
dernier, un della Rebbia, officier au service de
Naples, se trouvant dans un tripot, eut une querelle avec des militaires qui, entre autres injures,
l'appelèrent chevrier corse ; il mit l'épée à la
main ; mais, seul contre trois, il eût mal passé son
temps, si un étranger, qui jouait dans le même
lieu, ne se fût écrié : « Je suis Corse aussi ! » et
n'eût pris sa défense. Cet étranger était un Barricini, qui d'ailleurs ne connaissait pas son compatriote. Lorsqu'on s'expliqua, de part et d'autre ce
furent de grandes politesses et des serments
d'amitié éternelle ; car, sur le continent, les
Corses se lient facilement ; c'est tout le contraire
dans leur île. On le vit bien dans cette circonstance : della Rebbia et Barricini furent amis
intimes tant qu'ils demeurèrent en Italie ; mais de
retour en Corse, ils ne se virent plus que rarement, bien qu'habitant tous les deux le même village, et quand ils moururent, on disait qu'il y
avait bien cinq ou six ans qu'ils ne s'étaient parlé.
Leurs fils vécurent de même *en étiquette*[2], comme

1. La Corse a appartenu à la république de Gênes de 1284 à
1768, date de sa vente à la France.
2. *En étiquette* : chacun de son côté (cf. être « en froid » avec
quelqu'un).

on dit dans l'île. L'un, Ghilfuccio, le père d'Orso, fut militaire ; l'autre, Giudice Barricini, fut avocat. Devenus l'un et l'autre chefs de famille, et séparés par leur profession, ils n'eurent presque aucune occasion de se voir ou d'entendre parler l'un de l'autre.

Cependant, un jour, vers 1809, Giudice lisant à Bastia, dans un journal, que le capitaine Ghilfuccio venait d'être décoré, dit, devant témoins, qu'il n'en était pas surpris, attendu que le général*** protégeait sa famille. Ce mot fut rapporté à Ghilfuccio à Vienne [1], lequel dit à un compatriote qu'à son retour en Corse il trouverait Giudice bien riche, parce qu'il tirait plus d'argent de ses causes perdues que de celles qu'il gagnait. On n'a jamais su s'il insinuait par là que l'avocat trahissait ses clients, ou s'il se bornait à émettre cette vérité triviale [2], qu'une mauvaise affaire rapporte plus à un homme de loi qu'une bonne cause. Quoi qu'il en soit, l'avocat Barricini eut connaissance de l'épigramme [3] et ne l'oublia pas. En 1812, il demandait à être nommé [4] maire de sa commune et avait tout espoir de le devenir, lorsque le général*** écrivit au préfet pour lui recommander un parent de la femme de Ghilfuccio. Le préfet s'empressa de se

---

1. En Autriche. C'est l'époque de plusieurs grandes batailles de Napoléon contre la coalition (Eckmühl, Essling, Wagram).

2. *Triviale*, au sens de : banale (sans la nuance de grossièreté ou de vulgarité généralement attachée à ce mot).

3. *Épigramme* : petit poème satirique, d'où, par extension : propos moqueur.

4. Sous l'Empire (et jusqu'en 1831) les maires étaient nommés par l'État (représenté par le préfet du département), et non élus.

conformer aux désirs du général, et Barricini ne douta point qu'il ne dût sa déconvenue aux intrigues de Ghilfuccio. Après la chute de l'empereur, en 1814, le protégé du général fut dénoncé comme bonapartiste, et remplacé par Barricini. À son tour, ce dernier fut destitué dans les Cent-Jours [1] ; mais, après cette tempête, il reprit en grande pompe possession du cachet de la mairie et des registres de l'état civil.

De ce moment son étoile devint plus brillante que jamais. Le colonel della Rebbia, mis en demi-solde et retiré à Pietranera, eut à soutenir contre lui une guerre sourde de chicanes sans cesse renouvelées : tantôt il était assigné en réparation de dommages commis par son cheval dans les clôtures de M. le maire ; tantôt celui-ci, sous prétexte de restaurer le pavé de l'église, faisait enlever une dalle brisée qui portait les armes des della Rebbia, et qui couvrait le tombeau d'un membre de cette famille. Si les chèvres mangeaient les jeunes plants du colonel, les propriétaires de ces animaux trouvaient protection auprès du maire ; successivement, l'épicier qui tenait le bureau de poste de Pietranera, et le garde champêtre, vieux soldat mutilé, tous les deux clients des della Rebbia, furent destitués et remplacés par des créatures des Barricini.

La femme du colonel mourut exprimant le désir d'être enterrée au milieu d'un petit bois où elle aimait à se promener ; aussitôt le maire

---

1. Les Cent-Jours : nom traditionnellement donné au second et très court règne de Napoléon (20 mars-8 juillet 1815).

déclara qu'elle serait inhumée dans le cimetière
de la commune, attendu qu'il n'avait pas reçu
d'autorisation pour permettre une sépulture iso-
lée. Le colonel furieux déclara qu'en attendant
cette autorisation, sa femme serait enterrée au　　5
lieu qu'elle avait choisi, et il y fit creuser une
fosse. De son côté, le maire en fit faire une dans le
cimetière, et manda la gendarmerie, afin, disait-
il, que force restât à la loi. Le jour de l'enterrement, les deux partis se trouvèrent en présence, et　　10
l'on put craindre un moment qu'un combat ne
s'engageât pour la possession des restes de
Mme della Rebbia. Une quarantaine de paysans
bien armés, amenés par les parents de la défunte,
obligèrent le curé, en sortant de l'église, à prendre　　15
le chemin du bois ; d'autre part, le maire avec ses
deux fils, ses clients et les gendarmes se présenta
pour faire opposition. Lorsqu'il parut, et somma
le convoi de rétrograder, il fut accueilli par des
huées et des menaces ; l'avantage du nombre était　　20
pour ses adversaires, et ils semblaient déter-
minés. À sa vue plusieurs fusils furent armés ; on
dit même qu'un berger le coucha en joue ; mais le
colonel releva le fusil en disant : « Que personne
ne tire sans mon ordre ! » Le maire « craignait les　　25
coups naturellement », comme Panurge [1], et, refu-
sant la bataille, il se retira avec son escorte : alors
la procession funèbre se mit en marche, en ayant
soin de prendre le plus long, afin de passer devant
la mairie. En défilant, un idiot, qui s'était joint au　　30
cortège, s'avisa de crier *vive l'empereur !* Deux ou

---

1. Voir Rabelais, *Pantagruel*, chap. xxi.

trois voix lui répondirent, et les rebbianistes,
s'animant de plus en plus, proposèrent de tuer un
bœuf du maire, qui, d'aventure, leur barrait le
chemin. Heureusement le colonel empêcha cette
5   violence.

On pense bien qu'un procès-verbal fut dressé, et
que le maire fit au préfet un rapport de son style
le plus sublime, dans lequel il peignait les lois
divines et humaines foulées aux pieds, — la
10 majesté de lui, maire, celle du curé, méconnues et
insultées, — le colonel della Rebbia se mettant à
la tête d'un complot bonapartiste pour changer
l'ordre de successibilité au trône, et exciter les
citoyens à s'armer les uns contre les autres,
15 crimes prévus par les articles 86 et 91 du Code
pénal[1].

L'exagération de cette plainte nuisit à son effet.
Le colonel écrivit au préfet, au procureur du roi :
un parent de sa femme était allié à un des députés
20 de l'île, un autre cousin du président de la cour
royale[2]. Grâce à ces protections, le complot s'éva-
nouit, Mme della Rebbia resta dans le bois, et
l'idiot seul fut condamné à quinze jours de prison.

L'avocat Barricini, mal satisfait du résultat de

1. L'article 86 du *Code pénal* de 1810, modifié au début de la
Restauration, punit de mort les auteurs d'attentats « contre la
vie ou contre la personne du roi » et « des membres de sa famille ». Le fils de Napoléon, né en 1811, vivait en Autriche, et les
bonapartistes espéraient le voir régner un jour en France ; mais
ici, bien sûr, l'allusion est tout humoristique. L'article 91,
évoqué textuellement, punit de mort quiconque « excit[e] la
guerre civile en armant ou en portant les citoyens ou habitants
à s'armer les uns contre les autres [...] ».
2. La cour royale : la cour d'appel, de nos jours.

cette affaire, tourna ses batteries d'un autre côté.
Il exhuma un vieux titre, d'après lequel il entre-
prit de contester au colonel la propriété d'un certain cours d'eau qui faisait tourner un moulin. Un
procès s'engagea qui dura longtemps. Au bout   5
d'une année, la cour allait rendre son arrêt, et suivant toute apparence en faveur du colonel, lorsque M. Barricini déposa entre les mains du procureur du roi une lettre signée par un certain
Agostini, bandit[1] célèbre, qui le menaçait, lui   10
maire, d'incendie et de mort s'il ne se désistait de
ses prétentions. On sait qu'en Corse la protection
des bandits est très recherchée, et que pour obliger leurs amis ils interviennent fréquemment
dans les querelles particulières. Le maire tirait   15
parti de cette lettre, lorsqu'un nouvel incident vint
compliquer l'affaire. Le bandit Agostini écrivit au
procureur du roi pour se plaindre qu'on eût
contrefait son écriture, et jeté des doutes sur son
caractère, en le faisant passer pour un homme   20
qui trafiquait de son influence : « Si je découvre le
faussaire, disait-il en terminant sa lettre, je le
punirai exemplairement. »

Il était clair qu'Agostini n'avait point écrit la
lettre menaçante au maire ; les della Rebbia en   25
accusaient les Barricini et *vice versa*. De part et
d'autre on éclatait en menaces, et la justice ne
savait de quel côté trouver les coupables.

Sur ces entrefaites, le colonel Ghilfuccio fut
assassiné. Voici les faits tels qu'ils furent établis   30

1. Voir *Mateo Falcone*, p. 27, n. 3, et, dans *Colomba*, p. 184,
n. 1.

en justice : le 2 août 18...[1], le jour tombant déjà, la
femme Madeleine Pietri, qui portait du pain à
Pietranera, entendit deux coups de feu très rapprochés, tirés, comme il lui semblait, dans un
chemin creux menant au village, à environ cent
cinquante pas de l'endroit où elle se trouvait.
Presque aussitôt elle vit un homme qui courait,
en se baissant, dans un sentier des vignes, et se
dirigeait vers le village. Cet homme s'arrêta un
instant et se retourna ; mais la distance empêcha
la femme Pietri de distinguer ses traits, et d'ailleurs il avait à la bouche une feuille de vigne qui
lui cachait presque tout le visage. Il fit de la main
un signe à un camarade que le témoin ne vit pas,
puis disparut dans les vignes.

La femme Pietri, ayant laissé son fardeau,
monta le sentier en courant, et trouva le colonel
della Rebbia baigné dans son sang, percé de deux
coups de feu, mais respirant encore. Près de lui
était son fusil chargé et armé, comme s'il s'était
mis en défense contre une personne qui l'atta-
quait en face au moment où une autre le frappait
par derrière. Il râlait et se débattait contre la
mort, mais ne pouvait prononcer une parole, ce
que les médecins expliquèrent par la nature de
ses blessures qui avaient traversé le poumon. Le
sang l'étouffait ; il coulait lentement et comme
une mousse rouge. En vain la femme Pietri le souleva et lui adressa quelques questions. Elle voyait

---

1. 1817, si l'on compte le temps nécessaire à toutes les chicanes de Barricini depuis que le retour de Louis XVIII (juillet 1815) lui a rendu sa mairie.

bien qu'il voulait parler, mais il ne pouvait se faire
comprendre. Ayant remarqué qu'il essayait de
porter la main à sa poche, elle s'empressa d'en
retirer un petit portefeuille qu'elle lui présenta
ouvert. Le blessé prit le crayon du portefeuille et   5
chercha à écrire. De fait le témoin le vit former
avec peine plusieurs caractères ; mais, ne sachant
pas lire, elle ne put en comprendre le sens. Épuisé
par cet effort, le colonel laissa le portefeuille dans
la main de la femme Pietri, qu'il serra avec force   10
en la regardant d'un air singulier, comme s'il voulait lui dire, ce sont les paroles du témoin : « C'est
important, c'est le nom de mon assassin. »

La femme Pietri montait au village lorsqu'elle
rencontra M. le maire Barricini avec son fils Vin-   15
centello. Alors il était presque nuit. Elle conta ce
qu'elle avait vu. Le maire prit le portefeuille, et
courut à la mairie ceindre son écharpe et appeler
son secrétaire et la gendarmerie. Restée seule
avec le jeune Vincentello, Madeleine Pietri lui   20
proposa d'aller porter secours au colonel, dans le
cas où il serait encore vivant ; mais Vincentello
répondit que, s'il approchait d'un homme qui
avait été l'ennemi acharné de sa famille, on ne
manquerait pas de l'accuser de l'avoir tué. Peu   25
après le maire arriva, trouva le colonel mort, fit
enlever le cadavre, et dressa procès-verbal.

Malgré son trouble naturel dans cette occasion,
M. Barricini s'était empressé de mettre sous les
scellés le portefeuille du colonel, et de faire toutes   30
les recherches en son pouvoir ; mais aucune
n'amena de découverte importante. Lorsque vint
le juge d'instruction, on ouvrit le portefeuille, et

sur une page souillée de sang on vit quelques
lettres tracées par une main défaillante, bien
lisibles pourtant. Il y avait écrit : *Agosti...*, et le
juge ne douta pas que le colonel n'eût voulu dési-
5   gner Agostini comme son assassin. Cependant
Colomba della Rebbia, appelée par le juge,
demanda à examiner le portefeuille. Après l'avoir
longtemps feuilleté, elle étendit la main vers le
maire et s'écria : « Voilà l'assassin ! » Alors, avec
10   une précision et une clarté surprenantes dans le
transport de douleur où elle était plongée, elle
raconta que son père, ayant reçu peu de jours
auparavant une lettre de son fils, l'avait brûlée,
mais qu'avant de le faire, il avait écrit au crayon,
15   sur son portefeuille, l'adresse d'Orso, qui venait
de changer de garnison. Or, cette adresse ne se
trouvait plus dans le portefeuille, et Colomba
concluait que le maire avait arraché le feuillet où
elle était écrite, qui aurait été celui-là même sur
20   lequel son père avait tracé le nom du meurtrier, et
à ce nom, le maire, au dire de Colomba, aurait
substitué celui d'Agostini. Le juge vit en effet
qu'un feuillet manquait au cahier de papier sur
lequel le nom était écrit ; mais bientôt il remar-
25   qua que des feuillets manquaient également dans
les autres cahiers du même portefeuille, et des
témoins déclarèrent que le colonel avait l'habitude de déchirer ainsi des pages de son portefeuille lorsqu'il voulait allumer un cigare ; rien de
30   plus probable donc qu'il eût brûlé par mégarde
l'adresse qu'il avait copiée. En outre, on constata
que le maire, après avoir reçu le portefeuille de la
femme Pietri, n'aurait pu lire à cause de l'obscuri-

té ; il fut prouvé qu'il ne s'était pas arrêté un instant avant d'entrer à la mairie, que le brigadier de
gendarmerie l'y avait accompagné, l'avait vu allumer une lampe, mettre le portefeuille dans une
enveloppe et la cacheter sous ses yeux.

Lorsque le brigadier eut terminé sa déposition,
Colomba, hors d'elle-même, se jeta à ses genoux
et le supplia, par tout ce qu'il avait de plus sacré,
de déclarer s'il n'avait pas laissé le maire seul un
instant. Le brigadier, après quelque hésitation,
visiblement ému par l'exaltation de la jeune fille,
avoua qu'il était allé chercher dans une pièce voisine une feuille de grand papier, mais qu'il n'était
pas resté une minute, et que le maire lui avait toujours parlé tandis qu'il cherchait à tâtons ce
papier dans un tiroir. Au reste, il attestait qu'à son
retour le portefeuille sanglant était à la même
place, sur la table où le maire l'avait jeté en
entrant.

M. Barricini déposa avec le plus grand calme. Il
excusait, disait-il, l'emportement de mademoiselle della Rebbia, et voulait bien condescendre à
se justifier. Il prouva qu'il était resté toute la soirée au village ; que son fils Vincentello était avec
lui devant la mairie au moment du crime ; enfin
que son fils Orlanduccio, pris de la fièvre ce jour-
là même, n'avait pas bougé de son lit. Il produisit
tous les fusils de sa maison, dont aucun n'avait
fait feu récemment. Il ajouta qu'à l'égard du portefeuille il en avait tout de suite compris l'importance ; qu'il l'avait mis sous le scellé et l'avait
déposé entre les mains de son adjoint, prévoyant

qu'en raison de son inimitié[1] avec le colonel il pourrait être soupçonné. Enfin il rappela qu'Agostini avait menacé de mort celui qui avait écrit une lettre en son nom, et insinua que ce misérable, ayant probablement soupçonné le colonel, l'avait assassiné. Dans les mœurs des bandits, une pareille vengeance pour un motif analogue n'est pas sans exemple.

Cinq jours après la mort du colonel della Rebbia, Agostini, surpris par un détachement de voltigeurs[2], fut tué, se battant en désespéré. On trouva sur lui une lettre de Colomba qui l'adjurait de déclarer s'il était ou non coupable du meurtre qu'on lui imputait. Le bandit n'ayant point fait de réponse, on en conclut assez généralement qu'il n'avait pas eu le courage de dire à une fille qu'il avait tué son père. Toutefois, les personnes qui prétendaient connaître bien le caractère d'Agostini, disaient tout bas que, s'il eût tué le colonel, il s'en serait vanté. Un autre bandit, connu sous le nom de Brandolaccio, remit à Colomba une déclaration dans laquelle il attestait *sur l'honneur* l'innocence de son camarade ; mais la seule preuve qu'il alléguait, c'était qu'Agostini ne lui avait jamais dit qu'il soupçonnait le colonel.

Conclusion, les Barricini ne furent pas inquié-

---

1. *Inimitié*, au sens fort : sentiment de haine ; le mot est employé dans plusieurs écrits du XIXᵉ siècle comme un euphémisme désignant la vendetta. Il revient plusieurs fois en ce sens d'ici à la fin du texte.
2. *Voltigeurs* : voir p. 27, n. 4. Mais ici nous sommes en 1817 : donc, léger anachronisme, de même que dans le reste de la nouvelle, situé en octobre 1819 (nous ne relèverons plus cette erreur).

tés ; le juge d'instruction combla le maire d'éloges et celui-ci couronna sa belle conduite en se désistant de toutes ses prétentions sur le ruisseau pour lequel il était en procès avec le colonel della Rebbia.

Colomba improvisa, suivant l'usage du pays, une *ballata* devant le cadavre de son père, en présence de ses amis assemblés. Elle y exhala toute sa haine contre les Barricini et les accusa formellement de l'assassinat, les menaçant aussi de la vengeance de son frère. C'était cette *ballata*, devenue très populaire, que le matelot chantait devant Miss Lydia[1]. En apprenant la mort de son père, Orso, alors dans le nord de la France, demanda un congé mais ne put l'obtenir. D'abord, sur une lettre de sa sœur, il avait cru les Barricini coupables, mais bientôt il reçut copie de toutes les pièces de l'instruction, et une lettre particulière du juge lui donna à peu près la conviction que le bandit Agostini était le seul coupable. Une fois tous les trois mois Colomba lui écrivait pour lui répéter ses soupçons qu'elle appelait des preuves. Malgré lui, ces accusations faisaient bouillonner son sang corse, et parfois il n'était pas éloigné de partager les préjugés de sa sœur. Cependant, toutes les fois qu'il lui écrivait, il lui répétait que ses allégations n'avaient aucun fondement solide et ne méritaient aucune créance. Il lui défendait même, mais toujours en vain, de lui en parler davantage. Deux années se passèrent de la sorte, au bout desquelles il fut mis en demi-solde, et

1. Cette *ballata* : voir p. 118-119.

alors il pensa à revoir son pays, non point pour se venger sur des gens qu'il croyait innocents, mais pour marier sa sœur et vendre ses petites propriétés, si elles avaient assez de valeur pour lui permettre de vivre sur le continent.

CHAPITRE VII

Soit que l'arrivée de sa sœur eût rappelé à Orso avec plus de force le souvenir du toit paternel, soit qu'il souffrît un peu devant ses amis civilisés du costume et des manières sauvages de Colomba, il annonça dès le lendemain le projet de quitter Ajaccio et de retourner à Pietranera. Mais cependant il fit promettre au colonel de venir prendre un gîte dans son humble manoir, lorsqu'il se rendrait à Bastia, et en revanche il s'engagea à lui faire tirer daims, faisans, sangliers et le reste.

La veille de son départ, au lieu d'aller à la chasse, Orso proposa une promenade au bord du golfe. Donnant le bras à Miss Lydia, il pouvait causer en toute liberté, car Colomba était restée à la ville pour faire ses emplettes et le colonel les quittait à chaque instant pour tirer des goélands et des fous, à la grande surprise des passants qui ne comprenaient pas qu'on perdît sa poudre pour un pareil gibier[1].

1. Parce qu'il n'est guère comestible. Les fous sont, comme les goélands qu'ils surpassent en taille, des oiseaux palmipèdes.

Ils suivaient le chemin qui mène à la chapelle des Grecs[1] d'où l'on a la plus belle vue de la baie ; mais ils n'y faisaient aucune attention.

« Miss Lydia... dit Orso après un silence assez long pour être devenu embarrassant ; franchement, que pensez-vous de ma sœur ?

— Elle me plaît beaucoup, répondit Miss Nevil. Plus que vous, ajouta-t-elle en souriant, car elle est vraiment Corse, et vous êtes un sauvage trop civilisé.

— Trop civilisé !... Eh bien ! malgré moi, je me sens redevenir sauvage depuis que j'ai mis le pied dans cette île. Mille affreuses pensées m'agitent, me tourmentent... et j'avais besoin de causer un peu avec vous avant de m'enfoncer dans mon désert.

— Il faut avoir du courage, monsieur ; voyez la résignation de votre sœur, elle vous donne l'exemple.

— Ah ! détrompez-vous. Ne croyez pas à sa résignation. Elle ne m'a pas dit un seul mot encore, mais dans chacun de ses regards j'ai lu ce qu'elle attend de moi.

— Que veut-elle de vous enfin ?

— Oh ! rien..., seulement que j'essaie si le fusil de monsieur votre père est aussi bon pour l'homme que pour la perdrix.

— Quelle idée ! Et vous pouvez supposer cela !

1. La chapelle des Grecs, érigée par la famille Pozzo di Borgo à trois kilomètres à l'ouest d'Ajaccio, est ainsi nommée parce qu'à partir de 1731 elle servit de lieu de culte à la communauté grecque de Cargèse (voir plus loin p. 176 et n. 1).

quand vous venez d'avouer qu'elle ne vous a encore rien dit. Mais c'est affreux de votre part.

— Si elle ne pensait pas à la vengeance, elle m'aurait tout d'abord parlé de notre père ; elle n'en a rien fait. Elle aurait prononcé le nom de ceux qu'elle regarde... à tort, je le sais, comme ses meurtriers. Eh bien, non, pas un mot. C'est que, voyez-vous, nous autres Corses, nous sommes une race rusée. Ma sœur comprend qu'elle ne me tient pas complètement en sa puissance, et ne veut pas m'effrayer, lorsque je puis m'échapper encore. Une fois qu'elle m'aura conduit au bord du précipice, lorsque la tête me tournera, elle me poussera dans l'abîme. » Alors Orso donna à Miss Nevil quelques détails sur la mort de son père, et rapporta les principales preuves qui se réunissaient pour lui faire regarder Agostini comme le meurtrier : « Rien, ajouta-t-il, n'a pu convaincre Colomba. Je l'ai vu par sa dernière lettre. Elle a juré la mort des Barricini ; et... Miss Nevil, voyez quelle confiance j'ai en vous... peut-être ne seraient-ils plus de ce monde, si, par un de ces préjugés qu'excuse son éducation sauvage, elle ne se persuadait que l'exécution de la vengeance m'appartient en ma qualité de chef de famille, et que mon honneur y est engagé.

— En vérité, monsieur della Rebbia, dit Miss Nevil, vous calomniez votre sœur.

— Non, vous l'avez dit vous-même..., elle est Corse..., elle pense ce qu'ils pensent tous. Savez-vous pourquoi j'étais si triste hier ?

— Non, mais depuis quelque temps vous êtes sujet à ces accès d'humeur noire... Vous étiez plus

aimable aux premiers jours de notre connaissance.

— Hier, au contraire, j'étais plus gai, plus heureux qu'à l'ordinaire. Je vous avais vue si bonne,
si indulgente pour ma sœur !... Nous revenions, le
colonel et moi, en bateau. Savez-vous ce que me
dit un des bateliers dans son infernal patois :
"Vous avez tué bien du gibier, Ors' Anton', mais
vous trouverez Orlanduccio Barricini plus grand
chasseur que vous."

— Eh bien, quoi de si terrible dans ces paroles ? Avez-vous donc tant de prétentions à être un
adroit chasseur ?

— Mais vous ne voyez pas que ce misérable
disait que je n'aurais pas le courage de tuer Orlanduccio ?

— Savez-vous, monsieur della Rebbia, que
vous me faites peur. Il paraît que l'air de votre île
ne donne pas seulement la fièvre, mais qu'il rend
fou. Heureusement que nous allons bientôt la
quitter.

— Pas avant d'avoir été à Pietranera. Vous
l'avez promis à ma sœur.

— Et si nous manquions à cette promesse,
nous devrions sans doute nous attendre à quelque
vengeance ?

— Vous rappelez-vous ce que nous contait
l'autre jour monsieur votre père de ces Indiens
qui menacent les gouverneurs de la Compagnie[1]

1. La Compagnie des Indes, qui depuis le début du
XVIIe siècle contrôlait le commerce entre l'Angleterre et ses pos-
sessions en Inde.

de se laisser mourir de faim s'ils ne font droit à
leurs requêtes ?

— C'est-à-dire que vous vous laisseriez mourir
de faim ? J'en doute. Vous resteriez un jour sans
manger, et puis mademoiselle Colomba vous
apporterait un *bruccio* [1] si appétissant que vous
renonceriez à votre projet.

— Vous êtes cruelle dans vos railleries,
Miss Nevil ; vous devriez me ménager. Voyez, je
suis seul ici. Je n'avais que vous pour m'empêcher
de devenir fou, comme vous dites ; vous étiez
mon ange gardien, et maintenant...

— Maintenant, dit Miss Lydia d'un ton sérieux,
vous avez, pour soutenir cette raison si facile à
ébranler, votre honneur d'homme et de militaire,
et..., poursuivit-elle en se détournant pour cueillir
une fleur, si cela peut quelque chose pour vous, le
souvenir de votre ange gardien.

— Ah ! Miss Nevil, si je pouvais penser que
vous prenez réellement quelque intérêt...

— Écoutez, monsieur della Rebbia, dit
Miss Nevil un peu émue, puisque vous êtes un
enfant, je vous traiterai en enfant. Lorsque j'étais
petite fille, ma mère me donna un beau collier
que je désirais ardemment ; mais elle me dit :
"Chaque fois que tu mettras ce collier, souviens-
toi que tu ne sais pas encore le français." Le collier perdit à mes yeux un peu de son mérite. Il
était devenu pour moi comme un remords ; mais
je le portai, et je sus le français. Voyez-vous cette

---

1. « Espèce de fromage à la crème cuit. C'est un mets national en Corse » (note de Mérimée).

bague ? c'est un scarabée égyptien trouvé, s'il vous plaît, dans une pyramide. Cette figure bizarre, que vous prenez peut-être pour une bouteille, cela veut dire *la vie humaine*. Il y a dans mon pays des gens qui trouveraient l'hiéroglyphe très bien approprié. Celui-ci, qui vient après, c'est un bouclier avec un bras tenant une lance : cela veut dire *combat, bataille*. Donc la réunion des deux caractères forme cette devise, que je trouve assez belle : *La vie est un combat*. Ne vous avisez pas de croire que je traduis les hiéroglyphes couramment ; c'est un savant en *us* qui m'a expliqué ceux-là[1]. Tenez, je vous donne mon scarabée. Quand vous aurez quelque mauvaise pensée corse, regardez mon talisman et dites-vous qu'il faut sortir vainqueur de la bataille que nous livrent les mauvaises passions. — Mais, en vérité, je ne prêche pas mal.

— Je penserai à vous, Miss Nevil, et je me dirai...

— Dites-vous que vous avez une amie qui serait désolée... de... vous savoir pendu[2]. Cela

1. Malgré le « savant en *us* », cette conversation est légèrement anachronique : nous sommes en 1819 et les informations sur le déchiffrage de l'écriture hiéroglyphique par Champollion ne commencèrent à être connues qu'en 1821. Le « scarabée » dont il est question désigne par métonymie un support (une pierre, un bijou en métal) sur lequel est gravée l'image d'un scarabée, animal sacré chez les Égyptiens (voir la lettre de Mérimée à Jenny Dacquin, 8 août 1832, *Correspondance générale*, t. I, p. 175).
2. Dans son émoi sentimental Lydia pense à la peine de mort anglaise ; si Orso était condamné pour assassinat, il serait évidemment, selon la loi française, décapité. Au début du chapitre suivant, il relève ironiquement cette erreur (voir p. 165).

ferait d'ailleurs trop de peine à messieurs les caporaux vos ancêtres. » À ces mots, elle quitta en riant le bras d'Orso, et, courant vers son père :

« Papa, dit-elle, laissez là ces pauvres oiseaux, et venez avec nous faire de la poésie dans la grotte de Napoléon[1]. »

CHAPITRE VIII

Il y a toujours quelque chose de solennel dans un départ, même quand on se quitte pour peu de temps. Orso devait partir avec sa sœur de très bon matin, et la veille au soir il avait pris congé de Miss Lydia, car il n'espérait pas qu'en sa faveur elle fît exception à ses habitudes de paresse. Leurs adieux avaient été froids et graves. Depuis leur conversation au bord de la mer, Miss Lydia craignait d'avoir montré à Orso un intérêt peut-être trop vif, et Orso, de son côté, avait sur le cœur ses railleries et surtout son ton de légèreté. Un moment il avait cru démêler dans les manières de la jeune Anglaise un sentiment d'affection naissante ; maintenant, déconcerté par ses plaisanteries, il se disait qu'il n'était à ses yeux qu'une simple connaissance, qui bientôt serait oubliée. Grande fut donc sa surprise lorsque le matin, assis à prendre du café avec le colonel, il vit entrer Miss Lydia suivie de sa sœur. Elle s'était levée à

1. Voir déjà p. 103, et la note 2.

cinq heures, et, pour une Anglaise, pour Miss Nevil surtout, l'effort était assez grand pour qu'il en tirât quelque vanité.

« Je suis désolé que vous vous soyez dérangée si matin, dit Orso. C'est ma sœur sans doute qui vous aura réveillée malgré mes recommandations, et vous devez bien nous maudire. Vous me souhaitez déjà *pendu* peut-être [1] ?

— Non, dit Miss Lydia fort bas et en italien, évidemment pour que son père ne l'entendît pas. Mais vous m'avez boudée hier pour mes innocentes plaisanteries, et je ne voulais pas vous laisser emporter un souvenir mauvais de votre servante [2]. Quelles terribles gens vous êtes, vous autres Corses ! Adieu donc ; à bientôt, j'espère. » Et elle lui tendit la main.

Orso ne trouva qu'un soupir pour réponse. Colomba s'approcha de lui, le mena dans l'embrasure d'une fenêtre, et, en lui montrant quelque chose qu'elle tenait sous son *mezzaro*, lui parla un moment à voix basse.

« Ma sœur, dit Orso à Miss Nevil, veut vous faire un singulier cadeau, mademoiselle ; mais nous autres Corses, nous n'avons pas grand-chose à donner..., excepté notre affection..., que le temps n'efface pas. Ma sœur me dit que vous avez regardé avec curiosité ce stylet. C'est une antiquité dans la famille. Probablement il pendait

---

1. *Pendu* : voir p. 163 et la note 2.
2. *De votre servante* : de moi. Formule de politesse banale, sans aucune nuance d'humilité (ou alors cette nuance, dans la bouche de Lydia, est ironique).

autrefois à la ceinture d'un de ces caporaux à qui
je dois l'honneur de votre connaissance. Colomba
le croit si précieux qu'elle m'a demandé ma permission pour vous le donner, et moi je ne sais
5   trop si je dois l'accorder, car j'ai peur que vous ne
vous moquiez de nous.

— Ce stylet est charmant, dit Miss Lydia ; mais
c'est une arme de famille ; je ne puis l'accepter.

— Ce n'est pas le stylet de mon père, s'écria
10   vivement Colomba. Il a été donné à un des
grands-parents de ma mère par le roi Théodore.
Si mademoiselle l'accepte, elle nous fera bien
plaisir.

— Voyez, Miss Lydia, dit Orso, ne dédaignez
15   pas le stylet d'un roi. »

Pour un amateur, les reliques du roi Théodore
sont infiniment plus précieuses que celles du plus
puissant monarque[1]. La tentation était forte, et
Miss Lydia voyait déjà l'effet que produirait cette
20   arme posée sur une table en laque dans son
appartement de Saint-James's Place[2]. « Mais, dit-
elle en prenant le stylet avec l'hésitation de quelqu'un qui veut accepter, et adressant le plus
aimable de ses sourires à Colomba, chère made-

---

1. Théodore de Neuhof (1690-1756), aventurier d'origine
allemande, profita de l'exaspération des Corses contre leurs
maîtres génois pour se faire élire roi de l'île en 1736. Son règne
effectif ne fut que de quelques mois, mais son souvenir devint
vite légendaire. Durant son séjour en Corse, Mérimée avait
recherché pour un ami numismate des monnaies frappées à
l'époque, et que leur rareté rend en effet « précieuses [...] pour
un amateur » (voir la lettre à Saulcy du 29 décembre 1839, *Correspondance générale*, t. II, p. 302).
2. *Saint-James's Place* : voir p. 104, n. 2.

moiselle Colomba..., je ne puis..., je n'oserais vous
laisser ainsi partir désarmée.

— Mon frère est avec moi, dit Colomba d'un
ton fier, et nous avons le bon fusil que votre père
nous a donné. Orso, vous l'avez chargé à balle[1] ? »

Miss Nevil garda le stylet, et Colomba, pour
conjurer le danger qu'on court à *donner* des
armes coupantes ou perçantes à ses amis, exigea
un sou en payement.

Il fallut partir enfin. Orso serra encore une fois
la main de Miss Nevil ; Colomba l'embrassa, puis
après vint offrir ses lèvres de rose au colonel, tout
émerveillé de la politesse corse[2]. De la fenêtre du
salon, Miss Lydia vit le frère et la sœur monter à
cheval. Les yeux de Colomba brillaient d'une joie
maligne[3] qu'elle n'y avait point encore remarquée. Cette grande et forte femme, fanatique de
ses idées d'honneur barbare, l'orgueil sur le front,
les lèvres courbées en un sourire sardonique,
emmenant ce jeune homme armé comme pour
une expédition sinistre, lui rappela les craintes
d'Orso, et elle crut voir son mauvais génie l'entraînant à sa perte. Orso, déjà à cheval, leva la tête et
l'aperçut. Soit qu'il eût deviné sa pensée, soit pour
lui dire un dernier adieu, il prit l'anneau égyptien,
qu'il avait suspendu à un cordon, et le porta à ses

1. *Chargé à balle* : voir p. 25 et n. 1. L'expression revient, au
pluriel p. 245, et à nouveau au singulier p. 259.
2. Mérimée avait eu la même « bonne fortune » en quittant
les dames Bartoli, dit-il dans sa lettre à Requien du 30 septembre 1839, déjà citée (*Correspondance générale*, t. II, p. 289).
3. *Maligne* : méchante (même racine que « malice », employé
à propos de la Vénus d'Ille, p. 64).

lèvres. Miss Lydia quitta la fenêtre en rougissant ;
puis, s'y remettant presque aussitôt, elle vit les
deux Corses s'éloigner rapidement au galop de
leurs petits ponies[1], se dirigeant vers les mon-
5 tagnes. Une demi-heure après, le colonel, au
moyen de sa lunette, les lui montra longeant le
fond du golfe, et elle vit qu'Orso tournait fréquemment la tête vers la ville. Il disparut enfin
derrière les marécages remplacés aujourd'hui par
10 une belle pépinière[2].

  Miss Lydia, en se regardant dans la glace, se
trouva pâle.

  « Que doit penser de moi ce jeune homme ? dit-
elle, et moi que pensé-je de lui ? et pourquoi y
15 pensé-je ?... Une connaissance de voyage !... Que
suis-je venue faire en Corse ?... Oh ! je ne l'aime
point... Non, non ; d'ailleurs cela est impossible...
Et Colomba... Moi la belle-sœur d'une vocératrice ! qui porte un grand stylet ! » Et elle s'aperçut
20 qu'elle tenait à la main celui du roi Théodore. Elle
le jeta sur sa toilette[3]. « Colomba à Londres, dan-

---

  1. *Ponies* : cette graphie, pluriel du mot anglais *pony*, apparaît dans l'édition de 1850 ; auparavant on lisait « poneys »,
forme plus familière à un lecteur français. Sur la petitesse du
cheval corse, voir la lettre de Mérimée à Lenormant (28 août
1839, *Correspondance générale*, t. II, p. 283), et notre ouvrage
sur *Colomba*, « Foliothèque », p. 188.
  2. Le fonctionnaire Mérimée, qui, comme voyageur, a été
dans l'ensemble désagréablement frappé par l'arriération de la
Corse, rend ici hommage à son confrère le préfet Jourdan du
Var, ordonnateur d'importants travaux d'assainissement
(voir p. 206 et n. 1).
  3. *Toilette* : table sur laquelle, dans cette auberge qui n'a certainement pas l'eau courante, on pose la cuvette et le broc
d'eau.

sant à Almack's[1]!... Quel *lion*[2], grand Dieu ! à montrer !... C'est qu'elle ferait fureur peut-être... Il m'aime, j'en suis sûre... C'est un héros de roman dont j'ai interrompu la carrière aventureuse... Mais avait-il réellement envie de venger son père à la corse ?... C'était quelque chose entre un Conrad[3] et un dandy... J'en ai fait un pur dandy, et un dandy qui a un tailleur corse !... »

Elle se jeta sur son lit et voulut dormir, mais cela lui fut impossible ; et je n'entreprendrai pas de continuer son monologue, dans lequel elle se dit plus de cent fois que M. della Rebbia n'avait été, n'était et ne serait jamais rien pour elle.

CHAPITRE IX

Cependant Orso cheminait avec sa sœur. Le mouvement rapide de leurs chevaux les empêcha d'abord de se parler ; mais, lorsque les montées trop rudes les obligeaient d'aller au pas, ils échangeaient quelques mots sur les amis qu'ils venaient de quitter. Colomba parlait avec enthousiasme de la beauté de Miss Nevil, de ses blonds cheveux, de

1. L'orthographe exacte est « Allmack's » : c'était la salle de bal la plus huppée de Londres, dans King's Street.
2. « À cette époque, on donnait ce nom en Angleterre aux personnes à la mode qui se faisaient remarquer par quelque chose d'extraordinaire » (note de Mérimée).
3. Conrad est le héros sauvage et exalté, mais plein de noblesse morale, du poème de Byron *Le Corsaire* (voir p. 126 et n. 1).

ses gracieuses manières. Puis elle demandait si le
colonel était aussi riche qu'il le paraissait, si
Mlle Lydia était fille unique. « Ce doit être un bon
parti, disait-elle. Son père a, comme il semble,
5   beaucoup d'amitié pour vous... » Et, comme Orso
ne répondait rien, elle continuait : « Notre famille
a été riche autrefois, elle est encore des plus
considérées de l'île. Tous ces *signori*[1] sont des
bâtards. Il n'y a plus de noblesse que dans les
10   familles caporales, et vous savez, Orso, que vous
descendez des premiers caporaux de l'île. Vous
savez que notre famille est originaire d'au-delà
des monts[2], et ce sont les guerres civiles qui nous
ont obligés à passer de ce côté-ci. Si j'étais à votre
15   place, Orso, je n'hésiterais pas, je demanderais
Miss Nevil à son père... (Orso levait les épaules.)
De sa dot j'achèterais les bois de la Falsetta et les
vignes en bas de chez nous ; je bâtirais une belle
maison en pierres de taille, et j'élèverais d'un
20   étage la vieille tour où Sambucuccio a tué tant de
Maures au temps du comte Henri le *bel Missere*[3].

1. « On appelle *signori* les descendants des seigneurs féodaux de la Corse. Entre les familles des *signori* et celles des
caporali il y a rivalité pour la noblesse » (note de Mérimée).
— À compléter par une autre note de l'auteur, dans *Mateo Falcone*, p. 27, n. 1.
2. « C'est-à-dire de la côte orientale. Cette expression très
usitée, *di là dei monti*, change de sens suivant la position de
celui qui l'emploie. — La Corse est divisée du nord au sud par
une chaîne de montagnes » (note de Mérimée).
3. « V. Filippini, lib. II. — Le comte *Arrigo bel Missere* mourut vers l'an 1000 ; on dit qu'à sa mort une voix s'entendit dans
l'air, qui chantait ces paroles prophétiques :

> È morto il conte Arrigo bel Missere :
> E Corsica sarà di male in peggio. »

(note de Mérimée). — « Il est mort le comte Henri le beau Mes-

— Colomba, tu es folle, répondit Orso en galopant.

— Vous êtes un homme, Ors' Anton', et vous savez sans doute mieux qu'une femme ce que vous avez à faire. Mais je voudrais bien savoir ce que cet Anglais pourrait objecter contre notre alliance. Y a-t-il des caporaux en Angleterre ?... »

Après une assez longue traite, devisant de la sorte, le frère et la sœur arrivèrent à un petit village, non loin de Bocognano, où ils s'arrêtèrent pour dîner et passer la nuit chez un ami de leur famille[1]. Ils y furent reçus avec cette hospitalité corse qu'on ne peut apprécier que lorsqu'on l'a connue. Le lendemain leur hôte, qui avait été compère de Mme della Rebbia[2], les accompagna jusqu'à une lieue de sa demeure.

« Voyez-vous ces bois et ces maquis, dit-il à Orso au moment de se séparer : un homme qui aurait *fait un malheur* y vivrait dix ans en paix sans que gendarmes ou voltigeurs vinssent le chercher. Ces bois touchent à la forêt de Vizzavona[3], et, lorsqu'on a des amis à Bocognano ou aux environs, on n'y manque de rien. Vous avez là un

---

sire : et la Corse ira de mal en pis. » Filippini a déjà été nommé p. 118, n. 2. Sambucuccio d'Alando aurait été le chef d'une insurrection plébéienne en 1007, selon les *Voyages* de Valery (t. I, p. 142 ; voir la notice p. 329).

1. Bocognano se trouve au pied du col de Vizzavona (voir ci-dessous n. 3), à 40 km à l'est d'Ajaccio par la route qui mène à Corte.

2. *Compère* : parrain d'un bébé dont elle était la marraine.

3. Vizzavona, à 900 m d'altitude, se trouve 12 km après Bocognano, toujours sur la route de Corte. La forêt qui porte son nom est une vaste zone montagneuse dominée par le monte d'Oro (2 389 m).

beau fusil, il doit porter loin. Sang de la Madone !
quel calibre ! On peut tuer avec cela mieux que
des sangliers. »

Orso répondit froidement que son fusil était
anglais et portait *le plomb* très loin. On s'embrassa, et chacun continua sa route.

Déjà nos voyageurs n'étaient plus qu'à une
petite distance de Pietranera[1], lorsque, à l'entrée
d'une gorge qu'il fallait traverser, ils découvrirent
sept ou huit hommes armés de fusils, les uns assis
sur des pierres, les autres couchés sur l'herbe,
quelques-uns debout et semblant faire le guet.
Leurs chevaux paissaient à peu de distance.
Colomba les examina un instant avec une lunette
d'approche, qu'elle tira d'une des grandes poches
de cuir que tous les Corses portent en voyage.

« Ce sont nos gens ! s'écria-t-elle d'un air
joyeux. Pieruccio a bien fait sa commission.

— Quelles gens ? demanda Orso.

— Nos bergers, répondit-elle. Avant-hier soir,
j'ai fait partir Pieruccio, afin qu'il réunît ces
braves gens pour vous accompagner à votre maison. Il ne convient pas que vous entriez à Pietranera sans escorte, et vous devez savoir d'ailleurs
que les Barricini sont capables de tout.

— Colomba, dit Orso d'un ton sévère, je t'avais
priée bien des fois de ne plus me parler des Barricini ni de tes soupçons sans fondement. Je ne me
donnerai certainement pas le ridicule de rentrer
chez moi avec cette troupe de fainéants, et je suis

---

1. Le nom de Pietranera apparaît déjà p. 123 (voir la notice
p. 331).

très mécontent que tu les aies rassemblés sans
m'en prévenir.

— Mon frère, vous avez oublié votre pays. C'est
à moi qu'il appartient de vous garder lorsque
votre imprudence vous expose. J'ai dû faire ce que   5
j'ai fait. »

En ce moment, les bergers, les ayant aperçus,
coururent à leurs chevaux et descendirent au
galop à leur rencontre.

« Evviva Ors' Anton' ! s'écria un vieillard   10
robuste à barbe blanche, couvert, malgré la chaleur, d'une casaque à capuchon, de drap corse,
plus épais que la toison de ses chèvres. C'est le
vrai portrait de son père, seulement plus grand et
plus fort. Quel beau fusil ! On en parlera de ce   15
fusil, Ors' Anton'.

— Evviva Ors' Anton' ! répétèrent en chœur
tous les bergers. Nous savions bien qu'il reviendrait à la fin !

— Ah ! Ors' Anton', disait un grand gaillard au   20
teint couleur de brique, que votre père aurait de
joie s'il était ici pour vous recevoir ! Le cher homme ! vous le verriez, s'il avait voulu me croire, s'il
m'avait laissé faire l'affaire de Giudice[1]... Le
brave homme ! Il ne m'a pas cru ; il sait bien   25
maintenant que j'avais raison.

— Bon ! reprit le vieillard, Giudice ne perdra
rien pour attendre.

— Evviva Ors' Anton' ! » Et une douzaine de
coups de fusil accompagnèrent cette acclamation.   30

---

1. Giudice est le prénom du vieux Barricini (voir p. 147).

Orso, de très mauvaise humeur au centre de ce groupe d'hommes à cheval parlant tous ensemble et se pressant pour lui donner la main, demeura quelque temps sans pouvoir se faire entendre. Enfin, prenant l'air qu'il avait en tête de son peloton lorsqu'il lui distribuait les réprimandes et les jours de salle de police :

« Mes amis, dit-il, je vous remercie de l'affection que vous me montrez, de celle que vous portiez à mon père ; mais j'entends, je veux, que personne ne me donne de conseils. Je sais ce que j'ai à faire.

— Il a raison, il a raison ! s'écrièrent les bergers. Vous savez bien que vous pouvez compter sur nous.

— Oui, j'y compte : mais je n'ai besoin de personne maintenant, et nul danger ne menace ma maison. Commencez par faire demi-tour, et allez-vous-en à vos chèvres. Je sais le chemin de Pietranera, et je n'ai pas besoin de guides.

— N'ayez peur de rien, Ors' Anton', dit le vieillard ; *ils* n'oseraient se montrer aujourd'hui. La souris rentre dans son trou lorsque revient le matou.

— Matou toi-même, vieille barbe blanche ! dit Orso. Comment t'appelles-tu ?

— Eh quoi ! vous ne me connaissez pas, Ors' Anton', moi qui vous ai porté en croupe si souvent sur mon mulet qui mord ! Vous ne connaissez pas Polo Griffo ? Brave homme, voyez-vous, qui est aux della Rebbia corps et âme. Dites un mot, et quand votre gros fusil parlera, ce vieux mousquet, vieux comme son maître, ne se taira pas. Comptez-y, Ors' Anton'.

— Bien, bien ; mais, de par tous les diables ! allez-vous-en et laissez-nous continuer notre route. »

Les bergers s'éloignèrent enfin, se dirigeant au grand trot vers le village ; mais de temps en temps ils s'arrêtaient sur tous les points élevés de la route, comme pour examiner s'il n'y avait point quelque embuscade cachée, et toujours ils se tenaient assez rapprochés d'Orso et de sa sœur pour être en mesure de leur porter secours au besoin. Et le vieux Polo Griffo disait à ses compagnons : « Je le comprends ! Je le comprends ! Il ne dit pas ce qu'il veut faire, mais il le fait. C'est le vrai portrait de son père. Bien ! dis que tu n'en veux à personne ! tu as fait un vœu à sainte Nega[1]. Bravo ! Moi je ne donnerais pas une figue de la peau du maire. Avant un mois on n'en pourra plus faire une outre[2]. »

Ainsi précédé par cette troupe d'éclaireurs, le descendant des della Rebbia entra dans son village et gagna le vieux manoir des caporaux, ses aïeux. Les rebbianistes, longtemps privés de chef, s'étaient portés en masse à sa rencontre, et les habitants du village, qui observaient la neutralité, étaient tous sur le pas de leurs portes pour le voir passer. Les barricinistes se tenaient dans leurs

----

1. « Cette sainte ne se trouve pas dans le calendrier. Se vouer à sainte Nega, c'est nier tout de parti pris » (note de Mérimée). — Voir encore p. 250.

2. Parce qu'elle sera percée...

maisons et regardaient par les fentes de leurs volets.

Le bourg de Pietranera est très irrégulièrement bâti, comme tous les villages de la Corse ; car, pour voir une rue, il faut aller à Cargèse, bâti par M. de Marbeuf[1]. Les maisons, dispersées au hasard et sans le moindre alignement, occupent le sommet d'un petit plateau, ou plutôt d'un palier de la montagne. Vers le milieu du bourg s'élève un grand chêne vert, et auprès on voit une auge en granit, où un tuyau en bois apporte l'eau d'une source voisine. Ce monument d'utilité publique fut construit à frais communs par les della Rebbia et les Barricini ; mais on se tromperait fort si l'on y cherchait un indice de l'ancienne concorde des deux familles. Au contraire, c'est une œuvre de leur jalousie. Autrefois, le colonel della Rebbia ayant trouvé au conseil municipal de sa commune une petite somme pour contribuer à l'érection d'une fontaine, l'avocat Barricini se hâta d'offrir un don semblable, et c'est à ce combat de générosité que Pietranera doit son eau. Autour du chêne vert de la fontaine, il y a un espace vide qu'on appelle la place, et où les oisifs se rassemblent le soir. Quelquefois on y joue aux

1. Cargèse se trouve sur la côte ouest, à 50 km au nord d'Ajaccio. Le général de Marbeuf (1712-1786) fut le premier gouverneur français de la Corse ; en récompense de ses qualités d'administrateur, il fut fait marquis de Cargèse par Louis XVI. Contrairement à ce que laisse entendre le texte, il n'a pas « bâti » mais seulement aménagé Cargèse. Ce sont des exilés grecs qui l'ont fondé en 1676 sur un territoire concédé par les Génois (cf. l'allusion à « la chapelle des Grecs », ci-dessus p. 159 et n. 1).

cartes, et, une fois l'an dans le carnaval, on y danse. Aux deux extrémités de la place s'élèvent des bâtiments plus hauts que larges, construits en granit et en schiste. Ce sont *les tours* ennemies des della Rebbia et des Barricini. Leur architecture est uniforme, leur hauteur est la même, et l'on voit que la rivalité des deux familles s'est toujours maintenue sans que la fortune décidât entre elles.

Il est peut-être à propos d'expliquer ce qu'il faut entendre par ce mot *tour*. C'est un bâtiment carré d'environ quarante pieds [1] de haut, qu'en un autre pays on nommerait tout bonnement un colombier. La porte, étroite, s'ouvre à huit pieds du sol, et l'on y arrive par un escalier fort roide. Au-dessus de la porte est une fenêtre avec une espèce de balcon percé en dessous comme un mâchecoulis [2], qui permet d'assommer sans risque un visiteur indiscret. Entre la fenêtre et la porte, on voit deux écussons grossièrement sculptés. L'un portait autrefois la croix de Gênes [3] ; mais, tout martelé aujourd'hui, il n'est plus intelligible que pour les antiquaires [4]. Sur l'autre écusson sont sculp-

1. Quarante pieds : environ treize mètres. Mérimée décrit ici ce qu'il a vu, à Fozzano notamment. Voir un passage plus développé sur le même sujet dans les *Notes d'un voyage en Corse* (éd. Auzas, p. 708).
2. *Mâchecoulis* (graphie ancienne, encore usitée au XIXe siècle, et propre à l'édition de 1850) : fente ménagée dans une fortification surplombante, et par laquelle on peut jeter sur l'ennemi tout projectile propre à l'intimider.
3. Pour Gênes, voir p. 146, n 1.
4. *Antiquaires* : archéologues (voir *La Vénus d'Ille*, p. 48 et n. 2).

tées les armoiries de la famille qui possède la tour. Ajoutez, pour compléter la décoration, quelques traces de balles sur les écussons et les chambranles de la fenêtre, et vous pouvez vous
5 faire une idée d'un manoir du Moyen Âge en Corse. J'oubliais de dire que les bâtiments d'habitation touchent à la tour, et souvent s'y rattachent par une communication intérieure.

La tour et la maison des della Rebbia occupent
10 le côté nord de la place de Pietranera ; la tour et la maison des Barricini, le côté sud. De la tour du nord jusqu'à la fontaine, c'est la promenade des della Rebbia, celle des Barricini est du côté opposé. Depuis l'enterrement de la femme du
15 colonel, on n'avait jamais vu un membre de l'une de ces deux familles paraître sur un autre côté de la place que celui qui lui était assigné par une espèce de convention tacite. Pour éviter un détour, Orso allait passer devant la maison du
20 maire, lorsque sa sœur l'avertit et l'engagea à prendre une ruelle qui les conduirait à leur maison sans traverser la place.

« Pourquoi se déranger ? dit Orso ; la place n'est-elle pas à tout le monde ? » Et il poussa son
25 cheval.

« Brave cœur ! dit tout bas Colomba... Mon père, tu seras vengé ! »

En arrivant sur la place, Colomba se plaça entre la maison des Barricini et son frère, et tou-
30 jours elle eut l'œil fixé sur les fenêtres de ses ennemis. Elle remarqua qu'elles étaient barricadées depuis peu, et qu'on y avait pratiqué des *archere*. On appelle *archere* d'étroites ouvertures en forme

de meurtrières, ménagées entre de grosses bûches avec lesquelles on bouche la partie inférieure d'une fenêtre. Lorsqu'on craint quelque attaque, on se barricade de la sorte, et l'on peut, à l'abri des bûches, tirer à couvert sur les assaillants[1]. 5

« Les lâches ! dit Colomba. Voyez, mon frère, déjà ils commencent à se garder : ils se barricadent ! mais il faudra bien sortir un jour ! »

La présence d'Orso sur le côté sud de la place produisit une grande sensation à Pietranera, et 10 fut considérée comme une preuve d'audace approchant de la témérité. Pour les neutres rassemblés le soir autour du chêne vert, ce fut le texte de commentaires sans fin. « Il est heureux, disait-on, que les fils Barricini ne soient pas 15 encore revenus, car ils sont moins endurants que l'avocat, et peut-être n'eussent-ils point laissé passer leur ennemi sur leur terrain sans lui faire payer sa bravade. — Souvenez-vous de ce que je vais vous dire, voisin, ajouta un vieillard qui était 20 l'oracle du bourg. J'ai observé la figure de la Colomba aujourd'hui, elle a quelque chose dans la tête. Je sens de la poudre en l'air. Avant peu, il y aura de la viande de boucherie[2] à bon marché dans Pietranera. » 25

1. *Archere* : à Arbellara, tout près de Fozzano, Mérimée avait pu voir une de ces « fortifications domestiques » (*Notes de voyage*, éd. Auzas, p. 708-709). Le mot revient p. 185, 239, 240 et 242.
2. *Viande de boucherie* : voir p. 123 et n. 1.

CHAPITRE X

Séparé fort jeune de son père, Orso n'avait guère eu le temps de le connaître. Il avait quitté Pietranera à quinze ans pour étudier à Pise, et de là était entré à l'École militaire pendant que Ghil-
5 fuccio promenait en Europe les aigles impéria-les[1]. Sur le continent, Orso l'avait vu à de rares intervalles, et en 1815 seulement il s'était trouvé dans le régiment que son père commandait. Mais le colonel, inflexible sur la discipline, traitait son
10 fils comme tous les autres jeunes lieutenants, c'est-à-dire avec beaucoup de sévérité. Les souve-nirs qu'Orso en avait conservés étaient de deux sortes. Il se le rappelait à Pietranera, lui confiant son sabre, lui laissant décharger son fusil quand il
15 revenait de la chasse, ou le faisant asseoir pour la première fois, lui bambin, à la table de famille. Puis il se représentait le colonel della Rebbia l'en-voyant aux arrêts pour quelque étourderie, et ne l'appelant jamais que lieutenant della Rebbia :
20 « Lieutenant della Rebbia, vous n'êtes pas à votre place de bataille, trois jours d'arrêts. Vos tirail-leurs sont à cinq mètres trop loin de la réserve[2], cinq jours d'arrêts. — Vous êtes en bonnet de

---

1. *Aigles impériales* : voir p. 114 et n. 1. Il n'est pas étonnant qu'Orso, qui parle l'italien, ait étudié à Pise, ville universitaire riche d'un passé prestigieux. Le « Curé », compagnon de Bran-dolaccio, a d'ailleurs fait de même (voir p. 198).
2. La *réserve* : ceux qui se tiennent prêts à remplacer les tirailleurs en poste.

police à midi cinq minutes[1], huit jours d'arrêts. »
Une seule fois, aux Quatre-Bras[2], il lui avait dit :
« Très bien, Orso ; mais de la prudence. » Au
reste, ces derniers souvenirs n'étaient point ceux
que lui rappelait Pietranera. La vue des lieux
familiers à son enfance, les meubles dont se servait sa mère, qu'il avait tendrement aimée, excitaient en son âme une foule d'émotions douces et
pénibles ; puis, l'avenir sombre qui se préparait
pour lui, l'inquiétude vague que sa sœur lui inspirait, et par-dessus tout, l'idée que Miss Nevil allait
venir dans sa maison, qui lui paraissait aujour-
d'hui si petite, si pauvre, si peu convenable, pour
une personne habituée au luxe, le mépris qu'elle
en concevrait peut-être, toutes ces pensées formaient un chaos dans sa tête et lui inspiraient un
profond découragement.

Il s'assit, pour souper, dans un grand fauteuil
de chêne noirci, où son père présidait les repas de
famille, et sourit en voyant Colomba hésiter à se
mettre à table avec lui. Il lui sut bon gré d'ailleurs
du silence qu'elle observa pendant le souper et de
la prompte retraite qu'elle fit ensuite, car il se sentait trop ému pour résister aux attaques qu'elle lui
préparait sans doute ; mais Colomba le ménageait
et voulait lui laisser le temps de se reconnaître. La
tête appuyée sur sa main, il demeura longtemps

1. Le *bonnet de police* est la petite coiffure de drap que portaient les militaires lorsqu'ils n'étaient pas en grande tenue,
notamment le matin.
2. Les Quatre-Bras : hameau belge où se déroulèrent des
combats acharnés l'avant-veille de la bataille de Waterloo
(16 juin 1815).

immobile, repassant dans son esprit les scènes
des quinze derniers jours qu'il avait vécus. Il
voyait avec effroi cette attente où chacun semblait être de sa conduite à l'égard des Barricini.
5   Déjà il s'apercevait que l'opinion de Pietranera
commençait à être pour lui celle du monde. Il
devait se venger sous peine de passer pour un
lâche. Mais sur qui se venger ? Il ne pouvait croire
les Barricini coupables de meurtre. À la vérité ils
10 étaient les ennemis de sa famille, mais il fallait les
préjugés grossiers de ses compatriotes pour leur
attribuer un assassinat. Quelquefois il considérait
le talisman de Miss Nevil, et en répétait tout bas
la devise : « La vie est un combat ! » Enfin il se dit
15 d'un ton ferme : « J'en sortirai vainqueur ! » Sur
cette bonne pensée il se leva, et, prenant la lampe,
il allait monter dans sa chambre, lorsqu'on frappa
à la porte de la maison. L'heure était indue pour
recevoir une visite. Colomba parut aussitôt, suivie
20 de la femme qui les servait. « Ce n'est rien », dit-
elle en courant à la porte. Cependant, avant d'ouvrir, elle demanda qui frappait. Une voix douce
répondit : « C'est moi. » Aussitôt la barre de bois
placée en travers de la porte fut enlevée, et
25 Colomba reparut dans la salle à manger suivie
d'une petite fille de dix ans à peu près, pieds nus,
en haillons, la tête couverte d'un mauvais mouchoir, de dessous lequel s'échappaient de longues
mèches de cheveux noirs comme l'aile d'un cor-
30 beau. L'enfant était maigre, pâle, la peau brûlée
par le soleil ; mais dans ses yeux brillait le feu de
l'intelligence. En voyant Orso, elle s'arrêta timide-
ment et lui fit une révérence à la paysanne ; puis

elle parla bas à Colomba, et lui mit entre les mains un faisan nouvellement tué.

« Merci, Chili, dit Colomba. Remercie ton oncle. Il se porte bien ?

— Fort bien, mademoiselle, à vous servir[1]. Je n'ai pu venir plus tôt parce qu'il a bien tardé. Je suis restée trois heures dans le maquis à l'attendre.

— Et tu n'as pas soupé ?

— Dame ! non, mademoiselle, je n'ai pas eu le temps.

— On va te donner à souper. Ton oncle a-t-il du pain encore ?

— Peu, mademoiselle ; mais c'est de la poudre surtout qui lui manque. Voilà les châtaignes venues, et maintenant il n'a plus besoin que de poudre[2].

— Je vais te donner un pain pour lui et de la poudre. Dis-lui qu'il la ménage, elle est chère.

— Colomba, dit Orso, en français, à qui donc fais-tu ainsi la charité ?

— À un pauvre bandit de ce village, répondit Colomba dans la même langue. Cette petite est sa nièce.

— Il me semble que tu pourrais mieux placer

1. *À vous servir* : formule de remerciement. On dit plutôt « pour vous servir », qui apparaît d'ailleurs p. 195, toujours dans la bouche de la petite fille. Chili, et plus loin Chilina, sont deux diminutifs de Michelina (voir p. 195).

2. Le début du récit nous plaçait aux « premiers jours du mois d'octobre » (p. 99), et Mérimée vient de préciser que « quinze jours » se sont passés depuis (p. 182) : cela nous amène bien au moment du début de la récolte des châtaignes, nourriture traditionnelle de l'automne dans les campagnes.

tes dons. Pourquoi envoyer de la poudre à un coquin qui s'en servira pour commettre des crimes ? Sans cette déplorable faiblesse que tout le monde paraît avoir pour les bandits, il y a long-
5   temps qu'ils auraient disparu de la Corse.

— Les plus méchants de notre pays ne sont pas ceux qui sont à la campagne[1].

— Donne-leur du pain si tu veux, on n'en doit refuser à personne ; mais je n'entends pas qu'on
10   leur fournisse des munitions.

— Mon frère, dit Colomba d'un ton grave, vous êtes le maître ici, et tout vous appartient dans cette maison : mais je vous en préviens, je donnerai mon mezzaro à cette petite fille pour qu'elle le
15   vende, plutôt que de refuser de la poudre à un bandit. Lui refuser de la poudre ! mais autant vaut le livrer aux gendarmes. Quelle protection a-t-il contre eux sinon ses cartouches ? »

La petite fille cependant dévorait avec avidité
20   un morceau de pain, et regardait attentivement tour à tour Colomba et son frère, cherchant à comprendre dans leurs yeux le sens de ce qu'ils disaient.

« Et qu'a-t-il fait enfin ton bandit ? Pour quel
25   crime s'est-il jeté dans le maquis ?

— Brandolaccio n'a point commis de crime, s'écria Colomba. Il a tué Giovan' Opizzo, qui avait assassiné son père pendant que lui était à l'armée. »

---

1. « Être *alla campagna*, c'est-à-dire être bandit. Bandit n'est point un terme odieux : il se prend dans le sens de banni ; c'est l'*outlaw* des ballades anglaises » (note de Mérimée). — Cf. « tenir la campagne », p. 263 et n. 1.

Orso détourna la tête, prit la lampe, et, sans répondre, monta dans sa chambre. Alors Colomba donna poudre et provisions à l'enfant, et la reconduisit jusqu'à la porte en lui répétant : « Surtout que ton oncle veille bien sur Orso[1] ! » 5

CHAPITRE XI

Orso fut longtemps à s'endormir, et par conséquent s'éveilla fort tard, du moins pour un Corse. À peine levé, le premier objet qui frappa ses yeux, ce fut la maison de ses ennemis et les *archere* qu'ils venaient d'y établir. Il descendit et demanda 10 sa sœur. « Elle est à la cuisine qui fond des balles », lui répondit la servante Saveria. Ainsi, il ne pouvait faire un pas sans être poursuivi par l'image de la guerre.

Il trouva Colomba assise sur un escabeau, 15 entourée de balles nouvellement fondues, coupant les jets de plomb[2].

« Que diable fais-tu là ? lui demanda son frère.

— Vous n'aviez point de balles pour le fusil du colonel, répondit-elle de sa voix douce ; j'ai trouvé 20

---

1. Brandolaccio est l'ami d'Agostini ; il a déjà été nommé p. 156. Son rôle, annoncé ici, de protecteur d'Orso contribue à lier davantage encore ce dernier à l'affaire qui a coûté la vie à son père.
2. *Coupant les jets de plomb* : enlevant l'excédent de métal qui a coulé hors du moule (tournure du langage professionnel de l'imprimerie).

un moule de calibre[1], et vous aurez aujourd'hui
vingt-quatre cartouches, mon frère.

— Je n'en ai pas besoin, Dieu merci !

— Il ne faut pas être pris au dépourvu, Ors'
Anton'. Vous avez oublié votre pays et les gens qui
vous entourent.

— Je l'aurais oublié que tu me le rappellerais
bien vite. Dis-moi, n'est-il pas arrivé une grosse
malle, il y a quelques jours ?

— Oui, mon frère. Voulez-vous que je la monte
dans votre chambre ?

— Toi, la monter ! mais tu n'aurais jamais la
force de la soulever... N'y a-t-il pas ici quelque
homme pour le faire ?

— Je ne suis pas si faible que vous le pensez,
dit Colomba, en retroussant ses manches et
découvrant un bras blanc et rond, parfaitement
formé, mais qui annonçait une force peu
commune. Allons, Saveria, dit-elle à la servante,
aide-moi. » Déjà elle enlevait seule la lourde
malle, quand Orso s'empressa de l'aider.

« Il y a dans cette malle, ma chère Colomba,
dit-il, quelque chose pour toi. Tu m'excuseras si je
te fais de si pauvres cadeaux, mais la bourse d'un
lieutenant en demi-solde n'est pas trop bien gar-
nie. » En parlant, il ouvrait la malle et en retirait
quelques robes, un châle et d'autres objets à
l'usage d'une jeune personne.

---

1. *Un moule de calibre*, expression militaire courante pour
dire : du calibre approprié (le Manton offert par le colonel
Nevil utilise des munitions plus grosses que les armes habituellement employées par les Corses).

« Que de belles choses ! s'écria Colomba. Je vais bien vite les serrer[1] de peur qu'elles ne se gâtent. Je les garderai pour ma noce, ajouta-t-elle avec un sourire triste, car maintenant je suis en deuil. » Et elle baisa la main de son frère.

« Il y a de l'affectation, ma sœur, à garder le deuil si longtemps.

— Je l'ai juré, dit Colomba d'un ton ferme. Je ne quitterai le deuil... » Et elle regardait par la fenêtre la maison des Barricini.

« Que le jour où tu te marieras ? dit Orso cherchant à éviter la fin de la phrase.

— Je ne me marierai, dit Colomba, qu'à un homme qui aura fait trois choses... » Et elle contemplait toujours d'un air sinistre la maison ennemie.

« Jolie comme tu es, Colomba, je m'étonne que tu ne sois pas déjà mariée. Allons, tu me diras qui te fait la cour. D'ailleurs j'entendrai bien les sérénades. Il faut qu'elles soient belles pour plaire à une grande vocératrice comme toi.

— Qui voudrait d'une pauvre orpheline ?... Et puis l'homme qui me fera quitter mes habits de deuil fera prendre le deuil aux femmes de là-bas. »

« Cela devient de la folie », se dit Orso. Mais il ne répondit rien pour éviter toute discussion.

« Mon frère, dit Colomba d'un ton de câlinerie, j'ai aussi quelque chose à vous offrir. Les habits que vous avez là sont trop beaux pour ce pays-ci.

---

1. *Serrer* : mettre à l'abri en lieu sûr (régionalisme encore usité de nos jours).

Votre jolie redingote serait en pièces au bout de
deux jours si vous la portiez dans le maquis. Il
faut la garder pour quand viendra Miss Nevil. »
Puis, ouvrant une armoire, elle en tira un cos-
5 tume complet de chasseur. « Je vous ai fait une
veste de velours, et voici un bonnet comme en
portent nos élégants ; je l'ai brodé pour vous il y a
bien longtemps. Voulez-vous essayer cela ? »

Et elle lui faisait endosser une large veste de
10 velours vert ayant dans le dos une énorme poche.
Elle lui mettait sur la tête un bonnet pointu de
velours noir brodé en jais et en soie de la même
couleur, et terminé par une espèce de houppe[1].

« Voici la cartouchière[2] de notre père, dit-elle,
15 son stylet est dans la poche de votre veste. Je vais
vous chercher le pistolet.

— J'ai l'air d'un vrai brigand de l'Ambigu-
Comique[3], disait Orso en se regardant dans un
petit miroir que lui présentait Saveria.

20 — C'est que vous avez tout à fait bonne façon
comme cela, Ors' Anton', disait la vieille servante,

---

1. Il faut imaginer ce bonnet comme une coiffure peu dis-
crète, avec ses ornements luisants en jais (pierre noire de peu
de valeur, mais qui se travaille facilement et que l'on utilise
pour faire des boutons et autres petits éléments de parure,
notamment sur les vêtements de deuil) ; c'est la version de luxe
du bonnet de Gianetto (voir p. 27).

2. « *Carchera*, ceinture où l'on met des cartouches. On y
attache un pistolet à gauche » (note de Mérimée). — Cf. p. 28,
n. 2.

3. L'Ambigu-Comique est, avec la Gaîté, un des deux
théâtres de Paris spécialisés dans le mélodrame (cf. p. 135, où
Pieruccio, le garde du corps de Colomba, est comparé à un
« brigand de mélodrame »).

et le plus beau *pointu* [1] de Bocognano ou de Bastelica n'est pas plus brave [2]. »

Orso déjeuna dans son nouveau costume, et pendant le repas il dit à sa sœur que sa malle contenait un certain nombre de livres ; que son intention était d'en faire venir de France et d'Italie, et de la faire travailler beaucoup. « Car il est honteux, Colomba, ajouta-t-il, qu'une grande fille comme toi ne sache pas encore des choses que, sur le continent, les enfants apprennent en sortant de nourrice.

— Vous avez raison, mon frère, disait Colomba ; je sais bien ce qui me manque, et je ne demande pas mieux que d'étudier, surtout si vous voulez bien me donner des leçons. »

Quelques jours se passèrent sans que Colomba prononçât le nom des Barricini. Elle était toujours aux petits soins pour son frère, et lui parlait souvent de Miss Nevil. Orso lui faisait lire des ouvrages français et italiens, et il était surpris tantôt de la justesse et du bon sens de ses observations, tantôt de son ignorance profonde des choses les plus vulgaires.

Un matin, après déjeuner, Colomba sortit un instant, et, au lieu de revenir avec un livre et du papier, parut avec son mezzaro sur la tête. Son air était plus sérieux encore que de coutume.

---

1. « *Pinsuto*. On appelle ainsi ceux qui portent le bonnet pointu, *barreta pinsuta* » (note de Mérimée).
2. *Brave* : élégant (sens classique). Bocognano a déjà été évoqué p. 171 ; Bastelica, autre chef-lieu de canton, à 20 km au sud par la montagne, n'est pas cité au hasard : c'est la patrie de Sampiero Corso (voir la notice, p. 329-330).

« Mon frère, dit-elle, je vous prierai de sortir avec
moi.

— Où veux-tu que je t'accompagne ? dit Orso
en lui offrant son bras.

— Je n'ai pas besoin de votre bras, mon frère,
mais prenez votre fusil et votre boîte à cartouches. Un homme ne doit jamais sortir sans ses
armes.

— À la bonne heure ! il faut se conformer à la
mode. Où allons-nous ? »

Colomba, sans répondre, serra le mezzaro
autour de sa tête, appela le chien de garde, et sortit suivie de son frère. S'éloignant à grands pas du
village, elle prit un chemin creux qui serpentait
dans les vignes, après avoir envoyé devant elle le
chien, à qui elle fit un signe qu'il semblait bien
connaître ; car aussitôt il se mit à courir en zig-
zag, passant dans les vignes, tantôt d'un côté, tantôt de l'autre, toujours à cinquante pas de sa maîtresse, et quelquefois s'arrêtant au milieu du
chemin pour la regarder en remuant la queue. Il
paraissait s'acquitter parfaitement de ses fonctions d'éclaireur.

« Si Muschetto aboie, dit Colomba, armez votre
fusil, mon frère, et tenez-vous immobile. »

À un demi-mille[1] du village, après bien des
détours, Colomba s'arrêta tout à coup dans un
endroit où le chemin faisait un coude. Là s'élevait
une petite pyramide de branchages, les uns verts,

---

1. Un demi-mille : un peu plus de 900 mètres (le mille français utilisé avant le système métrique était l'équivalent du mille
marin, soit 1 852 mètres).

les autres desséchés, amoncelés à la hauteur de trois pieds[1] environ. Du sommet on voyait percer l'extrémité d'une croix de bois peinte en noir. Dans plusieurs cantons de la Corse, surtout dans les montagnes, un usage extrêmement ancien, et qui se rattache peut-être à des superstitions du paganisme, oblige les passants à jeter une pierre ou un rameau d'arbre sur le lieu où un homme a péri de mort violente. Pendant de longues années, aussi longtemps que le souvenir de sa fin tragique demeure dans la mémoire des hommes, cette offrande singulière s'accumule ainsi de jour en jour. On appelle cela l'*amas*, le *mucchio* d'un tel.

Colomba s'arrêta devant ce tas de feuillage, et, arrachant une branche d'arbousier[2], l'ajouta à la pyramide. « Orso, dit-elle, c'est ici que notre père est mort. Prions pour son âme, mon frère ! » Et elle se mit à genoux. Orso l'imita aussitôt. En ce moment la cloche du village tinta lentement, car un homme était mort dans la nuit. Orso fondit en larmes.

Au bout de quelques minutes, Colomba se leva, l'œil sec, mais la figure animée. Elle fit du pouce à la hâte le signe de croix familier à ses compatriotes et qui accompagne d'ordinaire leurs serments solennels, puis, entraînant son frère, elle reprit le chemin du village. Ils rentrèrent en silence dans leur maison. Orso monta dans sa

1. Trois pieds : presque un mètre.
2. *Arbousier* : arbuste à feuillage persistant et à fruits rouges, très courant dans les climats méditerranéens ; c'est l'arbre des bergers de Virgile.

chambre. Un instant après, Colomba l'y suivit,
portant une petite cassette qu'elle posa sur la
table. Elle l'ouvrit et en tira une chemise couverte
de larges taches de sang. « Voici la chemise de
5 votre père, Orso. » Et elle la jeta sur ses genoux.
« Voici le plomb qui l'a frappé. » Et elle posa sur
la chemise deux balles oxydées. « Orso, mon
frère ! cria-t-elle en se précipitant dans ses bras
et l'étreignant avec force. Orso ! tu le venge-
10 ras ! » Elle l'embrassa avec une espèce de fureur,
baisa les balles et la chemise, et sortit de la
chambre, laissant son frère comme pétrifié sur sa
chaise[1].

  Orso resta quelque temps immobile, n'osant
15 éloigner de lui ces épouvantables reliques. Enfin,
faisant un effort, il les remit dans la cassette et
courut à l'autre bout de la chambre se jeter sur
son lit, la tête tournée vers la muraille, enfoncée
dans l'oreiller, comme s'il eût voulu se dérober à
20 la vue d'un spectre[2]. Les dernières paroles de sa
sœur retentissaient sans cesse dans ses oreilles, et
il lui semblait entendre un oracle fatal, inévitable,
qui lui demandait du sang, et du sang innocent.
Je n'essaierai pas de rendre les sensations du mal-
25 heureux jeune homme, aussi confuses que celles
qui bouleversent la tête d'un fou. Longtemps il
demeura dans la même position, sans oser
détourner la tête. Enfin il se leva, ferma la cas-

----

  1. La scène de la chemise sanglante est un poncif des écrits
sur la Corse dans les années 1820-1830. Voir la notice, p. 328.
  2. La vue d'un spectre : curieux écho de l'attitude effrayée de
la mariée de *La Vénus d'Ille* lorsqu'elle entend son lit craquer
(ci-dessus p. 93).

sette, et sortit précipitamment de sa maison, courant la campagne et marchant devant lui sans savoir où il allait.

Peu à peu, le grand air le soulagea ; il devint plus calme et examina avec quelque sang-froid sa position et les moyens d'en sortir. Il ne soupçonnait point les Barricini de meurtre, on le sait déjà ; mais il les accusait d'avoir supposé la lettre du bandit Agostini ; et cette lettre, il le croyait du moins, avait causé la mort de son père. Les poursuivre comme faussaires, il sentait que cela était impossible. Parfois, si les préjugés ou les instincts de son pays revenaient l'assaillir et lui montraient une vengeance facile au détour d'un sentier, il les écartait avec horreur en pensant à ses camarades de régiment, aux salons de Paris, surtout à Miss Nevil. Puis il songeait aux reproches de sa sœur, et ce qui restait de corse dans son caractère justifiait ces reproches et les rendait plus poignants. Un seul espoir lui restait dans ce combat entre sa conscience et ses préjugés, c'était d'entamer, sous un prétexte quelconque, une querelle avec un des fils de l'avocat et de se battre en duel avec lui. Le tuer d'une balle ou d'un coup d'épée conciliait ses idées corses et ses idées françaises. L'expédient accepté, et méditant les moyens d'exécution, il se sentait déjà soulagé d'un grand poids, lorsque d'autres pensées plus douces contribuèrent encore à calmer son agitation fébrile. Cicéron, désespéré de la mort de sa fille Tullia, oublia sa douleur en repassant dans son esprit toutes les belles choses qu'il pourrait dire à

ce sujet[1]. En discourant de la sorte sur la vie et la mort, Mr. Shandy se consola de la perte de son fils[2]. Orso se rafraîchit le sang en pensant qu'il pourrait faire à Miss Nevil un tableau de l'état de
5   son âme, tableau qui ne pourrait manquer d'intéresser puissamment cette belle personne.

Il se rapprochait du village, dont il s'était fort éloigné sans s'en apercevoir, lorsqu'il entendit la voix d'une petite fille qui chantait, se croyant
10 seule sans doute, dans un sentier au bord du maquis. C'était cet air lent et monotone consacré aux lamentations funèbres, et l'enfant chantait : « À mon fils, mon fils en lointain pays — gardez ma croix et ma chemise sanglante...[3] »
15   « Que chantes-tu là, petite ? dit Orso d'un ton de colère, en paraissant tout à coup.

— C'est vous, Ors' Anton' ! s'écria l'enfant un peu effrayée... C'est une chanson de mademoiselle Colomba...
20   — Je te défends de la chanter », dit Orso d'une voix terrible.

L'enfant, tournant la tête à droite et à gauche, semblait chercher de quel côté elle pourrait se

1. Tullia mourut en couches en 45 av. J.-C., à l'âge de trente et un ans. Cicéron écrivit alors un *De consolatione* dont ne nous sont parvenus que des fragments.
2. Comme plusieurs écrivains de l'époque romantique, Mérimée aimait beaucoup le roman de l'humoriste anglais Laurence Sterne, *Vie et opinions de Tristram Shandy* (1760-1767). Cette allusion se raccorde naturellement à celle concernant Tullia parce que c'est en lisant la lettre de Servius Sulpicius à Cicéron à propos de ce deuil que Mr. Shandy se console de la mort de son propre fils aîné (chap. CLXI).
3. On reconnaît un passage de la *ballata* chantée au chapitre III par le matelot de la goélette (voir p. 118-119).

sauver, et sans doute elle se serait enfuie si elle n'eût été retenue par le soin de conserver un gros paquet qu'on voyait sur l'herbe à ses pieds.

Orso eut honte de sa violence.

« Que portes-tu là, ma petite ? » lui demanda-t-il le plus doucement qu'il put.

Et comme Chilina hésitait à répondre, il souleva le linge qui enveloppait le paquet, et vit qu'il contenait un pain et d'autres provisions.

« À qui portes-tu ce pain, ma mignonne ? lui demanda-t-il.

— Vous le savez bien, monsieur ; à mon oncle.

— Et ton oncle n'est-il pas bandit ?

— Pour vous servir, monsieur Ors' Anton'.

— Si les gendarmes te rencontraient, ils te demanderaient où tu vas...

— Je leur dirais, répondit l'enfant sans hésiter, que je porte à manger aux Lucquois[1] qui coupent le maquis.

— Et si tu trouvais quelque chasseur affamé qui voulût dîner à tes dépens et te prendre tes provisions ?...

— On n'oserait. Je dirais que c'est pour mon oncle.

— En effet, il n'est point homme à se laisser prendre son dîner... Il t'aime bien, ton oncle ?

— Oh ! oui, Ors' Anton'. Depuis que mon papa est mort, il a soin de la famille : de ma mère, de

1. Lucquois : ouvriers italiens originaires de Lucca (Lucques), près de Pise. Ils se louaient pour les gros travaux agricoles et vivaient pauvrement, méprisés par la population (voir, p. 197, les plaintes qui courent à leur sujet).

moi et de ma petite sœur. Avant que maman fût malade, il la recommandait aux riches pour qu'on lui donnât de l'ouvrage. Le maire me donne une robe tous les ans, et le curé me montre le caté-
5 chisme et à lire depuis que mon oncle leur a parlé. Mais c'est votre sœur surtout qui est bonne pour nous. »

En ce moment, un chien parut dans le sentier. La petite fille, portant deux doigts à sa bouche, fit
10 entendre un sifflement aigu : aussitôt le chien vint à elle et la caressa, puis s'enfonça brusquement dans le maquis. Bientôt deux hommes mal vêtus, mais bien armés, se levèrent derrière une cépée[1] à quelques pas d'Orso. On eût dit qu'ils s'étaient
15 avancés en rampant comme des couleuvres au milieu du fourré de cistes et de myrtes[2] qui couvrait le terrain.

« Oh ! Ors' Anton', soyez le bienvenu, dit le plus âgé de ces deux hommes. Eh quoi ! vous ne me
20 reconnaissez pas ?

— Non, dit Orso le regardant fixement.

— C'est drôle comme une barbe et un bonnet pointu vous changent un homme ! Allons, mon lieutenant, regardez bien. Avez-vous donc oublié
25 les anciens de Waterloo ? Vous ne vous souvenez plus de Brando Savelli, qui a déchiré plus d'une

---

1. *Cépée* : voir p. 24, n. 1.
2. *Cistes* et *myrtes* sont des arbrisseaux méditerranéens des terres sèches, comme l'arbousier cité p. 191. Le point commun de ces végétations peu élevées est de former un labyrinthe à hauteur d'homme, difficilement pénétrable.

cartouche[1] à côté de vous dans ce jour de malheur ?

— Quoi ! c'est toi ! dit Orso. Et tu as déserté en
1816 ?

— Comme vous dites, mon lieutenant. Dam[2],
le service ennuie, et puis j'avais un compte à
régler dans ce pays-ci ! Ha ! ha ! Chili, tu es une
brave fille. Sers-nous vite car nous avons faim.
Vous n'avez pas d'idée, mon lieutenant, comme
on a d'appétit dans le maquis. Qu'est-ce qui nous
envoie cela, mademoiselle Colomba ou le maire ?

— Non, mon oncle ; c'est la meunière qui m'a
donné cela pour vous et une couverture pour
maman.

— Qu'est-ce qu'elle me veut ?

— Elle dit que ses Lucquois, qu'elle a pris pour
défricher, lui demandent maintenant trente-cinq
sous[3] et les châtaignes, à cause de la fièvre qui est
dans le bas de Pietranera.

— Les fainéants !... Je verrai. — Sans façon,
mon lieutenant, voulez-vous partager notre
dîner ? Nous avons fait de plus mauvais repas
ensemble du temps de notre pauvre compatriote
qu'on a réformé[4].

— Grand merci. — On m'a réformé aussi, moi.

— Oui, je l'ai entendu dire ; mais vous n'en

1. Pour charger les armes anciennes il fallait déchirer l'enveloppe de la cartouche de poudre avec les dents avant de l'introduire dans le canon du fusil.
2. *Dam* : graphie de l'édition de 1850. On ne dit plus que
« dame ».
3. Par jour (environ quarante francs actuels).
4. Napoléon, alors prisonnier à Sainte-Hélène (cf. p. 103,
n. 2).

avez pas été bien fâché, je gage. Histoire de régler
votre compte à vous. — Allons, curé, dit le bandit
à son camarade, à table ! Monsieur Orso, je vous
présente monsieur le curé, c'est-à-dire, je ne sais
pas trop s'il est curé, mais il en a la science.

— Un pauvre étudiant en théologie, monsieur,
dit le second bandit, qu'on a empêché de suivre sa
vocation[1]. Qui sait ? J'aurais pu être pape, Brandolaccio.

— Quelle cause a donc privé l'Église de vos
lumières ? demanda Orso.

— Un rien, un compte à régler, comme dit mon
ami Brandolaccio, une sœur à moi qui avait fait
des folies pendant que je dévorais les bouquins à
l'université de Pise[2]. Il me fallut retourner au
pays pour la marier. Mais le futur, trop pressé,
meurt de la fièvre trois jours avant mon arrivée.
Je m'adresse alors, comme vous eussiez fait à ma
place, au frère du défunt. On me dit qu'il était
marié. Que faire ?

— En effet, cela était embarrassant. Que fîtes-
vous ?

— Ce sont de ces cas où il faut en venir à la
pierre à fusil[3].

— C'est-à-dire que...

— Je lui mis une balle dans la tête », dit froidement le bandit.

Orso fit un mouvement d'horreur. Cependant la

---

1. Ce personnage serait inspiré d'un certain Quastana, qui
était en effet au séminaire à Ajaccio lorsque son père fut tué.
2. *L'université de Pise* : voir p. 180 et n. 1.
3. « *La scaglia*, expression très usitée » (note de Mérimée).

curiosité, et peut-être aussi le désir de retarder le moment où il faudrait rentrer chez lui, le firent rester à sa place et continuer la conversation avec ces deux hommes, dont chacun avait au moins un assassinat sur la conscience.

Pendant que son camarade parlait, Brandolaccio mettait devant lui du pain et de la viande ; il se servit lui-même, puis il fit la part de son chien, qu'il présenta à Orso sous le nom de Brusco, comme doué du merveilleux instinct de reconnaître un voltigeur sous quelque déguisement que ce fût. Enfin il coupa un morceau de pain et une tranche de jambon cru qu'il donna à sa nièce.

« La belle vie que celle de bandit ! s'écria l'étudiant en théologie après avoir mangé quelques bouchées. Vous en tâterez peut-être un jour, monsieur della Rebbia, et vous verrez combien il est doux de ne connaître d'autre maître que son caprice. »

Jusque-là, le bandit s'était exprimé en italien ; il poursuivit en français :

« La Corse n'est pas un pays bien amusant pour un jeune homme ; mais pour un bandit, quelle différence ! Les femmes sont folles de nous. Tel que vous me voyez, j'ai trois maîtresses dans trois cantons différents. Je suis partout chez moi. Et il y en a une qui est la femme d'un gendarme.

— Vous savez bien des langues, monsieur, dit Orso d'un ton grave.

— Si je parle français, c'est que, voyez-vous, *maxima debetur pueris reverentia*[1]. Nous enten-

---

1. « Le plus grand respect est dû à l'enfant » (Juvénal, *Satires*, XIV, 47 ; le texte exact est *puero* et non *pueris*) : ce vers passé en proverbe vient du passage où l'écrivain latin recom-

dons, Brandolaccio et moi, que la petite tourne
bien et marche droit.

— Quand viendront ses quinze ans, dit l'oncle
de Chilina, je la marierai bien. J'ai déjà un parti
en vue.

— C'est toi qui feras la demande ? dit Orso.

— Sans doute. Croyez-vous que si je dis à un
richard du pays : "Moi, Brando Savelli, je verrais
avec plaisir que votre fils épousât Michelina
Savelli", croyez-vous qu'il se fera tirer les
oreilles ?

— Je ne le lui conseillerais pas, dit l'autre bandit. Le camarade a la main un peu lourde.

— Si j'étais un coquin, poursuivit Brandolaccio, une canaille, un supposé[1], je n'aurais qu'à
ouvrir ma besace, les pièces de cent sous y pleu-
vraient.

— Il y a donc dans ta besace, dit Orso, quelque
chose qui les attire ?

— Rien ; mais si j'écrivais, comme il y en a qui
l'ont fait, à un riche : "J'ai besoin de cent francs",
il se dépêcherait de me les envoyer. Mais je suis
un homme d'honneur, mon lieutenant.

— Savez-vous, monsieur della Rebbia, dit le
bandit que son camarade appelait le curé, savez-
vous que dans ce pays de mœurs simples, il y a
pourtant quelques misérables qui profitent de
l'estime que nous inspirons au moyen de nos pas-

---

mande de ne pas souiller l'innocence de la jeunesse en évoquant devant elle « les filles de plaisir ».

1. Un *supposé* : quelqu'un qui se fait passer pour ce qu'il
n'est pas.

seports (il montrait son fusil), pour tirer des
lettres de change[1] en contrefaisant notre écriture ?

— Je le sais, dit Orso d'un ton brusque[2]. Mais
quelles lettres de change ?

— Il y a six mois, continua le bandit, que je me
promenais du côté d'Orezza[3], quand vient à moi
un manant qui de loin m'ôte son bonnet et me
dit : "Ah ! monsieur le curé (ils m'appellent toujours ainsi), excusez-moi, donnez-moi du temps ;
je n'ai pu trouver que cinquante-cinq francs ;
mais, vrai, c'est tout ce que j'ai pu amasser." Moi,
tout surpris : "Qu'est-ce à dire, maroufle ! cinquante-cinq francs ? lui dis-je. — Je veux dire
soixante-cinq, me répondit-il ; mais pour cent
que vous me demandez, c'est impossible.
— Comment, drôle ! Je te demande cent francs !
Je ne te connais pas." — Alors il me remit une
lettre, ou plutôt un chiffon tout sale, par lequel on
l'invitait à déposer cent francs[4] dans un lieu qu'on
indiquait, sous peine de voir sa maison brûlée et
ses vaches tuées par Giocanto Castriconi, c'est
mon nom. Et l'on avait eu l'infamie de contrefaire

1. *Pour tirer des lettres de change* : pour obtenir le paiement
de dettes (ici imaginaires).
2. « D'un ton brusque », parce qu'il a surtout prêté attention
aux quatre derniers mots, qui touchent en lui le point douloureux de la fausse lettre de menaces d'Agostini (voir p. 151 et
p. 156).
3. Orezza : site thermal montagneux, au nord-est de Corte,
réputé pour ses eaux ferrugineuses. Plus loin, on voit Orso
envisageant d'y aller faire la cure avec les Nevil (voir p. 251).
4. *Cent francs* : plus de 2 000 francs actuels, somme évidemment importante pour un paysan pauvre.

ma signature ! Ce qui me piqua le plus, c'est que
la lettre était écrite en patois, pleine de fautes
d'orthographe... Moi faire des fautes d'orthographe ! moi qui avais tous les prix à l'université ! Je
commence par donner à mon vilain un soufflet
qui le fait tourner deux fois sur lui-même. "Ah ! tu
me prends pour un voleur, coquin que tu es !" lui
dis-je, et je lui donne un bon coup de pied où vous
savez. Un peu soulagé, je lui dis : "Quand dois-tu
porter cet argent au lieu désigné ? — Aujourd'hui
même. — Bien ! va le porter." C'était au pied d'un
pin, et le lieu était parfaitement indiqué. Il porte
l'argent, l'enterre au pied de l'arbre et revient me
trouver. Je m'étais embusqué aux environs. Je
demeurai là avec mon homme six mortelles
heures. Monsieur della Rebbia, je serais resté
trois jours s'il eût fallu. Au bout de six heures
paraît un *Bastiaccio*[1], un infâme usurier. Il se
baisse pour prendre l'argent, je fais feu, et je
l'avais si bien ajusté que sa tête porta en tombant
sur les écus qu'il déterrait. "Maintenant, drôle !
dis-je au paysan, reprends ton argent, et ne t'avise
plus de soupçonner d'une bassesse Giocanto
Castriconi." Le pauvre diable, tout tremblant,
ramassa ses soixante-cinq francs sans prendre la
peine de les essuyer. Il me dit merci, je lui allonge
un bon coup de pied d'adieu, et il court encore.

---

1. « Les Corses montagnards détestent les habitants de Bastia, qu'ils ne regardent pas comme des compatriotes. Jamais ils
ne disent *Bastiese*, mais *Bastiaccio* : on sait que la terminaison
en *accio* se prend d'ordinaire dans un sens de mépris » (note de
Mérimée). — En réalité c'est en Italie que le suffixe *-accio* est
péjoratif (cf. *Lorenzaccio*) ; en Corse, il indique plus souvent
l'origine géographique ou la filiation.

— Ah ! curé, dit Brandolaccio, je t'envie ce coup de fusil-là. Tu as dû bien rire ?

— J'avais attrapé le *Bastiaccio* à la tempe, continua le bandit, et cela me rappela ces vers de Virgile :

> ... *Liquefacto tempora plumbo*
> *Diffidit, ac multa porrectum extendit arena*[1].

Liquefacto ! Croyez-vous, monsieur Orso, qu'une balle de plomb se fonde par la rapidité de son trajet dans l'air ? Vous qui avez étudié la balistique, vous devriez bien me dire si c'est une erreur ou une vérité ? »

Orso aimait mieux discuter cette question de physique que d'argumenter avec le licencié sur la moralité de son action. Brandolaccio, que cette dissertation scientifique n'amusait guère, l'interrompit pour remarquer que le soleil allait se coucher : « Puisque vous n'avez pas voulu dîner avec nous, Ors' Anton', lui dit-il, je vous conseille de ne pas faire attendre plus longtemps mademoiselle Colomba. Et puis il ne fait pas toujours bon à courir les chemins quand le soleil est couché. Pourquoi donc sortez-vous sans fusil ? Il y a de mauvaises gens dans ces environs ; prenez-y

---

1. Citation de l'*Énéide* (IX, 587-588), dans le récit d'un combat au cours duquel Mézence tue le fils d'Arcens en faisant tournoyer sa fronde : « [...] le plomb en fusion l'atteignit de face, fit éclater son front par le milieu et l'étendit de toute sa longueur sur le sable » (traduction de Jacques Perret, éd. « Folio classique »). Les Anciens croyaient que les balles de plomb s'amollissent en traversant l'air ; on trouve la même image dans le *De natura rerum* de Lucrèce (VI, 177).

garde. Aujourd'hui vous n'avez rien à craindre ;
les Barricini amènent le préfet chez eux ; ils l'ont
rencontré sur la route, et il s'arrête un jour à Pietranera avant d'aller poser à Corte une première
pierre, comme on dit..., une bêtise ! Il couche ce
soir chez les Barricini ; mais demain ils seront
libres. Il y a Vincentello, qui est un mauvais garnement, et Orlanduccio, qui ne vaut guère
mieux... Tâchez de les trouver séparés, aujour-
d'hui l'un, demain l'autre ; mais méfiez-vous, je ne
vous dis que cela.

— Merci du conseil, dit Orso ; mais nous
n'avons rien à démêler ensemble ; jusqu'à ce qu'ils
viennent me chercher, je n'ai rien à leur dire. »

Le bandit tira la langue de côté et la fit claquer
contre sa joue d'un air ironique, mais il ne répondit rien. Orso se levait pour partir : « À propos, dit
Brandolaccio, je ne vous ai pas remercié de votre
poudre ; elle m'est venue bien à propos. Maintenant rien ne me manque..., c'est-à-dire il me
manque encore des souliers..., mais je m'en ferai
de la peau d'un mouflon un de ces jours. »

Orso glissa deux pièces de cinq francs dans la
main du bandit.

« C'est Colomba qui t'envoyait la poudre ; voici
pour t'acheter des souliers.

— Pas de bêtises, mon lieutenant, s'écria Brandolaccio en lui rendant les deux pièces. Est-ce que
vous me prenez pour un mendiant ? J'accepte le
pain et la poudre, mais je ne veux rien autre
chose.

— Entre vieux soldats, j'ai cru qu'on pouvait
s'aider. Allons, adieu ! »

Mais, avant de partir, il avait mis l'argent dans la besace du bandit, sans qu'il s'en fût aperçu.

« Adieu, Ors' Anton' ! dit le théologien. Nous nous retrouverons peut-être au maquis un de ces jours, et nous continuerons nos études sur Virgile. »

Orso avait quitté ses honnêtes compagnons depuis un quart d'heure, lorsqu'il entendit un homme qui courait derrière lui de toutes ses forces. C'était Brandolaccio.

« C'est un peu fort, mon lieutenant, s'écria-t-il hors d'haleine, un peu trop fort ! voilà vos dix francs. De la part d'un autre, je ne passerais pas l'espièglerie. Bien des choses de ma part à mademoiselle Colomba. Vous m'avez tout essoufflé ! Bonsoir. »

CHAPITRE XII

Orso trouva Colomba un peu alarmée de sa longue absence ; mais, en le voyant, elle reprit cet air de sérénité triste qui était son expression habituelle. Pendant le repas du soir, ils ne parlèrent que de choses indifférentes, et Orso, enhardi par l'air calme de sa sœur, lui raconta sa rencontre avec les bandits et hasarda même quelques plaisanteries sur l'éducation morale et religieuse que recevait la petite Chilina par les soins de son oncle et de son honorable collègue, le sieur Castriconi.

« Brandolaccio est un honnête homme, dit Colomba ; mais, pour Castriconi, j'ai entendu dire que c'était un homme sans principes.

— Je crois, dit Orso, qu'il vaut tout autant que Brandolaccio, et Brandolaccio autant que lui. L'un et l'autre sont en guerre ouverte avec la société. Un premier crime les entraîne chaque jour à d'autres crimes ; et pourtant ils ne sont peut-être pas aussi coupables que bien des gens qui n'habitent pas le maquis. »

Un éclair de joie brilla sur le front de sa sœur.

« Oui, poursuivit Orso ; ces misérables ont de l'honneur à leur manière. C'est un préjugé cruel et non une basse cupidité qui les a jetés dans la vie qu'ils mènent. »

Il y eut un moment de silence.

« Mon frère, dit Colomba en lui versant du café, vous savez peut-être que Charles-Baptiste Pietri est mort la nuit passée ? Oui, il est mort de la fièvre des marais[1].

— Qui est ce Pietri ?

— C'est un homme de ce bourg, mari de Madeleine qui a reçu le portefeuille de notre père mourant[2]. Sa veuve est venue me prier de paraître à sa veillée et d'y chanter quelque chose. Il convient que vous veniez aussi. Ce sont nos voisins, et c'est

---

1. La *fièvre des marais* : le paludisme. Déjà, p. 197, à propos des ouvriers italiens de la meunière, il a été question de cette fièvre qui ravageait en effet les régions marécageuses de l'île (voir *Notes de voyage*, éd. Auzas, p. 723). Dans le texte même de *Colomba*, voir l'allusion aux travaux d'assèchement ordonnés par le préfet (p. 168 et n. 2), et, plus loin, la crainte que le colonel Nevil n'ait attrapé ces fièvres (p. 215 et p. 222).

2. *Le portefeuille de notre père mourant* : voir p. 153-154.

une politesse dont on ne peut se dispenser dans un petit endroit comme le nôtre.

— Au diable ta veillée, Colomba ! Je n'aime point à voir ma sœur se donner ainsi en spectacle au public.

— Orso, répondit Colomba, chacun honore ses morts à sa manière. La *ballata* nous vient de nos aïeux, et nous devons la respecter comme un usage antique. Madeleine n'a pas le *don*, et la vieille Fiordispina, qui est la meilleure vocératrice du pays, est malade. Il faut bien quelqu'un pour la *ballata*.

— Crois-tu que Charles-Baptiste ne trouvera pas son chemin dans l'autre monde si l'on ne chante de mauvais vers sur sa bière ? Va à la veillée si tu veux, Colomba ; j'irai avec toi, si tu crois que je le doive, mais n'improvise pas, cela est inconvenant à ton âge, et... je t'en prie, ma sœur.

— Mon frère, j'ai promis. C'est la coutume ici, vous le savez, et, je vous le répète, il n'y a que moi pour improviser.

— Sotte coutume !

— Je souffre beaucoup de chanter ainsi. Cela me rappelle tous nos malheurs. Demain j'en serai malade ; mais il le faut. Permettez-le-moi, mon frère. Souvenez-vous qu'à Ajaccio vous m'avez dit d'improviser pour amuser cette demoiselle anglaise qui se moque de nos vieux usages. Ne pourrais-je donc improviser aujourd'hui pour de pauvres gens qui m'en sauront gré, et que cela aidera à supporter leur chagrin ?

— Allons, fais comme tu voudras. Je gage que

tu as déjà composé ta *ballata*, et tu ne veux pas la
perdre.

— Non, je ne pourrais pas composer cela
d'avance, mon frère. Je me mets devant le mort, et
je pense à ceux qui restent. Les larmes me viennent aux yeux et alors je chante ce qui me vient à
l'esprit. »

Tout cela était dit avec une simplicité telle qu'il
était impossible de supposer le moindre amour-
propre poétique chez la signorina Colomba. Orso
se laissa fléchir et se rendit avec sa sœur à la maison de Pietri. Le mort [1] était couché sur une table,
la figure découverte, dans la plus grande pièce de
la maison. Portes et fenêtres étaient ouvertes, et
plusieurs cierges brûlaient autour de la table. À la
tête du mort se tenait sa veuve, et derrière elle un
grand nombre de femmes occupaient tout un côté
de la chambre ; de l'autre étaient rangés les
hommes, debout, tête nue, l'œil fixé sur le
cadavre, observant un profond silence. Chaque
nouveau visiteur s'approchait de la table, embras-
sait le mort [2], faisait un signe de tête à sa veuve et
à son fils, puis prenait place dans le cercle sans
proférer une parole. De temps en temps, néan-
moins, un des assistants rompait le silence solennel pour adresser quelques mots au défunt.

1. L'évocation qui s'ouvre ici présente des ressemblances
avec un récit publié dans *Le Globe* du 28 décembre 1826, et
reproduit dans notre volume sur *Colomba* (« Foliothèque »,
p. 184-187). Certains détails se trouvent aussi dans l'ouvrage de
Robiquet (voir la notice).
2. « Cet usage subsiste encore à Bocognano (1840) » (note de
Mérimée). — La date n'est précisée qu'à partir de l'édition de
1850.

« Pourquoi as-tu quitté ta bonne femme ? disait une commère. N'avait-elle pas bien soin de toi ? Que te manquait-il ? Pourquoi ne pas attendre un mois encore, ta bru t'aurait donné un fils ? »

Un grand jeune homme, fils de Pietri, serrant la main froide de son père, s'écria : « Oh ! pourquoi n'es-tu pas mort de la *malemort* [1] ? Nous t'aurions vengé ! »

Ce furent les premières paroles qu'Orso entendit en entrant. À sa vue le cercle s'ouvrit, et un faible murmure de curiosité annonça l'attente de l'assemblée excitée par la présence de la vocératrice. Colomba embrassa la veuve, prit une de ses mains et demeura quelques minutes recueillie et les yeux baissés. Puis elle rejeta son mezzaro en arrière, regarda fixement le mort, et, penchée sur ce cadavre, presque aussi pâle que lui, elle commença de la sorte :

« *Charles-Baptiste ! le Christ reçoive ton âme ! — Vivre, c'est souffrir. Tu vas dans un lieu — où il n'y a ni soleil ni froidure. — Tu n'as plus besoin de ta serpe, — ni de ta lourde pioche. — Plus de travail pour toi. — Désormais tous tes jours sont des dimanches. — Charles-Baptiste, le Christ ait ton âme ! — Ton fils gouverne ta maison. — J'ai vu tomber le chêne — desséché par le Libeccio [2]. — J'ai cru qu'il était mort. — Je suis repassée, et sa racine — avait poussé un rejeton [3]. — Le rejeton est*

1. « *La mala morte*, mort violente » (note de Mérimée).
2. Le Libeccio : le Libyen (vent du sud, sur la côte est de la Corse).
3. Pour la construction syntaxique, voir p. 24 et n. 1.

devenu un chêne, — au vaste ombrage. — Sous ses
fortes branches, Maddelé, repose-toi, — et pense au
chêne qui n'est plus. »

Ici Madeleine commença à sangloter tout haut,
et deux ou trois hommes qui, dans l'occasion,
auraient tiré sur des chrétiens avec autant de
sang-froid que sur des perdrix, se mirent à
essuyer de grosses larmes sur leurs joues
basanées.

Colomba continua de la sorte pendant quelque
temps, s'adressant tantôt au défunt, tantôt à sa
famille, quelquefois, par une prosopopée fré-
quente dans les *ballate* [1], faisant parler le mort lui-
même pour consoler ses amis ou leur donner des
conseils. À mesure qu'elle improvisait, sa figure
prenait une expression sublime ; son teint se colo-
rait d'un rose transparent qui faisait ressortir
davantage l'éclat de ses dents [2] et le feu de ses prunelles dilatées. C'était la pythonisse sur son trépied [3]. Sauf quelques soupirs, quelques sanglots
étouffés, on n'eût pas entendu le plus léger murmure dans la foule qui se pressait autour d'elle.
Bien que moins accessible qu'un autre à cette

1. *Ballate* : pluriel de *ballata*. *Prosopopée* : discours prêté à un
mort ou à un absent ; c'est un des ornements traditionnels de la
rhétorique.
2. Pour ce détail, voir p. 135 et n. 1.
3. *Pythonisse* : prêtresse d'Apollon ; Apollon avait tué le ser-
pent Python, maître monstrueux du site grec de Delphes, qui
devint après sa mort un grand sanctuaire. Son *trépied* : le
tabouret sur lequel la prêtresse se tenait assise au-dessus d'une
faille souterraine dont les émanations étaient censées lui dicter
ses oracles.

poésie sauvage, Orso se sentit bientôt atteint par
l'émotion générale. Retiré dans un coin obscur de
la salle, il pleura comme pleurait le fils de Pietri.

Tout à coup un léger mouvement se fit dans
l'auditoire : le cercle s'ouvrit, et plusieurs étrangers entrèrent. Au respect qu'on leur montra, à
l'empressement qu'on mit à leur faire place, il
était évident que c'étaient des gens d'importance
dont la visite honorait singulièrement la maison.
Cependant, par respect pour la ballata, personne
ne leur adressa la parole. Celui qui était entré le
premier paraissait avoir une quarantaine d'années. Son habit noir, son ruban rouge à rosette,
l'air d'autorité et de confiance qu'il portait sur sa
figure, faisaient d'abord[1] deviner le préfet. Derrière lui venait un vieillard voûté, au teint bilieux,
cachant mal sous des lunettes vertes un regard
timide et inquiet. Il avait un habit noir trop large
pour lui, et qui, bien que tout neuf encore, avait
été évidemment fait plusieurs années auparavant.
Toujours à côté du préfet, on eût dit qu'il voulait
se cacher dans son ombre. Enfin, après lui, entrèrent deux jeunes gens de haute taille, le teint
brûlé par le soleil, les joues enterrées sous d'épais
favoris, l'œil fier, arrogant, montrant une imperti-
nente curiosité. Orso avait eu le temps d'oublier
les physionomies des gens de son village ; mais la
vue du vieillard en lunettes vertes réveilla sur-le-
champ en son esprit de vieux souvenirs. Sa présence à la suite du préfet suffisait pour le faire
reconnaître. C'était l'avocat Barricini, le maire de

---

1. *D'abord* : dès l'abord, aussitôt (sens classique).

Pietranera, qui venait avec ses deux fils donner au préfet la représentation d'une ballata. Il serait difficile de définir ce qui se passa en ce moment dans l'âme d'Orso ; mais la présence de l'ennemi de son père lui causa une espèce d'horreur, et, plus que jamais, il se sentit accessible aux soupçons qu'il avait longtemps combattus.

Pour Colomba, à la vue de l'homme à qui elle avait voué une haine mortelle, sa physionomie mobile prit aussitôt une expression sinistre. Elle pâlit ; sa voix devint rauque, le vers commencé expira sur ses lèvres... Mais bientôt, reprenant sa ballata, elle poursuivit avec une nouvelle véhémence :

« *Quand l'épervier se lamente — devant son nid vide, — les étourneaux voltigent alentour, — insultant à sa douleur.* »

Ici on entendit un rire étouffé ; c'étaient les deux jeunes gens nouvellement arrivés qui trouvaient sans doute la métaphore trop hardie.

« *L'épervier se réveillera, il déploiera ses ailes, — il lavera son bec dans le sang ! — Et toi, Charles-Baptiste, que tes amis — t'adressent leur dernier adieu. — Leurs larmes ont assez coulé. — La pauvre orpheline seule ne te pleurera pas. — Pourquoi te pleurerait-elle ? — Tu t'es endormi plein de jours — au milieu de ta famille, — préparé à comparaître — devant le Tout-Puissant. — L'orpheline pleure son père, — surpris par de lâches assassins, — frappé par derrière ; — son père dont*

le sang est rouge — sous l'amas de feuilles vertes.
— Mais elle a recueilli son sang, — ce sang noble et
innocent ; — elle l'a répandu sur Pietranera, —
pour qu'il devînt un poison mortel. — Et Pietranera
restera marquée, — jusqu'à ce qu'un sang coupable   5
— ait effacé la trace du sang innocent[1]. »

En achevant ces mots, Colomba se laissa tomber sur une chaise, elle rabattit son mezzaro sur sa figure, et on l'entendit sangloter. Les femmes en pleurs s'empressèrent autour de l'improvisa-   10
trice ; plusieurs hommes jetaient des regards farouches sur le maire et ses fils ; quelques vieillards murmuraient contre le scandale qu'ils avaient occasionné par leur présence. Le fils du défunt fendit la presse et se disposait à prier le   15
maire de vider la place au plus vite ; mais celui-ci n'avait pas attendu cette invitation. Il gagnait la porte, et déjà ses deux fils étaient dans la rue. Le préfet adressa quelques compliments de condoléance au jeune Pietri, et les suivit presque aussi-   20
tôt. Pour Orso, il s'approcha de sa sœur, lui prit le bras et l'entraîna hors de la salle. « Accompagnez-les, dit le jeune Pietri à quelques-uns de ses amis. Ayez soin que rien ne leur arrive ! » Deux ou trois jeunes gens mirent précipitamment leur stylet   25
dans la manche gauche de leur veste, et escor-

1. Composé par Mérimée comme la *ballata* du matelot (p. 118-119) et *La Jeune Fille et la Palombe* (p. 141), ce texte emprunte thèmes et images aux chants corses qu'il connaissait — ainsi pour l'idée du sang répandu afin de jeter un sort (voir *Notes de voyage*, éd. Auzas, p. 735, et notre ouvrage sur *Colomba*, « Foliothèque », p. 179).

tèrent Orso et sa sœur jusqu'à la porte de leur maison.

CHAPITRE XIII

Colomba haletante, épuisée, était hors d'état de prononcer une parole. Sa tête était appuyée sur
5 l'épaule de son frère, et elle tenait une de ses mains serrée entre les siennes. Bien qu'il lui sût intérieurement assez mauvais gré de sa péroraison, Orso était trop alarmé pour lui adresser le moindre reproche. Il attendait en silence la fin de
10 la crise nerveuse à laquelle elle semblait en proie, lorsqu'on frappa à la porte, et Saveria entra tout effarée annonçant : « Monsieur le préfet ! » À ce nom, Colomba se releva comme honteuse de sa faiblesse, et se tint debout, s'appuyant sur une
15 chaise qui tremblait visiblement sous sa main.
Le préfet débuta par quelques excuses banales sur l'heure indue de sa visite, plaignit mademoiselle Colomba, parla du danger des émotions fortes, blâma la coutume des lamentations fu-
20 nèbres que le talent même de la vocératrice rendait encore plus pénibles pour les assistants ; il glissa avec adresse un léger reproche sur la tendance de la dernière improvisation. Puis, changeant de ton : « Monsieur della Rebbia, dit-il, je
25 suis chargé de bien des compliments pour vous par vos amis anglais : Miss Nevil fait mille amitiés

à mademoiselle votre sœur. J'ai pour vous une lettre d'elle à vous remettre.

— Une lettre de Miss Nevil ? s'écria Orso.

— Malheureusement je ne l'ai pas sur moi, mais vous l'aurez dans cinq minutes. Son père a été souffrant. Nous avons craint un moment qu'il n'eût gagné nos terribles fièvres[1]. Heureusement le voilà hors d'affaire, et vous en jugerez par vous-même, car vous le verrez bientôt, j'imagine.

— Miss Nevil a dû être bien inquiète ?

— Par bonheur, elle n'a connu le danger que lorsqu'il était déjà loin. Monsieur della Rebbia, Miss Nevil m'a beaucoup parlé de vous et de mademoiselle votre sœur. » Orso s'inclina. « Elle a beaucoup d'amitié pour vous deux. Sous un extérieur plein de grâce, sous une apparence de légèreté, elle cache une raison parfaite.

— C'est une charmante personne, dit Orso.

— C'est presque à sa prière que je viens ici, monsieur. Personne ne connaît mieux que moi une fatale histoire que je voudrais bien n'être pas obligé de vous rappeler. Puisque M. Barricini est encore maire de Pietranera, et moi, préfet de ce département, je n'ai pas besoin de vous dire le cas que je fais de certains soupçons, dont, si je suis bien informé, quelques personnes imprudentes vous ont fait part, et que vous avez repoussés, je le sais, avec l'indignation qu'on devrait attendre de votre position et de votre caractère.

— Colomba, dit Orso s'agitant sur sa chaise, tu es bien fatiguée. Tu devrais aller te coucher. »

1. Nos terribles fièvres : voir p. 206, n. 1.

Colomba fit un signe de tête négatif. Elle avait repris son calme habituel et fixait des yeux ardents sur le préfet.

« M. Barricini, continua le préfet, désirerait
5   vivement voir cesser cette espèce d'inimitié[1]..., c'est-à-dire cet état d'incertitude où vous vous trouvez l'un vis-à-vis de l'autre... Pour ma part, je serais enchanté de vous voir établir avec lui les rapports que doivent avoir ensemble des gens
10 faits pour s'estimer...

— Monsieur, interrompit Orso d'une voix émue, je n'ai jamais accusé l'avocat Barricini d'avoir assassiné mon père, mais il a fait une action qui m'empêchera toujours d'avoir aucune
15 relation avec lui. Il a supposé une lettre menaçante, au nom d'un certain bandit... du moins il l'a sourdement attribuée à mon père. Cette lettre enfin, monsieur, a probablement été la cause indirecte de sa mort. »

20 Le préfet se recueillit un instant. « Que monsieur votre père l'ait cru, lorsque, emporté par la vivacité de son caractère, il plaidait contre M. Barricini, la chose est excusable ; mais, de votre part, un semblable aveuglement n'est plus
25 permis. Réfléchissez donc que Barricini n'avait point intérêt à supposer cette lettre. Je ne vous parle pas de son caractère... vous ne le connaissez point, vous êtes prévenu contre lui..., mais vous ne supposez pas qu'un homme connaissant les
30 lois...

---

1. Cette espèce d'inimitié : la vendetta (voir p. 156, n. 1). Le mot revient encore plusieurs fois en ce sens jusqu'à la fin du récit. Nous ne le signalerons plus.

— Mais, monsieur, dit Orso en se levant, veuillez songer que me dire que cette lettre n'est pas l'ouvrage de M. Barricini, c'est l'attribuer à mon père. Son honneur, monsieur, est le mien.

— Personne plus que moi, monsieur, poursuivit le préfet, n'est convaincu de l'honneur du colonel della Rebbia... mais... l'auteur de cette lettre est connu maintenant.

— Qui ? s'écria Colomba s'avançant vers le préfet.

— Un misérable, coupable de plusieurs crimes... de ces crimes que vous ne pardonnez pas, vous autres Corses, un voleur, un certain Tomaso Bianchi, à présent détenu dans les prisons de Bastia, a révélé qu'il était l'auteur de cette fatale lettre.

— Je ne connais pas cet homme, dit Orso. Quel aurait pu être son but ?

— C'est un homme de ce pays, dit Colomba, frère d'un ancien meunier à nous. C'est un méchant et un menteur, indigne qu'on le croie.

— Vous allez voir, continua le préfet, l'intérêt qu'il avait dans l'affaire. Le meunier dont parle mademoiselle votre sœur, il se nommait, je crois, Théodore, tenait à loyer du colonel un moulin sur le cours d'eau dont M. Barricini contestait la possession à monsieur votre père. Le colonel, généreux à son habitude, ne tirait presque aucun profit de son moulin. Or, Tomaso a cru que si M. Barricini obtenait le cours d'eau, il aurait un loyer considérable à lui payer, car on sait que M. Barricini aime assez l'argent. Bref, pour obliger son frère, Tomaso a contrefait la lettre du bandit, et voilà toute l'histoire. Vous savez que les liens de famille sont si puissants en Corse, qu'ils entraînent quelquefois au crime... Veuillez prendre connaissance de cette lettre que m'écrit le procureur général, elle vous confirmera ce que je viens de vous dire. »

Orso parcourut la lettre qui relatait en détail les aveux de Tomaso, et Colomba lisait en même temps par-dessus l'épaule de son frère.

Lorsqu'elle eut fini, elle s'écria : « Orlanduccio Barricini est allé à Bastia il y a un mois, lorsqu'on a su que mon frère allait revenir. Il aura vu Tomaso et lui aura acheté ce mensonge.

— Mademoiselle, dit le préfet avec impatience, vous expliquez tout par des suppositions odieuses ; est-ce le moyen de découvrir la vérité ? Vous, monsieur, vous êtes de sang-froid ; dites-moi, que pensez-vous maintenant ? Croyez-vous, comme mademoiselle, qu'un homme qui n'a qu'une condamnation assez légère à redouter se charge de gaieté de cœur d'un crime de faux pour obliger quelqu'un qu'il ne connaît pas ? »

Orso relut la lettre du procureur général, pesant chaque mot avec une attention extraordinaire ; car, depuis qu'il avait vu l'avocat Barricini, il se sentait plus difficile à convaincre qu'il ne l'eût été quelques jours auparavant. Enfin il se vit contraint d'avouer que l'explication lui paraissait satisfaisante. — Mais Colomba s'écria avec force :

« Tomaso Bianchi est un fourbe. Il ne sera pas condamné, ou il s'échappera de prison, j'en suis sûre. »

Le préfet haussa les épaules.

« Je vous ai fait part, monsieur, dit-il, des renseignements que j'ai reçus. Je me retire, et je vous
abandonne à vos réflexions. J'attendrai que votre
raison vous ait éclairé, et j'espère qu'elle sera plus
puissante que les... suppositions de votre sœur. »   5

Orso, après quelques paroles pour excuser
Colomba, répéta qu'il croyait maintenant que
Tomaso était le seul coupable. Le préfet s'était
levé pour partir.

« S'il n'était pas si tard, dit-il, je vous propose-   10
rais de venir avec moi prendre la lettre de
Miss Nevil... Par la même occasion, vous pourriez
dire à M. Barricini ce que vous venez de me dire,
et tout serait fini.

— Jamais Orso della Rebbia n'entrera chez un   15
Barricini ! s'écria Colomba avec impétuosité.

— Mademoiselle est le *tintinajo* [1] de la famille,
à ce qu'il paraît, dit le préfet d'un air de raillerie.

— Monsieur, dit Colomba d'une voix ferme, on
vous trompe. Vous ne connaissez pas l'avocat.   20
C'est le plus rusé, le plus fourbe des hommes. Je
vous en conjure, ne faites pas faire à Orso une
action qui le couvrirait de honte.

— Colomba ! s'écria Orso, la passion te fait
déraisonner.   25

— Orso ! Orso ! par la cassette que je vous ai
remise, je vous en supplie, écoutez-moi. Entre
vous et les Barricini il y a du sang ; vous n'irez pas
chez eux !

---

1. « On appelle ainsi le bélier porteur d'une sonnette qui
conduit le troupeau, et par métaphore, on donne le même nom
au membre d'une famille qui la dirige dans toutes les affaires
importantes » (note de Mérimée).

— Ma sœur !

— Non, mon frère, vous n'irez point, ou je quitterai cette maison, et vous ne me reverrez plus... Orso, ayez pitié de moi. »

5 Et elle tomba à genoux.

« Je suis désolé, dit le préfet, de voir mademoiselle della Rebbia si peu raisonnable. Vous la convaincrez, j'en suis sûr. » Il entrouvrit la porte et s'arrêta, paraissant attendre qu'Orso le suivît.

10 « Je ne puis la quitter maintenant, dit Orso... Demain, si...

— Je pars de bonne heure, dit le préfet.

— Au moins, mon frère, s'écria Colomba les mains jointes, attendez jusqu'à demain matin.
15 Laissez-moi revoir les papiers de mon père... Vous ne pouvez me refuser cela !

— Eh bien, tu les verras ce soir, mais au moins tu ne me tourmenteras plus ensuite avec cette haine extravagante... Mille pardons, monsieur le
20 préfet... Je me sens moi-même si mal à mon aise... Il vaut mieux que ce soit demain...

— La nuit porte conseil, dit le préfet en se retirant, j'espère que demain toutes vos irrésolutions auront cessé.

25 — Saveria, s'écria Colomba, prends la lanterne et accompagne M. le préfet. Il te remettra une lettre pour mon frère. »

Elle ajouta quelques mots que Saveria seule entendit.

30 « Colomba, dit Orso lorsque le préfet fut parti, tu m'as fait beaucoup de peine. Te refuseras-tu donc toujours à l'évidence ?

— Vous m'avez donné jusqu'à demain, répondit-elle. J'ai bien peu de temps, mais j'espère encore. »

Puis elle prit un trousseau de clefs et courut dans une chambre de l'étage supérieur. Là, on l'entendit ouvrir précipitamment des tiroirs et fouiller dans un secrétaire où le colonel della Rebbia enfermait autrefois ses papiers importants.

CHAPITRE XIV

Saveria fut longtemps absente, et l'impatience d'Orso était à son comble lorsqu'elle reparut enfin, tenant une lettre, et suivie de la petite Chilina, qui se frottait les yeux, car elle avait été réveillée de son premier somme.

« Enfant, dit Orso, que viens-tu faire ici à cette heure ?

— Mademoiselle me demande », répondit Chilina.

« Que diable lui veut-elle ? » pensa Orso ; mais il se hâta de décacheter la lettre de Miss Lydia, et, pendant qu'il lisait, Chilina montait auprès de sa sœur.

« *Mon père a été un peu malade, monsieur,* disait Miss Nevil, *et il est d'ailleurs si paresseux pour écrire, que je suis obligée de lui servir de secrétaire. L'autre jour, vous savez qu'il s'est mouillé les pieds sur le bord de la mer, au lieu d'admirer le paysage*

avec nous, et il n'en faut pas davantage pour donner la fièvre dans votre charmante île. Je vois d'ici
la mine que vous faites : vous cherchez sans doute
votre stylet, mais j'espère que vous n'en avez plus.
5   Donc, mon père a eu un peu la fièvre et moi beaucoup de frayeur : le préfet, que je persiste à trouver
très aimable, nous a donné un médecin fort aimable aussi, qui, en deux jours, nous a tirés de peine :
l'accès n'a pas reparu, et mon père veut retourner à
10 la chasse ; mais je la lui défends encore. — Comment avez-vous trouvé votre château des montagnes ? Votre tour du nord[1] est-elle toujours à la
même place ? Y a-t-il bien des fantômes ? Je vous
demande tout cela, parce que mon père se souvient
15 que vous lui avez promis daims, sangliers, mouflons... Est-ce bien là le nom de cette bête étrange ?
En allant nous embarquer à Bastia, nous comp-
tons vous demander l'hospitalité, et j'espère que le
château della Rebbia, que vous dites si vieux et si
20 délabré, ne s'écroulera pas sur nos têtes. Quoique le
préfet soit si aimable qu'avec lui on ne manque
jamais de sujet de conversation, by the by[2], je me
flatte de lui avoir fait tourner la tête. — Nous avons
parlé de votre seigneurie[3]. Les gens de loi de Bastia
25 lui ont envoyé certaines révélations d'un coquin
qu'ils tiennent sous les verrous, et qui sont de
nature à détruire vos derniers soupçons ; votre ini-

---

1. Allusion à la situation du manoir des della Rebbia sur la
place de Pietranera (voir p. 177).
2. *By the by* : soit dit en passant (c'est-à-dire : sans me
vanter).
3. *De votre seigneurie* : de vous. Formule de déférence, ici ironique (cf. p. 165 et n. 2).

mitié, qui parfois m'inquiétait, doit cesser dès lors.
Vous n'avez pas d'idée comme cela m'a fait plaisir.
Quand vous êtes parti avec la belle vocératrice, le
fusil à la main, le regard sombre, vous m'avez paru
plus Corse qu'à l'ordinaire... trop Corse même. Bas- 5
ta[1] ! *je vous en écris si long, parce que je m'ennuie.*
Le préfet va partir, hélas ! Nous vous enverrons un
message lorsque nous nous mettrons en route pour
vos montagnes, et je prendrai la liberté d'écrire à
mademoiselle Colomba pour lui demander un 10
bruccio, ma solenne[2]. *En attendant, dites-lui mille*
tendresses. Je fais grand usage de son stylet, j'en
coupe les feuillets d'un roman que j'ai apporté ;
mais ce fer terrible s'indigne de cet usage et me
déchire mon livre d'une façon pitoyable. Adieu, 15
monsieur ; mon père vous envoie his best love[3].
Écoutez le préfet, il est homme de bon conseil, et se
détourne de sa route, je crois, à cause de vous ; il va
poser une première pierre à Corte ; je m'imagine
que ce doit être une cérémonie bien imposante, et je 20
regrette fort de n'y pas assister. Un monsieur en
habit brodé, bas de soie, écharpe blanche[4], *tenant*
une truelle !... et un discours ; la cérémonie se ter-
minera par les cris mille fois répétés de vive le roi !

1. *Basta* : qu'importe ! ou : en voilà assez.
2. *Ma solenne* : qui sorte de l'ordinaire. Le mot *bruccio* a été
défini p. 162, n. 1.
3. *His best love* : littéralement son meilleur amour, c'est-à-
dire ses amitiés.
4. Écharpe blanche et non tricolore, puisque l'action se
passe en 1819 : Louis XVIII, en restaurant la royauté, avait
repris le drapeau blanc de l'Ancien Régime (cf. au contraire *La
Vénus d'Ille*, où l'écharpe est tricolore parce que nous sommes
en 1834, ci-dessus p. 87).

— Vous allez être bien fat de m'avoir fait remplir les
quatre pages [1] *; mais je m'ennuie, monsieur, je vous*
le répète, et, par cette raison, je vous permets de
m'écrire très longuement. À propos, je trouve extra-
5　　*ordinaire que vous ne m'ayez pas encore mandé*
votre heureuse arrivée dans Pietranera-Castle.

« Lydia. »

« P.-S. *Je vous demande d'écouter le préfet, et de*
faire ce qu'il vous dira. Nous avons arrêté ensemble
10　*que vous deviez en agir ainsi, et cela me fera plai-*
sir. »

Orso lut trois ou quatre fois cette lettre, ac-
compagnant mentalement chaque lecture de
commentaires sans nombre ; puis il fit une longue
15　réponse, qu'il chargea Saveria de porter à un
homme du village qui partait la nuit même pour
Ajaccio. Déjà il ne pensait guère à discuter avec sa
sœur les griefs vrais ou faux des Barricini, la
lettre de Miss Lydia lui faisait tout voir en couleur
20　rose ; il n'avait plus ni soupçons ni haine. Après
avoir attendu quelque temps que sa sœur redes-
cendît, et ne la voyant pas reparaître, il alla se
coucher, le cœur plus léger qu'il ne s'était senti
depuis longtemps. Chilina ayant été congédiée
25　avec des instructions secrètes, Colomba passa la
plus grande partie de la nuit à lire de vieilles

---

1. Ordinairement la quatrième page restait vierge, ce qui
permettait, en pliant l'ensemble et après l'avoir cacheté, d'ins-
crire l'adresse. L'usage des enveloppes reste rarissime jusqu'au
milieu du XIXᵉ siècle.

paperasses. Un peu avant le jour, quelques petits cailloux furent lancés contre sa fenêtre ; à ce signal, elle descendit au jardin, ouvrit une porte dérobée, et introduisit dans sa maison deux hommes de fort mauvaise mine ; son premier soin fut de les mener à la cuisine et de leur donner à manger. Ce qu'étaient ces hommes, on le saura tout à l'heure.

CHAPITRE XV

Le matin, vers six heures, un domestique du préfet frappait à la maison d'Orso. Reçu par Colomba, il lui dit que le préfet allait partir, et qu'il attendait son frère. Colomba répondit sans hésiter que son frère venait de tomber dans l'escalier et de se fouler le pied ; qu'étant hors d'état de faire un pas, il suppliait M. le préfet de l'excuser, et serait très reconnaissant s'il daignait prendre la peine de passer chez lui. Peu après ce message, Orso descendit et demanda à sa sœur si le préfet ne l'avait pas envoyé chercher. « Il vous prie de l'attendre ici », dit-elle avec la plus grande assurance. Une demi-heure s'écoula sans qu'on aperçût le moindre mouvement du côté de la maison des Barricini ; cependant Orso demandait à Colomba si elle avait fait quelque découverte ; elle répondit qu'elle s'expliquerait devant le préfet. Elle affectait un grand calme, mais son teint et ses yeux annonçaient une agitation fébrile.

Enfin, on vit s'ouvrir la porte de la maison Barricini ; le préfet, en habit de voyage, sortit le premier, suivi du maire et de ses deux fils. Quelle fut la stupéfaction des habitants de Pietranera, aux aguets depuis le lever du soleil pour assister au départ du premier magistrat du département, lorsqu'ils le virent, accompagné des trois Barricini, traverser la place en droite ligne et entrer dans la maison della Rebbia. « Ils font la paix ! » s'écrièrent les politiques du village.

« Je vous le disais bien, ajouta un vieillard, Orso Antonio a trop vécu sur le continent pour faire les choses comme un homme de cœur.

— Pourtant, répondit un rebbianiste, remarquez que ce sont les Barricini qui viennent le trouver. Ils demandent grâce.

— C'est le préfet qui les a tous embobinés, répliqua le vieillard ; on n'a plus de courage aujourd'hui, et les jeunes gens se soucient du sang de leur père comme s'ils étaient tous des bâtards. »

Le préfet ne fut pas médiocrement surpris de trouver Orso debout et marchant sans peine. En deux mots, Colomba s'accusa de son mensonge et lui en demanda pardon : « Si vous aviez demeuré ailleurs, monsieur le préfet, dit-elle, mon frère serait allé hier vous présenter ses respects. »

Orso se confondait en excuses, protestant qu'il n'était pour rien dans cette ruse ridicule, dont il était profondément mortifié. Le préfet et le vieux Barricini parurent croire à la sincérité de ses regrets, justifiés d'ailleurs par sa confusion et les reproches qu'il adressait à sa sœur ; mais les fils du maire ne parurent pas satisfaits : « On se moque de nous, dit Orlanduccio, assez haut pour être entendu.

— Si ma sœur me jouait de ces tours, dit Vincentello, je lui ôterais bien vite l'envie de recommencer. »

Ces paroles, et le ton dont elles furent prononcées, déplurent à Orso et lui firent perdre un peu de sa bonne volonté. Il échangea avec les jeunes Barricini des regards où ne se peignait nulle bienveillance.

Cependant tout le monde était assis, à l'exception de Colomba, qui se tenait debout près de la porte de la cuisine ; le préfet prit la parole, et, après quelques lieux communs sur les préjugés du pays, rappela que la plupart des inimitiés les plus invétérées n'avaient pour cause que des malentendus. Puis, s'adressant au maire, il lui dit que M. della Rebbia n'avait jamais cru que la famille Barricini eût pris une part directe ou indirecte dans l'événement déplorable qui l'avait privé de son père ; qu'à la vérité il avait conservé quelques doutes relatifs à une particularité du procès qui avait existé entre les deux familles ; que ce doute s'excusait par la longue absence de M. Orso et la nature des renseignements qu'il avait reçus ; qu'éclairé maintenant par des révélations récentes, il se tenait pour complètement satisfait, et désirait établir avec M. Barricini et ses fils des relations d'amitié et de bon voisinage.

Orso s'inclina d'un air contraint ; M. Barricini balbutia quelques mots que personne n'entendit ; ses fils regardèrent les poutres du plafond. Le préfet, continuant sa harangue, allait adresser à Orso la contrepartie de ce qu'il venait de débiter à M. Barricini, lorsque Colomba, tirant de dessous son fichu[1] quelques papiers, s'avança gravement entre les parties contractantes :

« Ce serait avec un bien vif plaisir, dit-elle, que je verrais finir la guerre entre nos deux familles ; mais pour que la réconciliation soit sincère, il faut s'expliquer et ne rien laisser dans le doute. — Monsieur le préfet, la déclaration de Tomaso Bianchi m'était à bon droit suspecte, venant d'un homme aussi mal famé[2]. — J'ai dit que vos fils peut-être avaient vu cet homme dans la prison de Bastia.

— Cela est faux, interrompit Orlanduccio, je ne l'ai point vu. »

Colomba lui jeta un regard de mépris, et poursuivit avec beaucoup de calme en apparence :

« Vous avez expliqué l'intérêt que pouvait avoir Tomaso à menacer M. Barricini au nom d'un bandit redoutable, par le désir qu'il avait de conserver à son frère Théodore le moulin que mon père lui louait à bas prix ?...

— Cela est évident, dit le préfet.

— De la part d'un misérable comme paraît être ce Bianchi, tout s'explique, dit Orso, trompé par l'air de modération de sa sœur.

— La lettre contrefaite, continua Colomba,

1. Son *fichu* : il ne s'agit pas de son voile noir, car Mérimée emploierait le mot *mezzaro* qu'il utilise habituellement dans tout le récit, mais du carré d'étoffe que les femmes, à la campagne notamment, portaient croisé sur la poitrine.
2. *Mal famé* : cf. *Mateo Falcone*, p. 36, n. 1.

dont les yeux commençaient à briller d'un éclat
plus vif, est datée du 11 juillet. Tomaso était alors
chez son frère au moulin.

— Oui, dit le maire un peu inquiet.

— Quel intérêt avait donc Tomaso Bianchi ?
s'écria Colomba d'un air de triomphe. Le bail de
son frère était expiré ; mon père lui avait donné
congé le 1er juillet. Voici le registre de mon père,
la minute[1] de congé, la lettre d'un homme d'affaires d'Ajaccio qui nous proposait un nouveau
meunier. »

En parlant ainsi, elle remit au préfet les papiers
qu'elle tenait à la main.

Il y eut un moment d'étonnement général. Le
maire pâlit visiblement ; Orso, fronçant le sourcil,
s'avança pour prendre connaissance des papiers
que le préfet lisait avec beaucoup d'attention.

« On se moque de nous ! s'écria de nouveau
Orlanduccio en se levant avec colère. Allons-nous-
en, mon père, nous n'aurions jamais dû venir
ici ! »

Un instant suffit à M. Barricini pour reprendre
son sang-froid. Il demanda à examiner les
papiers ; le préfet les lui remit sans dire un mot.
Alors, relevant ses lunettes vertes sur son front,
il les parcourut d'un air assez indifférent, pendant que Colomba l'observait avec les yeux
d'une tigresse qui voit un daim s'approcher de la
tanière de ses petits.

« Mais, dit M. Barricini rabaissant ses lunettes
et rendant les papiers au préfet, — connaissant la

1. La *minute* : l'original (expression notariale).

bonté de feu M. le colonel... Tomaso a pensé... il a
dû penser... que M. le colonel reviendrait sur sa
résolution de lui donner congé... De fait, il est
resté en possession du moulin, donc...

5   — C'est moi, dit Colomba d'un ton de mépris,
qui le lui ai conservé. Mon père était mort, et dans
ma position, je devais ménager les clients de ma
famille.

— Pourtant, dit le préfet, ce Tomaso reconnaît
10 qu'il a écrit la lettre..., cela est clair.

— Ce qui est clair pour moi, interrompit Orso,
c'est qu'il y a de grandes infamies cachées dans
toute cette affaire.

— J'ai encore à contredire une assertion de ces
15 messieurs », dit Colomba. Elle ouvrit la porte de
la cuisine, et aussitôt entrèrent dans la salle Brandolaccio, le licencié en théologie et le chien
Brusco. Les deux bandits étaient sans armes, au
moins apparentes ; ils avaient la cartouchière à la
20 ceinture, mais point le pistolet qui en est le
complément obligé. En entrant dans la salle, ils
ôtèrent respectueusement leurs bonnets.

On peut concevoir l'effet que produisit leur
subite apparition. Le maire pensa tomber à la ren-
25 verse ; ses fils se jetèrent bravement devant lui, la
main dans la poche de leur habit, cherchant leurs
stylets. Le préfet fit un mouvement vers la porte,
tandis qu'Orso, saisissant Brandolaccio au collet,
lui cria : « Que viens-tu faire ici, misérable ?

30 — C'est un guet-apens ! » s'écria le maire
essayant d'ouvrir la porte ; mais Saveria l'avait
fermée en dehors à double tour, d'après l'ordre
des bandits, comme on le sut ensuite.

« Bonnes gens ! dit Brandolaccio, n'ayez pas
peur de moi ; je ne suis pas si diable que je suis
noir. Nous n'avons nulle mauvaise intention.
Monsieur le préfet, je suis bien votre serviteur.
— Mon lieutenant, de la douceur, vous m'étran-   5
glez. — Nous venons ici comme témoins. Allons,
parle, toi, Curé, tu as la langue bien pendue.

— Monsieur le préfet, dit le licencié, je n'ai pas
l'honneur d'être connu de vous. Je m'appelle Giocanto Castriconi, plus connu sous le nom du   10
Curé !... Ah ! vous me remettez ! Mademoiselle,
que je n'avais pas l'avantage de connaître non
plus, m'a fait prier de lui donner des renseignements sur un nommé Tomaso Bianchi, avec
lequel j'étais détenu, il y a trois semaines, dans les   15
prisons de Bastia. Voici ce que j'ai à vous dire...

— Ne prenez pas cette peine, dit le préfet ; je
n'ai rien à entendre d'un homme comme vous...
Monsieur della Rebbia, j'aime à croire que vous
n'êtes pour rien dans cet odieux complot. Mais   20
êtes-vous maître chez vous ? Faites ouvrir cette
porte. Votre sœur aura peut-être à rendre compte
des étranges relations qu'elle entretient avec des
bandits.

— Monsieur le préfet, s'écria Colomba, daignez   25
entendre ce que va dire cet homme. Vous êtes ici
pour rendre justice à tous, et votre devoir est de
rechercher la vérité. Parlez, Giocanto Castriconi.

— Ne l'écoutez pas ! s'écrièrent en chœur les
trois Barricini.   30

— Si tout le monde parle à la fois, dit le bandit
en souriant, ce n'est pas le moyen de s'entendre.
Dans la prison donc, j'avais pour compagnon,

non pour ami, ce Tomaso en question. Il recevait de fréquentes visites de M. Orlanduccio...

— C'est faux, s'écrièrent à la fois les deux frères.

5 — Deux négations valent une affirmation, observa froidement Castriconi. Tomaso avait de l'argent ; il mangeait et buvait du meilleur. J'ai toujours aimé la bonne chère (c'est là mon moindre défaut), et, malgré ma répugnance à
10 frayer avec ce drôle, je me laissai aller à dîner plusieurs fois avec lui[1]. Par reconnaissance, je lui proposai de s'évader avec moi... Une petite... pour qui j'avais eu des bontés, m'en avait fourni les moyens... Je ne veux compromettre personne.
15 Tomaso refusa, me dit qu'il était sûr de son affaire, que l'avocat Barricini l'avait recommandé à tous les juges, qu'il sortirait de là blanc comme neige et avec de l'argent en poche. Quant à moi, je crus devoir prendre l'air. *Dixi*[2].

20 — Tout ce que dit cet homme est un tas de mensonges, répéta résolument Orlanduccio. Si nous étions en rase campagne, chacun avec notre fusil, il ne parlerait pas de la sorte.

— En voilà une de bêtise ! s'écria Brandolac-
25 cio. Ne vous brouillez pas avec le Curé, Orlanduccio.

---

1. Mérimée s'amuse à souligner la culture du « Curé » et son goût pour les tournures classiques : en latin (comme ensuite, bien sûr, en français) deux négations s'annulent ; « boire du meilleur » vient de *Gargantua* (chap. XXVII, à propos de frère Jean des Entommeures), et le « moindre défaut » de « La Cigale et la Fourmi » (La Fontaine, *Fables*, I, I, v. 16).
   2. *Dixi* : j'ai dit, en latin.

— Me laisserez-vous sortir enfin, monsieur della Rebbia ? dit le préfet frappant du pied d'impatience.

— Saveria ! Saveria ! criait Orso, ouvrez la porte, de par le diable !

— Un instant, dit Brandolaccio. Nous avons d'abord à filer, nous, de notre côté. Monsieur le préfet, il est d'usage, quand on se rencontre chez des amis communs, de se donner une demi-heure de trêve en se quittant. »

Le préfet lui lança un regard de mépris.

« Serviteur à toute la compagnie », dit Brandolaccio. Puis étendant le bras horizontalement : « Allons, Brusco, dit-il à son chien, saute pour M. le préfet ! »

Le chien sauta, les bandits reprirent à la hâte leurs armes dans la cuisine, s'enfuirent par le jardin, et à un coup de sifflet aigu la porte de la salle s'ouvrit comme par enchantement.

« Monsieur Barricini, dit Orso avec une fureur concentrée, je vous tiens pour un faussaire. Dès aujourd'hui j'enverrai ma plainte contre vous au procureur du roi, pour faux et pour complicité avec Bianchi. Peut-être aurai-je encore une plainte plus terrible à porter contre vous.

— Et moi, monsieur della Rebbia, dit le maire, je porterai ma plainte contre vous pour guet-apens et pour complicité avec des bandits. En attendant, M. le préfet vous recommandera à la gendarmerie.

— Le préfet fera son devoir, dit celui-ci d'un ton sévère. Il veillera à ce que l'ordre ne soit pas troublé à Pietranera, il prendra soin que justice soit faite. Je parle à vous tous, messieurs. »

Le maire et Vincentello étaient déjà hors de la salle, et Orlanduccio les suivait à reculons lorsque Orso lui dit à voix basse : « Votre père est un vieillard que j'écraserais d'un soufflet : c'est à vous que j'en[1] destine, à vous et à votre frère. »

Pour réponse, Orlanduccio tira son stylet et se jeta sur Orso comme un furieux ; mais, avant qu'il pût faire usage de son arme, Colomba lui saisit le bras qu'elle tordit avec force pendant qu'Orso, le frappant du poing au visage, le fit reculer quelques pas[2] et heurter rudement contre le chambranle de la porte. Le stylet échappa de la main d'Orlanduccio, mais Vincentello avait le sien et rentrait dans la chambre, lorsque Colomba, sautant sur un fusil, lui prouva que la partie n'était pas égale. En même temps le préfet se jeta entre les combattants. « À bientôt, Ors' Anton' », cria Orlanduccio ; et, tirant violemment la porte de la salle, il la ferma à clef[3] pour se donner le temps de faire retraite.

Orso et le préfet demeurèrent un quart d'heure sans parler, chacun à un bout de la salle. Colomba, l'orgueil du triomphe sur le front, les considérait tour à tour, appuyée sur le fusil qui avait décidé de la victoire.

1. *En* : l'imprécision de ce que désigne ce pronom indéfini (ma colère, mes armes, mes munitions) rend paradoxalement la menace d'Orso fort concrète : l'évolution de son attitude est ici décisive.
2. C'est bien le texte (on attendrait : « *de* quelques pas »).
3. Saveria a donc laissé dans la serrure la clé qui lui avait servi à fermer déjà cette même porte de l'extérieur (voir p. 230).

« Quel pays ! quel pays ! s'écria enfin le préfet
n se levant impétueusement. Monsieur della
Rebbia, vous avez eu tort. Je vous demande votre
parole d'honneur de vous abstenir de toute vio-
ence et d'attendre que la justice décide dans cette
naudite affaire.

— Oui, monsieur le préfet, j'ai eu tort de frapper ce misérable ; mais enfin je l'ai frappé, et je
ne puis lui refuser la satisfaction qu'il m'a
demandée.

— Eh ! non, il ne veut pas se battre avec
vous !... Mais s'il vous assassine... Vous avez bien
fait tout ce qu'il fallait pour cela.

— Nous nous garderons, dit Colomba.

— Orlanduccio, dit Orso, me paraît un garçon
de courage et j'augure mieux de lui, monsieur le
préfet. Il a été prompt à tirer son stylet, mais à sa
place, j'en aurais peut-être agi de même ; et je suis
heureux que ma sœur n'ait pas un poignet de
petite-maîtresse[1].

— Vous ne vous battrez pas ! s'écria le préfet ;
je vous le défends !

— Permettez-moi de vous dire, monsieur,
qu'en matière d'honneur je ne reconnais d'autre
autorité que celle de ma conscience.

— Je vous dis que vous ne vous battrez pas !

— Vous pouvez me faire arrêter, monsieur...,
c'est-à-dire si je me laisse prendre. Mais, si cela
arrivait, vous ne feriez que différer une affaire
maintenant inévitable. Vous êtes homme d'hon-

---

1. *Petite-maîtresse* : jeune élégante (le terme est péjoratif).

neur, monsieur le préfet, et vous savez bien qu'il n'en peut être autrement.

— Si vous faisiez arrêter mon frère, ajouta Colomba, la moitié du village prendrait son parti, et nous verrions une belle fusillade.

— Je vous préviens, monsieur, dit Orso, et je vous supplie de ne pas croire que je fais une bravade ; je vous préviens que si M. Barricini abuse de son autorité de maire pour me faire arrêter, je me défendrai.

— Dès aujourd'hui, dit le préfet, M. Barricini est suspendu de ses fonctions... Il se justifiera, je l'espère... Tenez, monsieur, vous m'intéressez. Ce que je vous demande est bien peu de chose : restez chez vous tranquille jusqu'à mon retour de Corte. Je ne serai que trois jours absent. Je reviendrai avec le procureur du roi, et nous débrouillerons alors complètement cette triste affaire. Me promettez-vous de vous abstenir jusque-là de toute hostilité ?

— Je ne puis le promettre, monsieur, si, comme je le pense, Orlanduccio me demande une rencontre.

— Comment ! monsieur della Rebbia, vous, militaire français, vous voulez vous battre avec un homme que vous soupçonnez d'un faux ?

— Je l'ai frappé, monsieur.

— Mais, si vous aviez frappé un galérien et qu'il vous en demandât raison, vous vous battriez donc avec lui ? Allons, monsieur Orso ! Eh bien, je vous demande encore moins : ne cherchez pas Orlanduccio... Je vous permets de vous battre s'il vous demande un rendez-vous.

— Il m'en demandera, je n'en doute point, mais je vous promets de ne pas lui donner d'autres soufflets pour l'engager à se battre.

— Quel pays ! répétait le préfet en se promenant à grands pas. Quand donc reviendrai-je en France [1] ?

— Monsieur le préfet, dit Colomba de sa voix la plus douce, il se fait tard, nous feriez-vous l'honneur de déjeuner ici ? »

Le préfet ne put s'empêcher de rire. « Je suis demeuré déjà trop longtemps ici... cela ressemble à de la partialité... Et cette maudite pierre [2] !... Il faut que je parte... Mademoiselle della Rebbia..., que de malheurs vous avez préparés peut-être aujourd'hui !

— Au moins, monsieur le préfet, vous rendrez à ma sœur la justice de croire que ses convictions sont profondes ; et, j'en suis sûr maintenant, vous les croyez vous-même bien établies.

— Adieu, monsieur, dit le préfet en lui faisant un signe de la main. Je vous préviens que je vais donner l'ordre au brigadier de gendarmerie de suivre toutes vos démarches. »

Lorsque le préfet fut sorti : « Orso, dit Colomba, vous n'êtes point ici sur le continent. Orlanduccio n'entend rien à vos duels, et d'ailleurs ce n'est pas de la mort d'un brave que ce misérable doit mourir.

— Colomba, ma bonne, tu es la femme forte. Je

---

1. Le préfet oublie qu'il est en France... Cf. plus loin p. 291, et déjà le : « ce n'était qu'un Français » de *Mateo Falcone*, p. 39.
2. La « première pierre » qu'il va poser à Corte (voir p. 204).

t'ai de grandes obligations pour m'avoir sauvé[1]
un bon coup de couteau. Donne-moi ta petite
main que je la baise. Mais, vois-tu, laisse-moi
faire. Il y a certaines choses que tu n'entends pas.
5   Donne-moi à déjeuner ; et, aussitôt que le préfet
se sera mis en route, fais-moi venir la petite Chilina qui paraît s'acquitter à merveille des commissions qu'on lui donne. J'aurai besoin d'elle pour
porter une lettre. »

10   Pendant que Colomba surveillait les apprêts du
déjeuner, Orso monta dans sa chambre et écrivit
le billet suivant :

 « *Vous devez être pressé de me rencontrer ; je ne
le suis pas moins. Demain matin nous pourrons*
15 *nous trouver à six heures dans la vallée d'Acqua-*
viva. Je suis très adroit au pistolet, et je ne vous
propose pas cette arme. On dit que vous tirez bien
le fusil : prenons chacun un fusil à deux coups. Je
viendrai accompagné d'un homme de ce village. Si
20 *votre frère veut vous accompagner, prenez un*
second témoin et prévenez-moi. Dans ce cas seule-
ment j'aurai deux témoins.

 « ORSO ANTONIO DELLA REBBIA. »

 Le préfet, après être resté une heure chez l'ad-
25 joint du maire, après être entré pour quelques
minutes chez les Barricini, partit pour Corte,
escorté d'un seul gendarme. Un quart d'heure
après, Chilina porta la lettre qu'on vient de lire et
la remit à Orlanduccio en propres mains.

---

1. *Sauvé* : épargné, évité (sens assez rare, d'emploi littéraire).

La réponse se fit attendre et ne vint que dans la soirée. Elle était signée de M. Barricini père, et il annonçait à Orso qu'il déférait au procureur du roi la lettre de menace adressée à son fils. « Fort de ma conscience, ajoutait-il en terminant, j'attends que la justice ait prononcé sur vos calomnies. »

Cependant cinq ou six bergers mandés par Colomba arrivèrent pour garnisonner[1] la tour des della Rebbia. Malgré les protestations d'Orso, on pratiqua des *archere* aux fenêtres donnant sur la place, et toute la soirée il reçut des offres de service de différentes personnes du bourg. Une lettre arriva même du théologien bandit, qui promettait, en son nom et en celui de Brandolaccio, d'intervenir si le maire se faisait assister de la gendarmerie. Il finissait par ce *post-scriptum* : « Oserai-je vous demander ce que pense M. le préfet de l'excellente éducation que mon ami donne au chien Brusco ? Après Chilina, je ne connais pas d'élève plus docile et qui montre de plus heureuses dispositions. »

CHAPITRE XVI

Le lendemain se passa sans hostilités. De part et d'autre on se tenait sur la défensive. Orso ne sortit pas de sa maison, et la porte des Barricini

---

1. *Garnisonner* : néologisme de Mérimée, semble-t-il.

resta constamment fermée. On voyait les cinq gendarmes laissés en garnison à Pietranera se promener sur la place ou aux environs du village, assistés du garde champêtre, seul représentant de la milice urbaine. L'adjoint ne quittait pas son écharpe ; mais, sauf les *archere* aux fenêtres des deux maisons ennemies, rien n'indiquait la guerre. Un Corse seul aurait remarqué que sur la place, autour du chêne vert, on ne voyait que des femmes.

À l'heure du souper, Colomba montra d'un air joyeux à son frère la lettre suivante qu'elle venait de recevoir de Miss Nevil :

« *Ma chère mademoiselle Colomba, j'apprends avec bien du plaisir, par une lettre de votre frère, que vos inimitiés sont finies. Recevez-en mes compliments. Mon père ne peut plus souffrir Ajaccio depuis que votre frère n'est plus là pour parler guerre et chasser avec lui. Nous partons aujourd'hui, et nous irons coucher chez votre parente, pour laquelle nous avons une lettre. Après-demain, vers onze heures, je viendrai vous demander à goûter de ce bruccio des montagnes, si supérieur, dites-vous, à celui de la ville.*

« *Adieu, chère mademoiselle Colomba.* — « *Votre amie,*

                                        « LYDIA NEVIL. »

« Elle n'a donc pas reçu ma seconde lettre ? s'écria Orso.

— Vous voyez, par la date de la sienne, que mademoiselle Lydia devait être en route quand

votre lettre est arrivée à Ajaccio. Vous lui disiez
donc de ne pas venir ?

— Je lui disais que nous étions en état de siège.
Ce n'est pas, ce me semble, une situation à recevoir du monde.

— Bah ! ces Anglais sont des gens singuliers.
Elle me disait, la dernière nuit que j'ai passée
dans sa chambre, qu'elle serait fâchée de quitter
la Corse sans avoir vu une belle vendette. Si vous
le vouliez, Orso, on pourrait lui donner le spectacle d'un assaut contre la maison de nos
ennemis ?

— Sais-tu, dit Orso, que la nature a eu tort de
faire de toi une femme, Colomba ? Tu aurais été
un excellent militaire.

— Peut-être. En tout cas je vais faire mon
bruccio.

— C'est inutile. Il faut envoyer quelqu'un pour
les prévenir et les arrêter avant qu'ils se mettent
en route.

— Oui ? vous voulez envoyer un messager par
le temps qu'il fait, pour qu'un torrent l'emporte
avec votre lettre... Que je plains les pauvres bandits par cet orage ! Heureusement, ils ont de bons
piloni[1]... Savez-vous ce qu'il faut faire, Orso ? Si
l'orage cesse, partez demain de très bonne heure,
et arrivez chez notre parente avant que vos amis
se soient mis en route. Cela vous sera facile, Miss
Lydia se lève toujours tard. Vous leur conterez ce

---

1. *Piloni* (pluriel de *pilone*) : « Manteau de drap très épais
garni d'un capuchon » (note de Mérimée). — Cf. p. 24 et n. 3 ;
voir aussi p. 173.

qui s'est passé chez nous ; et s'ils persistent à venir, nous aurons grand plaisir à les recevoir. »

Orso se hâta de donner son assentiment à ce projet, et Colomba, après quelques moments de
5   silence :

« Vous croyez peut-être, Orso, reprit-elle, que je plaisantais lorsque je vous parlais d'un assaut contre la maison Barricini ? Savez-vous que nous sommes en force, deux contre un au moins ?
10   Depuis que le préfet a suspendu le maire, tous les hommes d'ici sont pour nous. Nous pourrions les hacher. Il serait facile d'entamer l'affaire. Si vous le vouliez, j'irais à la fontaine, je me moquerais de leurs femmes ; ils sortiraient... Peut-être... car ils
15   sont si lâches ! peut-être tireraient-ils sur moi par leurs *archere* ; ils me manqueraient. Tout est dit alors : ce sont eux qui attaquent. Tant pis pour les vaincus : dans une bagarre où trouver ceux qui ont fait un bon coup ? Croyez-en votre sœur,
20   Orso ; les robes noires[1] qui vont venir saliront du papier, diront bien des mots inutiles. Il n'en résultera rien. Le vieux renard trouverait moyen de leur faire voir des étoiles en plein midi. Ah ! si le préfet ne s'était pas mis devant Vincentello, il y en
25   avait un de moins. »

Tout cela était dit avec le même sang-froid qu'elle mettait l'instant d'auparavant à parler des préparatifs du bruccio.

Orso, stupéfait, regardait sa sœur avec une
30   admiration mêlée de crainte.

---

1. Les *robes noires* : le procureur du roi (avec lequel le préfet a dit qu'il reviendrait, voir p. 236), et d'une manière générale les gens de justice.

« Ma douce Colomba, dit-il en se levant de table, tu es, je le crains, le diable en personne ; mais sois tranquille. Si je ne parviens à faire pendre les Barricini, je trouverai moyen d'en venir à bout d'une autre manière. Balle chaude ou fer froid[1] ! Tu vois que je n'ai pas oublié le corse.

— Le plus tôt serait le mieux, dit Colomba en soupirant. Quel cheval monterez-vous demain, Ors' Anton' ?

— Le noir. Pourquoi me demandes-tu cela ?

— Pour lui faire donner de l'orge. »

Orso s'étant retiré dans sa chambre, Colomba envoya coucher Saveria et les bergers, et demeura seule dans la cuisine où se préparait le bruccio. De temps en temps elle prêtait l'oreille et paraissait attendre impatiemment que son frère se fût couché. Lorsqu'elle le crut enfin endormi, elle prit un couteau, s'assura qu'il était tranchant, mit ses petits pieds dans de gros souliers, et, sans faire le moindre bruit, elle entra dans le jardin.

Le jardin, fermé de murs, touchait à un terrain assez vaste, enclos de haies, où l'on mettait les chevaux, car les chevaux corses ne connaissent guère l'écurie. En général on les lâche dans un champ et l'on s'en rapporte à leur intelligence pour trouver à se nourrir et à s'abriter contre le froid et la pluie.

Colomba ouvrit la porte du jardin avec la même précaution, entra dans l'enclos, et en sifflant doucement elle attira près d'elle les chevaux, à qui

---

1. « *Palla calda u farru freddu*, locution très usitée » (note de Mérimée, à partir de l'édition de 1841 seulement).

elle portait souvent du pain et du sel. Dès que le cheval noir fut à sa portée, elle le saisit fortement par la crinière et lui fendit l'oreille avec son couteau. Le cheval fit un bond terrible et s'enfuit en faisant entendre ce cri aigu qu'une vive douleur arrache quelquefois aux animaux de son espèce. Satisfaite alors, Colomba rentrait dans le jardin, lorsque Orso ouvrit sa fenêtre et cria : « Qui va là ? » En même temps elle entendit qu'il armait son fusil. Heureusement pour elle, la porte du jardin était dans une obscurité complète, et un grand figuier la couvrait en partie. Bientôt, aux lueurs intermittentes qu'elle vit briller dans la chambre de son frère, elle conclut qu'il cherchait à rallumer sa lampe. Elle s'empressa alors de fermer la porte du jardin, et se glissant le long des murs, de façon que son costume noir se confondît avec le feuillage sombre des espaliers[1], elle parvint à rentrer dans la cuisine quelques moments avant qu'Orso ne parût.

« Qu'y a-t-il ? lui demanda-t-elle.

— Il m'a semblé, dit Orso, qu'on ouvrait la porte du jardin.

— Impossible. Le chien aurait aboyé. Au reste, allons voir. »

Orso fit le tour du jardin, et après avoir constaté que la porte extérieure était bien fermée, un peu honteux de cette fausse alerte, il se disposa à regagner sa chambre.

---

1. L'*espalier* est, strictement parlant, le mur le long duquel on fait pousser des arbres fruitiers en les soutenant par des armatures ; par extension, le mot désigne ici les arbres eux-mêmes.

« J'aime à voir, mon frère, dit Colomba, que vous devenez prudent, comme on doit l'être dans votre position.

— Tu me formes, répondit Orso. Bonsoir. »

Le matin avec l'aube Orso était levé, prêt à partir. Son costume annonçait à la fois la prétention à l'élégance d'un homme qui va se présenter devant une femme à qui il veut plaire, et la prudence d'un Corse en vendette. Par-dessus une redingote bleue bien serrée à la taille, il portait en bandoulière une petite boîte de fer-blanc contenant des cartouches, suspendue à un cordon de soie verte ; son stylet était placé dans une poche de côté, et il tenait à la main le beau fusil de Manton chargé à balles[1]. Pendant qu'il prenait à la hâte une tasse de café versée par Colomba, un berger était sorti pour seller et brider le cheval. Orso et sa sœur le suivirent de près et entrèrent dans l'enclos. Le berger s'était emparé du cheval, mais il avait laissé tomber selle et bride, et paraissait saisi d'horreur, pendant que le cheval, qui se souvenait de la blessure de la nuit précédente et qui craignait pour son autre oreille, se cabrait, ruait, hennissait, faisait le diable à quatre[2].

« Allons, dépêche-toi, lui cria Orso.

— Ha ! Ors' Anton' ! ha ! Ors' Anton' ! s'écriait le berger, sang de la Madone ! » etc. C'étaient des

---

1. À balles, et non avec du petit plomb ; il s'agit des balles fondues par Colomba pour le gros calibre du fusil offert par le colonel Nevil (voir p. 138 et p. 185).
2. *Faisait le diable à quatre* : s'agitait. L'origine de cette expression remonte aux spectacles médiévaux, parmi lesquels figuraient des « diableries » comportant quatre personnages.

imprécations sans nombre et sans fin, dont la plupart ne pourraient se traduire.

« Qu'est-il donc arrivé ? » demanda Colomba.

Tout le monde s'approcha du cheval, et, le
5   voyant sanglant et l'oreille fendue, ce fut une
exclamation générale de surprise et d'indignation
Il faut savoir que mutiler le cheval de son ennemi
est, pour les Corses, à la fois une vengeance, un
défi et une menace de mort. « Rien qu'un coup de
10 fusil n'est capable d'expier ce forfait[1]. » Bien
qu'Orso, qui avait longtemps vécu sur le continent, sentît moins qu'un autre l'énormité de l'outrage, cependant, si dans ce moment quelque bar-
riciniste se fût présenté à lui, il est probable qu'il
15 lui eût fait immédiatement expier une insulte
qu'il attribuait à ses ennemis. « Les lâches
coquins ! s'écria-t-il, se venger sur une pauvre
bête, lorsqu'ils n'osent me rencontrer en face !

— Qu'attendons-nous ? s'écria Colomba impé-
20 tueusement. Ils viennent nous provoquer, mutiler
nos chevaux et nous ne leur répondrions pas
Êtes-vous hommes ?

— Vengeance ! répondirent les bergers. Prome-
nons le cheval dans le village et donnons l'assaut à
25 leur maison.

— Il y a une grange couverte de paille qui

1. Cette fois ce n'est pas le « Curé » (voir p. 232) mais Mérimée lui-même qui avoue son penchant pour les allusions littéraires ; les guillemets, d'ailleurs, invitent ici le lecteur à repérer
la parodie, en l'occurrence celle d'un passage de la conclusio
des « Animaux malades de la peste » (La Fontaine, *Fables*, VII,
1 : « Rien que la mort n'était capable / D'expier son forfait [...] »
v. 60-61).

touche à leur tour, dit le vieux Polo Griffo, en un tour de main je la ferai flamber. » Un autre proposait d'aller chercher les échelles du clocher de l'église ; un troisième, d'enfoncer les portes de la maison Barricini au moyen d'une poutre déposée sur la place et destinée à quelque bâtiment en construction. Au milieu de toutes ces voix furieuses, on entendait celle de Colomba annonçant à ses satellites[1] qu'avant de se mettre à l'œuvre chacun allait recevoir d'elle un grand verre d'anisette.

Malheureusement, ou plutôt heureusement, l'effet qu'elle s'était promis de sa cruauté envers le pauvre cheval était perdu en grande partie pour Orso. Il ne doutait pas que cette mutilation sauvage ne fût l'œuvre d'un de ses ennemis, et c'était Orlanduccio qu'il soupçonnait particulièrement ; mais il ne croyait pas que ce jeune homme, provoqué et frappé par lui, eût effacé sa honte en fendant l'oreille à un cheval. Au contraire, cette basse et ridicule vengeance augmentait son mépris pour ses adversaires, et il pensait maintenant avec le préfet que de pareilles gens ne méritaient pas de se mesurer avec lui. Aussitôt qu'il put se faire entendre, il déclara à ses partisans confondus qu'ils eussent à renoncer à leurs intentions belliqueuses, et que la justice, qui allait venir, vengerait fort bien l'oreille de son cheval. « Je suis le maître ici, ajouta-t-il d'un ton sévère, et j'entends qu'on m'obéisse. Le premier qui s'avisera de parler encore de tuer ou de brûler, je pourrai bien

---

1. *Satellites* : partisans, fidèles (sans nuance péjorative).

le brûler à mon tour. Allons ! qu'on me selle le
cheval gris.

— Comment, Orso, dit Colomba en le tirant à
l'écart, vous souffrez qu'on nous insulte ! Du
5   vivant de notre père, jamais les Barricini n'eussent osé mutiler une bête à nous.

— Je te promets qu'ils auront lieu de s'en
repentir ; mais c'est aux gendarmes et aux geô-
liers à punir des misérables qui n'ont de courage
10   que contre des animaux. Je te l'ai dit, la justice me
vengera d'eux... ou sinon... tu n'auras pas besoin
de me rappeler de qui je suis fils...

— Patience ! dit Colomba en soupirant.

— Souviens-toi bien, ma sœur, poursuivit
15   Orso, que si à mon retour, je trouve qu'on a fait
quelque démonstration contre les Barricini,
jamais je ne te le pardonnerai. » Puis, d'un ton
plus doux : « Il est fort possible, fort probable
même, ajouta-t-il, que je reviendrai ici avec le
20   colonel et sa fille ; fais en sorte que leurs chambres soient en ordre, que le déjeuner soit bon,
enfin que nos hôtes soient le moins mal possible.
C'est très bien, Colomba, d'avoir du courage, mais
il faut encore qu'une femme sache tenir une mai-
25   son. Allons, embrasse-moi, sois sage ; voilà le cheval gris sellé.

— Orso, dit Colomba, vous ne partirez point
seul.

— Je n'ai besoin de personne, dit Orso, et je te
30   réponds que je ne me laisserai pas couper
l'oreille.

— Oh ! jamais je ne vous laisserai partir seul en
temps de guerre. Ho ! Polo Griffo ! Gian' Francè !

Memmo ! prenez vos fusils ; vous allez accompagner mon frère. »

Après une discussion assez vive, Orso dut se résigner à se faire suivre d'une escorte. Il prit parmi ses bergers les plus animés ceux qui avaient conseillé le plus haut de commencer la guerre ; puis, après avoir renouvelé ses injonctions à sa sœur et aux bergers restants, il se mit en route, prenant cette fois un détour pour éviter la maison Barricini.

Déjà ils étaient loin de Pietranera, et marchaient de grande hâte, lorsqu'au passage d'un petit ruisseau qui se perdait dans un marécage, le vieux Polo Griffo aperçut plusieurs cochons confortablement couchés dans la boue, jouissant à la fois du soleil et de la fraîcheur de l'eau. Aussitôt, ajustant le plus gros, il lui tira un coup de fusil dans la tête et le tua sur la place. Les camarades du mort se levèrent et s'enfuirent avec une légèreté surprenante ; et bien que l'autre berger fît feu à son tour, ils gagnèrent sains et saufs un fourré où ils disparurent.

« Imbéciles ! s'écria Orso ; vous prenez des cochons pour des sangliers.

— Non pas, Ors' Anton', répondit Polo Griffo ; mais ce troupeau appartient à l'avocat, et c'est pour lui apprendre à mutiler nos chevaux.

— Comment, coquins ! s'écria Orso transporté de fureur, vous imitez les infamies de nos ennemis ! Quittez-moi, misérables. Je n'ai pas besoin de vous. Vous n'êtes bons qu'à vous battre contre des cochons. Je jure Dieu que si vous osez me suivre je vous casse la tête ! »

Les deux bergers s'entre-regardèrent interdits. Orso donna des éperons à son cheval et disparut au galop.

« Eh bien, dit Polo Griffo, en voilà d'une bon-
5 ne ! Aimez donc les gens pour qu'ils vous traitent comme cela ! Le colonel, son père, t'en a voulu parce que tu as une fois couché en joue l'avocat... Grande bête, de ne pas tirer !... Et le fils... tu vois ce que j'ai fait pour lui... Il parle de me casser la
10 tête, comme on fait d'une gourde qui ne tient plus le vin. Voilà ce qu'on apprend sur le continent, Memmo !

— Oui, et si l'on sait que tu as tué un cochon, on te fera un procès, et Ors' Anton' ne voudra pas
15 parler aux juges ni payer l'avocat. Heureusement personne ne t'a vu, et sainte Nega[1] est là pour te tirer d'affaire. »

Après une courte délibération, les deux bergers conclurent que le plus prudent était de jeter le
20 porc dans une fondrière, projet qu'ils mirent à exécution, bien entendu après avoir pris chacun quelques grillades sur l'innocente victime de la haine des della Rebbia et des Barricini.

CHAPITRE XVII

Débarrassé de son escorte indisciplinée, Orso
25 continuait sa route, plus préoccupé du plaisir de

1. Sainte Nega : voir p. 175, n. 1.

revoir Miss Nevil que de la crainte de rencontrer
ses ennemis. « Le procès que je vais avoir avec ces
misérables Barricini, se disait-il, va m'obliger
d'aller à Bastia. Pourquoi n'accompagnerais-je
pas Miss Nevil ? Pourquoi, de Bastia, n'irions-   5
nous pas ensemble aux eaux d'Orezza[1] ? » Tout à
coup des souvenirs d'enfance lui rappelèrent nettement ce site pittoresque. Il se crut transporté
sur une verte pelouse au pied des châtaigniers
séculaires. Sur un gazon d'une herbe lustrée, par-   10
semé de fleurs bleues ressemblant à des yeux qui
lui souriaient, il voyait Miss Lydia assise auprès
de lui. Elle avait ôté son chapeau, et ses cheveux
blonds, plus fins et plus doux que la soie, brillaient comme de l'or au soleil qui pénétrait au tra-   15
vers du feuillage. Ses yeux, d'un bleu si pur, lui
paraissaient plus bleus que le firmament. La joue
appuyée sur une main, elle écoutait toute pensive
les paroles d'amour qu'il lui adressait en tremblant. Elle avait cette robe de mousseline qu'elle   20
portait le dernier jour qu'il l'avait vue à Ajaccio.
Sous les plis de cette robe s'échappait un petit
pied dans un soulier de satin noir. Orso se disait
qu'il serait bien heureux de baiser ce pied ; mais
une des mains de Miss Lydia n'était pas gantée, et   25
elle tenait une pâquerette. Orso lui prenait cette
pâquerette, et la main de Lydia serrait la sienne ;
et il baisait la pâquerette, et puis la main, et on ne
se fâchait pas... Et toutes ces pensées l'empê-
chaient de faire attention à la route qu'il suivait,   30
et cependant il trottait toujours. Il allait pour la

1. Orezza : voir p. 201, n. 3.

seconde fois baiser en imagination la main
blanche de Miss Nevil, quand il pensa baiser en
réalité la tête de son cheval qui s'arrêta tout à
coup. C'est que la petite Chilina lui barrait le che-
5　min et lui saisissait la bride.

« Où allez-vous ainsi, Ors' Anton' ? disait-elle.
Ne savez-vous pas que votre ennemi est près
d'ici ?

— Mon ennemi ! s'écria Orso furieux de se voir
10　interrompu dans un moment aussi intéressant.
Où est-il ?

— Orlanduccio est près d'ici. Il vous attend.
Retournez, retournez.

— Ah ! il m'attend ! Tu l'as vu ?

15　— Oui, Ors' Anton', j'étais couchée dans la fou-
gère quand il a[1] passé. Il regardait de tous les
côtés avec sa lunette.

— De quel côté allait-il ?

— Il descendait par là, du côté où vous allez.

20　— Merci.

— Ors' Anton', ne feriez-vous pas bien d'attendre mon oncle ? Il ne peut tarder, et avec lui
vous seriez en sûreté.

— N'aie pas peur, Chili, je n'ai pas besoin de
25　ton oncle.

---

1. Passer, en ce sens, se conjugue plus couramment aujour-
d'hui avec l'auxiliaire être ; Mérimée privilégie l'emploi classique. On fera observer que c'est un enfant qui parle ; mais Chilina, dûment éduquée par le « Curé », parle une langue fort
littéraire : voir un peu plus loin l'élégante inversion du « Ne
devriez-vous pas », et d'autres tournures en principe peu vrai-
semblables dans le parler d'une sauvageonne (on pourrait d'ailleurs faire des remarques analogues sur certains imparfaits du
subjonctif chez Colomba, p. 271 par exemple).

« — Si vous vouliez, j'irais devant vous.

— Merci, merci. »

Et Orso, poussant son cheval, se dirigea rapidement du côté que la petite fille lui avait indiqué.

Son premier mouvement avait été un aveugle transport de fureur, et il s'était dit que la fortune lui offrait une excellente occasion de corriger ce lâche qui mutilait un cheval pour se venger d'un soufflet. Puis, tout en avançant, l'espèce de promesse qu'il avait faite au préfet, et surtout la crainte de manquer la visite de Miss Nevil, changeaient ses dispositions et lui faisaient presque désirer de ne pas rencontrer Orlanduccio. Bientôt le souvenir de son père, l'insulte faite à son cheval, les menaces des Barricini rallumaient sa colère, et l'excitaient à chercher son ennemi pour le provoquer et l'obliger à se battre. Ainsi agité par des résolutions contraires, il continuait de marcher en avant, mais, maintenant, avec précaution, examinant les buissons et les haies, et quelquefois même s'arrêtant pour écouter les bruits vagues qu'on entend dans la campagne. Dix minutes après avoir quitté la petite Chilina (il était alors environ neuf heures du matin), il se trouva au bord d'un coteau extrêmement rapide. Le chemin, ou plutôt le sentier à peine tracé qu'il suivait, traversait un maquis récemment brûlé. En ce lieu la terre était chargée de cendres blanchâtres, et çà et là des arbrisseaux et quelques gros arbres noircis par le feu et entièrement dépouillés de leurs feuilles se tenaient debout, bien qu'ils eussent cessé de vivre. En voyant un maquis brûlé, on se croit transporté dans un site

du Nord au milieu de l'hiver, et le contraste
de l'aridité des lieux que la flamme a parcourus
avec la végétation luxuriante d'alentour les fait
paraître encore plus tristes et désolés. Mais dans
5   ce paysage Orso ne voyait en ce moment qu'une
chose, importante il est vrai, dans sa position : la
terre étant nue ne pouvait cacher une embuscade,
et celui qui peut craindre à chaque instant de voir
sortir d'un fourré un canon de fusil dirigé contre
10   sa poitrine regarde comme une espèce d'oasis un
terrain uni où rien n'arrête la vue. Au maquis
brûlé succédaient plusieurs champs en culture,
enclos, selon l'usage du pays, de murs en pierres
sèches à hauteur d'appui. Le sentier passait entre
15   ces enclos, où d'énormes châtaigniers, plantés
confusément, présentaient de loin l'apparence
d'un bois touffu.

    Obligé par la roideur de la pente à mettre pied à
terre, Orso, qui avait laissé la bride sur le cou de
20   son cheval, descendait rapidement en glissant sur
la cendre ; et il n'était guère qu'à vingt-cinq pas
d'un de ces enclos en pierre à droite du chemin,
lorsqu'il aperçut, précisément en face de lui,
d'abord un canon de fusil, puis une tête dépassant
25   la crête du mur. Le fusil s'abaissa, et il reconnut
Orlanduccio prêt à faire feu. Orso fut prompt à se
mettre en défense, et tous les deux, se couchant
en joue, se regardèrent quelques secondes avec
cette émotion poignante que le plus brave
30   éprouve au moment de donner ou de recevoir la
mort.

    « Misérable lâche ! » s'écria Orso... Il parlait
encore quand il vit la flamme du fusil d'Orlanduc-

cio, et presque en même temps un second coup
partit à sa gauche, de l'autre côté du sentier, tiré
par un homme qu'il n'avait point aperçu, et qui
l'ajustait posté derrière un autre mur. Les deux
balles l'atteignirent : l'une, celle d'Orlanduccio, lui   5
traversa le bras gauche, qu'il lui présentait en le
couchant en joue ; l'autre le frappa à la poitrine,
déchira son habit, mais, rencontrant heureusement la lame de son stylet, s'aplatit dessus et ne
lui fit qu'une contusion légère. Le bras gauche   10
d'Orso tomba immobile le long de sa cuisse, et le
canon de son fusil s'abaissa un instant ; mais il le
releva aussitôt, et dirigeant son arme de sa seule
main droite, il fit feu sur Orlanduccio. La tête de
son ennemi, qu'il ne découvrait que jusqu'aux   15
yeux, disparut derrière le mur. Orso, se tournant
à sa gauche, lâcha son second coup[1] sur un
homme entouré de fumée qu'il apercevait à peine.
À son tour, cette figure disparut. Les quatre coups
de fusil s'étaient succédé avec une rapidité   20
incroyable, et jamais soldats exercés ne mirent
moins d'intervalle dans un feu de file[2]. Après le
dernier coup d'Orso, tout rentra dans le silence.
La fumée sortie de son arme montait lentement
vers le ciel ; aucun mouvement derrière le mur,   25
pas le plus léger bruit. Sans la douleur qu'il res-

1. Il faut bien sûr comprendre que le Manton du colonel
Nevil, arme moderne, est un fusil à deux coups ; blessé comme
il vient de l'être, Orso n'aurait pas pu recharger instantanément
un fusil à un seul coup.
2. *Feu de file* : feu de rangées de soldats placées l'une derrière
l'autre et qui tirent à intervalles aussi rapprochés que possible,
ceux qui viennent de tirer s'effaçant pour laisser la place aux
suivants.

sentait au bras, il aurait pu croire que ces hommes sur qui il venait de tirer étaient des fantômes de son imagination.

S'attendant à une seconde décharge, Orso fit quelques pas pour se placer derrière un de ces arbres brûlés restés debout dans le maquis. Derrière cet abri, il plaça son fusil entre ses genoux et le rechargea à la hâte. Cependant son bras gauche le faisait cruellement souffrir, et il lui semblait qu'il soutenait un poids énorme. Qu'étaient devenus ses adversaires ? Il ne pouvait le comprendre. S'ils s'étaient enfuis, s'ils avaient été blessés, il aurait assurément entendu quelque bruit, quelque mouvement dans le feuillage. Étaient-ils donc morts, ou bien plutôt n'attendaient-ils pas, à l'abri de leur mur, l'occasion de tirer de nouveau sur lui ? Dans cette incertitude, et sentant ses forces diminuer, il mit en terre le genou droit, appuya sur l'autre son bras blessé et se servit d'une branche qui partait du tronc de l'arbre brûlé pour soutenir son fusil. Le doigt sur la détente, l'œil fixé sur le mur, l'oreille attentive au moindre bruit, il demeura immobile pendant quelques minutes, qui lui parurent un siècle. Enfin, bien loin derrière lui, un cri éloigné se fit entendre, et bientôt un chien, descendant le coteau avec la rapidité d'une flèche, s'arrêta auprès de lui en remuant la queue. C'était Brusco, le disciple et le compagnon des bandits, annonçant sans doute l'arrivée de son maître ; et jamais honnête homme ne fut plus impatiemment attendu. Le chien, le museau en l'air, tourné du côté de l'enclos le plus proche, flairait avec

inquiétude. Tout à coup il fit entendre un grogne-
ment sourd, franchit le mur d'un bond, et presque
aussitôt remonta sur la crête, d'où il regarda
fixement Orso, exprimant dans ses yeux la surprise aussi clairement que chien le peut faire ;   5
puis il se remit le nez au vent, cette fois dans la
direction de l'autre enclos, dont il sauta encore le
mur. Au bout d'une seconde, il reparaissait sur la
crête, montrant le même air d'étonnement et d'inquiétude ; puis il sauta dans le maquis, la queue   10
entre les jambes, regardant toujours Orso et
s'éloignant de lui à pas lents, par une marche de
côté, jusqu'à ce qu'il s'en trouvât à quelque distance. Alors, reprenant sa course, il remonta le
coteau presque aussi vite qu'il l'avait descendu, à   15
la rencontre d'un homme qui s'avançait rapidement malgré la raideur de la pente.

« À moi, Brando ! s'écria Orso dès qu'il le crut à
portée de voix.

— Ho ! Ors' Anton' ! vous êtes blessé ? lui   20
demanda Brandolaccio accourant tout essoufflé.
Dans le corps ou dans les membres ?...

— Au bras.

— Au bras ! ce n'est rien. Et l'autre ?

— Je crois l'avoir touché. »   25

Brandolaccio, suivant son chien, courut à l'enclos le plus proche et se pencha pour regarder de
l'autre côté du mur. Là, ôtant son bonnet :

« Salut au seigneur Orlanduccio », dit-il. Puis,
se tournant du côté d'Orso, il le salua à son tour   30
d'un air grave : « Voilà, dit-il, ce que j'appelle un
homme proprement accommodé.

— Vit-il encore ? demanda Orso respirant avec
peine.

— Oh ! il s'en garderait ; il a trop de chagrin de
la balle que vous lui avez mise dans l'œil. Sang de
la Madone, quel trou ! Bon fusil, ma foi ! Quel
calibre ! Ça vous écarbouille[1] une cervelle ! Dites
donc, Or's Anton', quand j'ai entendu d'abord pif !
pif ! je me suis dit : "Sacrebleu ! ils escofient[2]
mon lieutenant." Puis j'entends boum ! boum !
"Ah ! je dis, voilà le fusil anglais qui parle : il
riposte..." Mais Brusco, qu'est-ce que tu me veux
donc ? »

Le chien le mena à l'autre enclos. « Excusez !
s'écria Brandolaccio stupéfait. Coup double ! rien
que cela ! Peste ! on voit bien que la poudre est
chère, car vous l'économisez.

— Qu'y a-t-il, au nom de Dieu ? demanda Orso.

— Allons ! ne faites donc pas le farceur, mon
lieutenant ! vous jetez le gibier par terre, et vous
voulez qu'on vous le ramasse... En voilà un qui
va en avoir un drôle de dessert aujourd'hui !
c'est l'avocat Barricini. De la viande de boucherie[3],
en veux-tu, en voilà ! Maintenant qui diable
héritera ?

— Quoi ! Vincentello mort aussi ?

— Très mort. Bonne santé à nous autres[4] ! Ce

---

1. *Écarbouille* : forme et énonciation populaires pour « écra-
bouille ».

2. *Escofier* ou *escoffier* : tuer (argot militaire).

3. *Viande de boucherie* : voir p. 123 et n. 1.

4. « *Salute a noi !* Exclamation qui accompagne ordinairement le mot de *mort*, et qui lui sert comme de correctif » (note
de Mérimée ; les sept derniers mots ne figurent qu'à partir de
l'édition originale).

qu'il y a de bon avec vous, c'est que vous ne les faites pas souffrir. Venez donc voir Vincentello : il est encore à genoux, la tête appuyée contre le mur. Il a l'air de dormir. C'est là le cas de dire : "Sommeil de plomb". Pauvre diable ! »

Orso détourna la tête avec horreur. « Es-tu sûr qu'il soit mort ?

— Vous êtes comme Sampiero Corso[1], qui ne donnait jamais qu'un coup. Voyez-vous, là..., dans la poitrine, à gauche ? tenez, comme Vincileone fut attrapé à Waterloo. Je parierais bien que la balle n'est pas loin du cœur. Coup double ! Ah ! je ne me mêle plus de tirer. Deux en deux coups !... À balle[2] !... Les deux frères !... S'il avait eu un troisième coup, il aurait tué le papa... On fera mieux une autre fois... Quel coup, Ors' Anton' !... Et dire que cela n'arrivera jamais à un brave garçon comme moi de faire coup double sur des gendarmes ! »

Tout en parlant, le bandit examinait le bras d'Orso et fendait sa manche avec son stylet.

« Ce n'est rien, dit-il. Voilà une redingote qui donnera de l'ouvrage à mademoiselle Colomba... Hein ! qu'est-ce que je vois ? cet accroc sur la poitrine ?... Rien n'est entré par là ? Non, vous ne seriez pas si gaillard. Voyons, essayez de remuer les doigts... Sentez-vous mes dents quand je vous mords le petit doigt ?... Pas trop ?... C'est égal, ce ne sera rien. Laissez-moi prendre votre mouchoir et votre cravate... Voilà votre redingote perdue...

1. Sampiero Corso : voir p. 118, p. 121, et la notice p. 329-330.
2. *À balle* : voir p. 25 et n. 1, p. 167 et n. 1, p. 245 et n. 1.

Pourquoi diable vous faire si beau ? Alliez-vous à
la noce ?... Là, buvez une goutte de vin... Pourquoi donc ne portez-vous pas de gourde ? Est-ce
qu'un Corse sort jamais sans gourde ? » Puis, au
milieu du pansement, il s'interrompait pour
s'écrier : « Coup double ! tous les deux raides
morts !... C'est le curé qui va rire... Coup double !
Ah ! voici enfin cette petite tortue de Chilina. »

Orso ne répondait pas. Il était pâle comme un
mort et tremblait de tous ses membres.

« Chili, cria Brandolaccio, va regarder derrière
ce mur. Hein ? » L'enfant, s'aidant des pieds et
des mains, grimpa sur le mur, et aussitôt qu'elle
eut aperçu le cadavre d'Orlanduccio, elle fit le
signe de la croix.

« Ce n'est rien, continua le bandit ; va voir plus
loin, là-bas. »

L'enfant fit un nouveau signe de croix.

« Est-ce vous, mon oncle ? demanda-t-elle timi-
dement.

— Moi ! est-ce que je ne suis pas devenu un
vieux bon à rien ? Chili, c'est de l'ouvrage de monsieur. Fais-lui ton compliment.

— Mademoiselle en aura bien de la joie, dit
Chilina, et elle sera bien fâchée de vous savoir
blessé, Ors' Anton'.

— Allons, Ors' Anton', dit le bandit après avoir
achevé le pansement, voilà Chilina qui a rattrapé
votre cheval. Montez et venez avec moi au maquis
de la Stazzona[1]. Bien avisé qui vous y trouverait.

---

1. Plusieurs lieux-dits ou villages corses portent ce nom ;
stazzona, dolmen, est selon Mérimée lui-même le « nom générique de tous les dolmens corses » (*Notes de voyage*, éd. Auzas,
p. 662).

Nous vous y traiterons de notre mieux. Quand nous serons à la croix de Sainte-Christine[1], il faudra mettre pied à terre. Vous donnerez votre cheval à Chilina, qui s'en ira prévenir mademoiselle, et, chemin faisant, vous la chargerez de vos commissions. Vous pouvez tout dire à la petite, Ors' Anton' : elle se ferait plutôt hacher que de trahir ses amis. » Et d'un ton de tendresse : « Va, coquine, disait-il, sois excommuniée, sois maudite, friponne ! » Brandolaccio, superstitieux, comme beaucoup de bandits, craignait de fasciner les enfants en leur adressant des bénédictions ou des éloges, car on sait que les puissances mystérieuses qui président à l'*annocchiatura*[2] ont la mauvaise habitude d'exécuter le contraire de nos souhaits.

« Où veux-tu que j'aille, Brando ? dit Orso d'une voix éteinte.

— Parbleu ! vous avez à choisir : en prison ou bien au maquis. Mais un della Rebbia ne connaît pas le chemin de la prison. Au maquis, Ors' Anton' !

— Adieu donc toutes mes espérances ! s'écria douloureusement le blessé.

---

1. La croix de Sainte-Christine est le point au-delà duquel, le terrain devenant peu praticable, on est à l'abri (cf. p. 291). Mérimée évoque peut-être un endroit réel ; il n'a pas été identifié.
2. « Fascination involontaire qui s'exerce, soit par les yeux, soit par la parole » (note de Mérimée). — « L'*annocchiatura* par les éloges atteint surtout les enfants. Plus d'une mère, lorsqu'on loue la beauté de son fils, vous dira : "*Non me l'annocchiate*", ne me le fascinez pas » (*Notes d'un voyage en Corse*, éd. Auzas, p. 715).

— Vos espérances ? Diantre ! espériez-vous faire mieux avec un fusil à deux coups ?... Ah çà ! comment diable vous ont-ils touché ? Il faut que ces gaillards-là aient la vie plus dure que les chats.

— Ils ont tiré les premiers, dit Orso.

— C'est vrai, j'oubliais... Pif ! pif ! boum ! boum !... coup double d'une main[1] ! Quand on fera mieux, je m'irai pendre ! Allons, vous voilà monté... avant de partir, regardez donc un peu votre ouvrage. Il n'est pas poli de quitter ainsi la compagnie sans lui dire adieu. »

Orso donna des éperons à son cheval ; pour rien au monde il n'eût voulu voir les malheureux à qui il venait de donner la mort.

« Tenez, Ors' Anton', dit le bandit s'emparant de la bride du cheval, voulez-vous que je vous parle franchement ? Eh bien, sans vous offenser, ces deux pauvres jeunes gens me font de la peine. Je vous prie de m'excuser... Si beaux... si forts... si jeunes !... Orlanduccio avec qui j'ai chassé tant de fois... Il m'a donné, il y a quatre jours, un paquet de cigares... Vincentello, qui était toujours de si belle humeur !... C'est vrai que vous avez fait ce que vous deviez faire... et d'ailleurs le coup est trop beau pour qu'on le regrette... Mais moi, je

---

1. « Si quelque chasseur incrédule me contestait le coup double de M. della Rebbia, je l'engagerais à aller à Sartène, et à se faire raconter comment un des habitants les plus distingués et les plus aimables de cette ville se tira seul, et le bras gauche cassé, d'une position au moins aussi dangereuse » (note de Mérimée). — Cet habitant est Jérôme Roccaserra (voir la notice, p. 330).

n'étais pas dans votre vengeance... Je sais que
vous avez raison ; quand on a un ennemi, il faut
s'en défaire. Mais les Barricini, c'est une vieille
famille... En voilà encore une qui fausse compagnie !... et par un coup double ! c'est piquant. »   5

Faisant ainsi l'oraison funèbre des Barricini,
Brandolaccio conduisait en hâte Orso, Chilina, et
le chien Brusco vers le maquis de la Stazzona.

CHAPITRE XVIII

Cependant Colomba, peu après le départ
d'Orso, avait appris par ses espions que les Barri-   10
cini tenaient la campagne[1], et, dès ce moment,
elle fut en proie à une vive inquiétude. On la
voyait parcourir la maison en tous sens, allant de
la cuisine aux chambres préparées pour ses hôtes,
ne faisant rien et toujours occupée, s'arrêtant   15
sans cesse pour regarder si elle n'apercevait pas
dans le village un mouvement inusité. Vers onze
heures une cavalcade assez nombreuse entra
dans Pietranera ; c'étaient le colonel, sa fille, leurs
domestiques et leur guide. En les recevant, le pre-   20
mier mot de Colomba fut : « Avez-vous vu mon
frère ? » Puis elle demanda au guide quel chemin
ils avaient pris, à quelle heure ils étaient partis ;

---

1. *Tenir la campagne* : être sur le terrain des actions militaires (ici, être en embuscade). Cf. p. 184 et n. 1.

et, sur ses réponses, elle ne pouvait comprendre qu'ils ne se fussent pas rencontrés.

« Peut-être que votre frère aura pris par le haut, dit le guide ; nous, nous sommes venus par le bas. »

Mais Colomba secoua la tête et renouvela ses questions. Malgré sa fermeté naturelle, augmentée encore par l'orgueil de cacher toute faiblesse à des étrangers, il lui était impossible de dissimuler ses inquiétudes, et bientôt elle les fit partager au colonel et surtout à Miss Lydia, lorsqu'elle les eut mis au fait de la tentative de réconciliation qui avait eu une si malheureuse issue. Miss Nevil s'agitait, voulait qu'on envoyât des messagers dans toutes les directions, et son père offrait de remonter à cheval et d'aller avec le guide à la recherche d'Orso. Les craintes de ses hôtes rappelèrent à Colomba ses devoirs de maîtresse de maison. Elle s'efforça de sourire, pressa le colonel de se mettre à table, et trouva pour expliquer le retard de son frère vingt motifs plausibles qu'au bout d'un instant elle détruisait elle-même. Croyant qu'il était de son devoir d'homme de chercher à rassurer des femmes, le colonel proposa son explication aussi.

« Je gage, dit-il, que della Rebbia aura rencontré du gibier ; il n'a pu résister à la tentation, et nous allons le voir revenir la carnassière toute pleine. Parbleu ! ajouta-t-il, nous avons entendu sur la route quatre coups de fusil. Il y en avait deux plus forts que les autres, et j'ai dit à ma fille : "Je parie que c'est della Rebbia qui chasse. Ce ne peut être que mon fusil qui fait tant de bruit." »

Colomba pâlit, et Lydia, qui l'observait avec

attention, devina sans peine quels soupçons la conjecture du colonel venait de lui suggérer. Après un silence de quelques minutes, Colomba demanda vivement si les deux fortes détonations avaient précédé ou suivi les autres. Mais ni le colonel, ni sa fille, ni le guide, n'avaient fait grande attention à ce point capital.

Vers une heure, aucun des messagers envoyés par Colomba n'étant encore revenu, elle rassembla tout son courage et força ses hôtes à se mettre à table ; mais, sauf le colonel, personne ne put manger. Au moindre bruit sur la place, Colomba courait à la fenêtre, puis revenait s'asseoir tristement, et, plus tristement encore, s'efforçait de continuer avec ses amis une conversation insignifiante à laquelle personne ne prêtait la moindre attention et qu'interrompaient de longs intervalles de silence.

Tout d'un coup, on entendit le galop d'un cheval. « Ah ! cette fois, c'est mon frère », dit Colomba en se levant. Mais à la vue de Chilina montée à califourchon sur le cheval d'Orso : « Mon frère est mort ! » s'écria-t-elle d'une voix déchirante.

Le colonel laissa tomber son verre, Miss Nevil poussa un cri, tous coururent à la porte de la maison. Avant que Chilina pût sauter à bas de sa monture, elle était enlevée comme une plume par Colomba qui la serrait à l'étouffer. L'enfant comprit son terrible regard, et sa première parole fut celle du chœur d'*Otello* : « Il vit[1] ! » Colomba

---

1. *Il vit* : « *Viva, viva* », célèbre réplique du chœur à Desdémone, au finale du deuxième acte d'*Otello*, opéra de Rossini d'après l'*Othello* de Shakespeare (Naples, 1816).

cessa de l'étreindre, et Chilina tomba à terre aussi lestement qu'une jeune chatte.

« Les autres ? » demanda Colomba d'une voix rauque.

5 Chilina fit le signe de la croix avec l'index et le doigt du milieu. Aussitôt une vive rougeur succéda, sur la figure de Colomba, à sa pâleur mortelle. Elle jeta un regard ardent sur la maison des Barricini, et dit en souriant à ses hôtes : « Ren-10 trons prendre le café. »

L'Iris des bandits [1] en avait long à raconter. Son patois, traduit par Colomba en italien tel quel, puis en anglais par Miss Nevil, arracha plus d'une imprécation au colonel, plus d'un soupir à 15 Miss Lydia ; mais Colomba écoutait d'un air impassible ; seulement elle tordait sa serviette damassée de façon à la mettre en pièces. Elle interrompit l'enfant cinq ou six fois pour se faire répéter que Brandolaccio disait que la blessure 20 n'était pas dangereuse et qu'il en avait vu bien d'autres. En terminant Chilina rapporta qu'Orso demandait avec instance du papier pour écrire, et qu'il chargeait sa sœur de supplier une dame qui peut-être se trouverait dans sa maison, de n'en 25 point partir avant d'avoir reçu une lettre de lui. « C'est, ajouta l'enfant, ce qui le tourmentait le plus ; et j'étais déjà en route quand il m'a rappelée pour me recommander cette commission. C'était

---

1. Fille d'Électre et du dieu Thaumas, Iris est dans la mythologie grecque la personnification de l'arc-en-ciel et porte aux humains les messages des dieux de l'Olympe. La périphrase, humoristique, renvoie encore à l'éducation classique donnée à Chilina par le théologien.

pourtant la troisième fois qu'il me la répétait. » À cette injonction de son frère, Colomba sourit légèrement et serra fortement la main de l'Anglaise, qui fondit en larmes et ne jugea pas à propos de traduire à son père cette partie de la narration.

« Oui, vous resterez avec moi, ma chère amie, s'écria Colomba, en embrassant Miss Nevil, et vous nous aiderez. »

Puis, tirant d'une armoire quantité de vieux linge, elle se mit à couper, pour faire des bandes et de la charpie. En voyant ses yeux étincelants, son teint animé, cette alternative de préoccupation et de sang-froid, il eût été difficile de dire si elle était plus touchée de la blessure de son frère qu'enchantée de la mort de ses ennemis. Tantôt elle versait du café au colonel et lui vantait son talent à le préparer ; tantôt, distribuant de l'ouvrage à Miss Nevil et à Chilina, elle les exhortait à coudre les bandes et à les rouler ; elle demandait pour la vingtième fois si la blessure d'Orso le faisait beaucoup souffrir. Continuellement elle s'interrompait au milieu de son travail pour dire au colonel : « Deux hommes si adroits ! si terribles !... Lui seul, blessé, n'ayant qu'un bras... il les a abattus tous les deux. Quel courage, colonel ! N'est-ce pas un héros ? Ah ! Miss Nevil, qu'on est heureux de vivre dans un pays tranquille comme le vôtre !... Je suis sûre que vous ne connaissiez pas encore mon frère !... Je l'avais dit : l'épervier déploiera ses ailes[1] !... Vous vous trompiez à son air doux... C'est qu'auprès de vous, Miss Nevil...

---

1. *L'épervier déploiera ses ailes* : voir p. 212.

Ah ! s'il vous voyait travailler pour lui... Pauvre
Orso ! »

  Miss Lydia ne travaillait guère et ne trouvait
pas une parole. Son père demandait pourquoi
5   l'on ne se hâtait pas de porter plainte devant un
magistrat. Il parlait de l'enquête du *coroner* [1] et de
bien d'autres choses également inconnues en
Corse. Enfin il voulait savoir si la maison de campagne de ce bon M. Brandolaccio, qui avait donné
10 des secours au blessé, était fort éloignée de Pietranera, et s'il ne pourrait pas aller lui-même voir
son ami.

  Et Colomba répondait avec son calme accou-
tumé qu'Orso était dans le maquis ; qu'il avait un
15 bandit pour le soigner ; qu'il courait grand risque
s'il se montrait avant qu'on se fût assuré des dispositions du préfet et des juges ; enfin qu'elle
ferait en sorte qu'un chirurgien habile se rendît
en secret auprès de lui. « Surtout, monsieur le
20 colonel, souvenez-vous bien, disait-elle, que vous
avez entendu les quatre coups de fusil, et que
vous m'avez dit qu'Orso avait tiré le second. » Le
colonel ne comprenait rien à l'affaire, et sa fille ne
faisait que soupirer et s'essuyer les yeux.

25   Le jour était déjà fort avancé lorsqu'une triste
procession entra dans le village. On rapportait à
l'avocat Barricini les cadavres de ses enfants, chacun couché en travers d'une mule que conduisait
un paysan. Une foule de clients et d'oisifs suivait
30 le lugubre cortège. Avec eux on voyait les gen-

---

1. Le *coroner* : l'équivalent du juge d'instruction, en Angleterre.

darmes qui arrivent toujours trop tard, et l'adjoint, qui levait les bras au ciel, répétant sans
cesse : « Que dira monsieur le préfet ! » Quelques
femmes, entre autres une nourrice d'Orlanduccio,
s'arrachaient les cheveux et poussaient des hurle-   5
ments sauvages. Mais leur douleur bruyante produisait moins d'impression que le désespoir muet
d'un personnage qui attirait tous les regards.
C'était le malheureux père, qui, allant d'un
cadavre à l'autre, soulevait leurs têtes souillées   10
de terre, baisait leurs lèvres violettes, soutenait
leurs membres déjà raidis, comme pour leur éviter les cahots de la route. Parfois on le voyait
ouvrir la bouche pour parler, mais il n'en sortait
pas un cri, pas une parole. Toujours les yeux fixés   15
sur les cadavres, il se heurtait contre les pierres,
contre les arbres, contre tous les obstacles qu'il
rencontrait.

Les lamentations des femmes, les imprécations
des hommes redoublèrent lorsqu'on se trouva en   20
vue de la maison d'Orso. Quelques bergers
rebbianistes ayant osé faire entendre une acclamation de triomphe, l'indignation de leurs adversaires ne put se contenir. « Vengeance ! vengeance ! » crièrent quelques voix. On lança des pierres,   25
et deux coups de fusil dirigés contre les fenêtres
de la salle où se trouvaient Colomba et ses hôtes
percèrent les contrevents[1] et firent voler des
éclats de bois jusque sur la table près de laquelle
les deux femmes étaient assises. Miss Lydia   30
poussa des cris affreux, le colonel saisit un fusil,

---

1. Les *contrevents* : les volets.

et Colomba, avant qu'il pût la retenir, s'élança
vers la porte de la maison et l'ouvrit avec impétuosité. Là, debout sur le seuil élevé, les deux
mains étendues pour maudire ses ennemis :

5   « Lâches ! s'écria-t-elle, vous tirez sur des
femmes, sur des étrangers ! Êtes-vous Corses ?
êtes-vous hommes ? Misérables qui ne savez
qu'assassiner par derrière, avancez ! je vous défie.
Je suis seule ; mon frère est loin. Tuez-moi, tuez

10   mes hôtes ; cela est digne de vous... Vous n'osez,
lâches que vous êtes ! vous savez que nous nous
vengeons. Allez, allez pleurer comme des femmes,
et remerciez-nous de ne pas vous demander plus
de sang ! »

15   Il y avait dans la voix et dans l'attitude de
Colomba quelque chose d'imposant et de terrible ; à sa vue, la foule recula épouvantée, comme
à l'apparition de ces fées malfaisantes dont on
raconte en Corse plus d'une histoire effrayante

20   dans les veillées d'hiver. L'adjoint, les gendarmes
et un certain nombre de femmes profitèrent de ce
mouvement pour se jeter entre les deux partis ;
car les bergers rebbianistes préparaient déjà leurs
armes, et l'on put craindre un moment qu'une

25   lutte générale ne s'engageât sur la place. Mais les
deux factions étaient privées de leurs chefs, et les
Corses, disciplinés dans leurs fureurs, en viennent rarement aux mains dans l'absence des principaux auteurs de leurs guerres intestines. D'ail-

30   leurs, Colomba, rendue prudente par le succès,
contint sa petite garnison : « Laissez pleurer ces
pauvres gens, disait-elle ; laissez ce vieillard
emporter sa chair. À quoi bon tuer ce vieux

renard qui n'a plus de dents pour mordre ?
— Giudice Barricini ! souviens-toi du deux août[1] !
Souviens-toi du portefeuille sanglant où tu as
écrit de ta main de faussaire ! Mon père y avait
inscrit ta dette ; tes fils l'ont payée. Je te donne
quittance, vieux Barricini ! »

Colomba, les bras croisés, le sourire du mépris
sur les lèvres, vit porter les cadavres dans la maison de ses ennemis, puis la foule se dissiper lentement. Elle referma sa porte, et rentrant dans la
salle à manger dit au colonel :

« Je vous demande bien pardon pour mes
compatriotes, monsieur. Je n'aurais jamais cru
que des Corses tirassent sur une maison où il y a
des étrangers, et je suis honteuse pour mon
pays. »

Le soir, Miss Lydia s'étant retirée dans sa
chambre, le colonel l'y suivit, et lui demanda s'ils
ne feraient pas bien de quitter dès le lendemain
un village où l'on était exposé à chaque instant à
recevoir une balle dans la tête, et le plus tôt possible un pays où l'on ne voyait que meurtres et
trahisons.

Miss Nevil fut quelque temps sans répondre, et
il était évident que la proposition de son père ne
lui causait pas un médiocre embarras. Enfin elle
dit :

« Comment pourrions-nous quitter cette malheureuse jeune personne dans un moment où elle

---

1. La date de la mort du colonel della Rebbia se trouve solen-
nisée d'être ainsi écrite en toutes lettres (voir p. 152).

a tant besoin de consolation ? Ne trouvez-vous pas, mon père, que cela serait cruel à nous ?

— C'est pour vous que je parle, ma fille, dit le colonel ; et si je vous savais en sûreté dans l'hôtel d'Ajaccio, je vous assure que je serais fâché de quitter cette île maudite sans avoir serré la main à ce brave della Rebbia.

— Eh bien, mon père, attendons encore et, avant de partir, assurons-nous bien que nous ne pouvons leur rendre aucun service !

— Bon cœur ! dit le colonel en baisant sa fille au front. J'aime à te voir ainsi te sacrifier pour adoucir le malheur des autres. Restons ; on ne se repent jamais d'avoir fait une bonne action. »

Miss Lydia s'agitait dans son lit sans pouvoir dormir. Tantôt les bruits vagues qu'elle entendait lui paraissaient les préparatifs d'une attaque contre la maison ; tantôt, rassurée pour elle-même, elle pensait au pauvre blessé, étendu probablement à cette heure sur la terre froide, sans autre secours que ceux qu'il pouvait attendre de la charité d'un bandit. Elle se le représentait couvert de sang, se débattant dans des souffrances horribles ; et ce qu'il y a de singulier, c'est que, toutes les fois que l'image d'Orso se présentait à son esprit, il lui apparaissait toujours tel qu'elle l'avait vu au moment de son départ, pressant sur ses lèvres le talisman qu'elle lui avait donné... Puis elle songeait à sa bravoure. Elle se disait que le danger terrible auquel il venait d'échapper, c'était à cause d'elle, pour la voir un peu plus tôt, qu'il s'y était exposé. Peu s'en fallait qu'elle ne se persuadât que c'était pour la défendre qu'Orso s'était fait casser le bras. Elle se reprochait sa blessure, mais elle l'en admirait davantage ; et si le fameux coup double n'avait pas, à ses yeux, autant de mérite qu'à ceux de Brandolaccio et de Colomba, elle trouvait cependant que peu de héros de roman auraient montré autant d'intrépidité, autant de sang-froid dans un aussi grand péril.

La chambre qu'elle occupait était celle de Colomba. Au-dessus d'une espèce de prie-Dieu en chêne, à côté d'une palme bénite, était suspendu à la muraille un portrait en miniature d'Orso en uniforme de sous-lieutenant. Miss Nevil détacha ce portrait, le considéra longtemps et le posa enfin auprès de son lit, au lieu de le remettre à sa place. Elle ne s'endormit qu'à la pointe du jour, et le soleil était déjà fort élevé au-dessus de l'horizon lorsqu'elle s'éveilla. Devant son lit elle aperçut Colomba, qui attendait immobile le moment où elle ouvrirait les yeux.

« Eh bien, mademoiselle, n'êtes-vous pas bien mal dans notre pauvre maison ? lui dit Colomba. Je crains que vous n'ayez guère dormi.

— Avez-vous de ses nouvelles, ma chère amie ? » dit Miss Nevil en se levant sur son séant.

Elle aperçut le portrait d'Orso, et se hâta de jeter un mouchoir pour le cacher.

« Oui, j'ai des nouvelles », dit Colomba en souriant. Et, prenant le portrait :

« Le trouvez-vous ressemblant ? Il est mieux que cela.

— Mon Dieu !... dit Miss Nevil toute honteuse, j'ai détaché... par distraction... ce portrait... J'ai le

défaut de toucher à tout... et de ne ranger rien...
Comment est votre frère ?

— Assez bien. Giocanto est venu ici ce matin
avant quatre heures. Il m'apportait une lettre...
pour vous, Miss Lydia ; Orso ne m'a pas écrit, à
moi. Il y a bien sur l'adresse : "À Colomba" ; mais
plus bas : "Pour Miss N..." Les sœurs ne sont
point jalouses. Giocanto dit qu'il a bien souffert
pour écrire. Giocanto, qui a une main superbe, lui
avait offert d'écrire sous sa dictée. Il n'a pas
voulu. Il écrivait avec un crayon, couché sur le
dos. Brandolaccio tenait le papier. À chaque instant mon frère voulait se lever, et alors, au
moindre mouvement, c'étaient dans son bras des
douleurs atroces. C'était pitié, disait Giocanto.
Voici sa lettre. »

Miss Nevil lut la lettre, qui était écrite en
anglais, sans doute par surcroît de précaution.
Voici ce qu'elle contenait :

« *Mademoiselle*,

« *Une malheureuse fatalité m'a poussé ; j'ignore
ce que diront mes ennemis, quelles calomnies ils
inventeront. Peu m'importe, si vous, mademoiselle,
vous n'y donnez point créance. Depuis que je vous
ai vue, je m'étais bercé de rêves insensés. Il a fallu
cette catastrophe pour me montrer ma folie ; je suis
raisonnable maintenant. Je sais quel est l'avenir
qui m'attend, et il me trouvera résigné. Cette bague
que vous m'avez donnée et que je croyais un talisman de bonheur, je n'ose la garder. Je crains,
Miss Nevil, que vous n'ayez du regret d'avoir si mal
placé vos dons, ou plutôt, je crains qu'elle me rap-*

pelle le temps où j'étais fou. *Colomba vous la remettra... Adieu, mademoiselle, vous allez quitter la Corse, et je ne vous verrai plus : mais dites à ma sœur que j'ai encore votre estime, et, je le dis avec assurance, je la mérite toujours.*

« O. D. R. »

Miss Lydia s'était détournée pour lire cette lettre, et Colomba, qui l'observait attentivement, lui remit la bague égyptienne en lui demandant du regard ce que cela signifiait. Mais Miss Lydia n'osait lever la tête, et elle considérait tristement la bague, qu'elle mettait à son doigt et qu'elle retirait alternativement.

« Chère Miss Nevil, dit Colomba, ne puis-je savoir ce que vous dit mon frère ? Vous parle-t-il de son état ?

— Mais... dit Miss Lydia en rougissant, il n'en parle pas... Sa lettre est en anglais... Il me charge de dire à mon père... Il espère que le préfet pourra arranger... »

Colomba, souriant avec malice, s'assit sur le lit, prit les deux mains de Miss Nevil, et la regardant avec ses yeux pénétrants : « Serez-vous bonne ? lui dit-elle. N'est-ce pas que vous répondrez à mon frère ? Vous lui ferez tant de bien ! Un moment l'idée m'est venue de vous réveiller lorsque sa lettre est arrivée, et puis je n'ai pas osé.

— Vous avez eu bien tort, dit Miss Nevil, si un mot de moi pouvait le...

— Maintenant je ne puis lui envoyer de lettres. Le préfet est arrivé, et Pietranera est pleine de ses estafiers[1]. Plus tard nous verrons. Ah ! si vous connaissiez mon frère, Miss Nevil, vous l'aimeriez comme je l'aime... Il est si bon ! si brave ! songez donc à ce qu'il a fait ! Seul contre deux et blessé ! »

Le préfet était de retour. Instruit par un exprès[2] de l'adjoint, il était venu accompagné de gendarmes et de voltigeurs, amenant de plus procureur du roi, greffier et le reste pour instruire sur la nouvelle et terrible catastrophe qui compliquait, ou si l'on veut qui terminait les inimitiés des familles de Pietranera. Peu après son arrivée, il vit le colonel Nevil et sa fille, et ne leur cacha pas qu'il craignait que l'affaire ne prît une mauvaise tournure. « Vous savez, dit-il, que le combat n'a pas eu de témoins ; et la réputation d'adresse et de courage de ces deux malheureux jeunes gens était si bien établie, que tout le monde se refuse à croire que M. della Rebbia ait pu les tuer sans l'assistance des bandits auprès desquels on le dit réfugié.

— C'est impossible, s'écria le colonel ; Orso della Rebbia est un garçon plein d'honneur ; je réponds de lui.

— Je le crois, dit le préfet, mais le procureur du roi (ces messieurs soupçonnent toujours) ne me paraît pas très favorablement disposé. Il a entre les mains une pièce fâcheuse pour votre ami.

---

1. *Estafiers* : laquais et, par extension, gardes du corps (ici le personnel judiciaire et policier) ; le mot est fortement péjoratif.
2. *Exprès* : homme envoyé avec un message urgent à remettre. Par extension (c'est le cas ici), ce message lui-même.

C'est une lettre menaçante adressée à Orlanduccio, dans laquelle il lui donne un rendez-vous... et ce rendez-vous lui paraît une embuscade.

— Cet Orlanduccio, dit le colonel, a refusé de se battre comme un galant homme.

— Ce n'est pas l'usage ici. On s'embusque, on se tue par derrière, c'est la façon du pays. Il y a bien une disposition favorable ; c'est celle d'une enfant qui affirme avoir entendu quatre détonations, dont les deux dernières, plus fortes que les autres, provenaient d'une arme de gros calibre comme le fusil de M. della Rebbia. Malheureusement cette enfant est la nièce de l'un des bandits que l'on soupçonne de complicité, et elle a sa leçon faite.

— Monsieur, interrompit Miss Lydia, rougissant jusqu'au blanc des yeux, nous étions sur la route quand les coups de fusil ont été tirés, et nous avons entendu la même chose.

— En vérité ? Voilà qui est important. Et vous, colonel, vous avez sans doute fait la même remarque ?

— Oui, reprit vivement Miss Nevil ; c'est mon père, qui a l'habitude des armes, qui a dit : "Voilà M. della Rebbia qui tire avec mon fusil."

— Et ces coups de fusil que vous avez reconnus, c'étaient bien les derniers ?

— Les deux derniers, n'est-ce pas, mon père ? »

Le colonel n'avait pas très bonne mémoire ; mais en toute occasion il n'avait garde de contredire sa fille.

« Il faut sur-le-champ parler de cela au procureur du roi, colonel. Au reste, nous attendons ce

soir un chirurgien qui examinera les cadavres et
vérifiera si les blessures ont été faites avec l'arme
en question.

— C'est moi qui l'ai donnée à Orso, dit le colonel, et je voudrais la savoir au fond de la mer...
C'est-à-dire... le brave garçon, je suis bien aise
qu'il l'ait eue entre les mains ; car, sans mon Manton, je ne sais trop comment il s'en serait tiré. »

CHAPITRE XIX

Le chirurgien arriva un peu tard. Il avait eu son
aventure sur la route. Rencontré par Giocanto
Castriconi, il avait été sommé avec la plus grande
politesse de venir donner ses soins à un homme
blessé. On l'avait conduit auprès d'Orso, et il avait
mis le premier appareil à sa blessure. Ensuite le
bandit l'avait reconduit assez loin, et l'avait fort
édifié en lui parlant des plus fameux professeurs
de Pise, qui, disait-il, étaient ses intimes amis [1].

« Docteur, dit le théologien en le quittant, vous
m'avez inspiré trop d'estime pour que je croie
nécessaire de vous rappeler qu'un médecin doit
être aussi discret qu'un confesseur. » Et il faisait
jouer la batterie [2] de son fusil. « Vous avez oublié
le lieu où nous avons eu l'honneur de vous voir.
Adieu, enchanté d'avoir fait votre connaissance. »

---

1. Sur Pise, ville universitaire, voir p. 180, n. 1.
2. *Batterie* : une des pièces d'un fusil à silex, dont l'action est
requise pour la mise à feu de l'amorce.

Colomba supplia le colonel d'assister à l'autopsie des cadavres.

« Vous connaissez mieux que personne le fusil de mon frère, dit-elle, et votre présence sera fort utile. D'ailleurs il y a tant de méchantes gens ici que nous courrions de grands risques si nous n'avions personne pour défendre nos intérêts. »

Restée seule avec Miss Lydia, elle se plaignit d'un grand mal de tête, et lui proposa une promenade à quelques pas du village. « Le grand air me fera du bien, disait-elle. Il y a si longtemps que je ne l'ai respiré ! » Tout en marchant elle parlait de son frère ; et Miss Lydia, que ce sujet intéressait assez vivement, ne s'apercevait pas qu'elle s'éloignait beaucoup de Pietranera. Le soleil se couchait quand elle en fit l'observation et engagea Colomba à rentrer. Colomba connaissait une traverse qui, disait-elle, abrégeait beaucoup le retour : et, quittant le sentier qu'elle suivait, elle en prit un autre en apparence beaucoup moins fréquenté. Bientôt elle se mit à gravir un coteau tellement escarpé qu'elle était obligée continuellement pour se soutenir de s'accrocher d'une main à des branches d'arbres, pendant que de l'autre elle tirait sa compagne auprès d'elle. Au bout d'un grand quart d'heure de cette pénible ascension elles se trouvèrent sur un petit plateau couvert de myrtes et d'arbousiers[1], au milieu de grandes masses de granit qui perçaient le sol de tous côtés. Miss Lydia était très fatiguée, le village ne paraissait pas, et il faisait presque nuit.

---

1. Myrtes et arbousiers : voir p. 191, n. 2, et p. 196, n. 2.

« Savez-vous, ma chère Colomba, dit-elle, que je crains que nous ne soyons égarées ?

— N'ayez pas peur, répondit Colomba. Marchons toujours, suivez-moi.

5 — Mais je vous assure que vous vous trompez : le village ne peut pas être de ce côté-là. Je parierais que nous lui tournons le dos. Tenez, ces lumières que nous voyons si loin, certainement c'est là qu'est Pietranera.

10 — Ma chère amie, dit Colomba d'un air agité, vous avez raison ; mais à deux cents pas d'ici... dans ce maquis...

— Eh bien ?

— Mon frère y est ; je pourrais le voir et l'embrasser si vous vouliez. »

15 Miss Nevil fit un mouvement de surprise.

« Je suis sortie de Pietranera, poursuivit Colomba, sans être remarquée, parce que j'étais avec vous... autrement on m'aurait suivie... Être si près

20 de lui et ne pas le voir !... Pourquoi ne viendriez-vous pas avec moi voir mon pauvre frère ? Vous lui feriez tant de plaisir !

— Mais, Colomba... ce ne serait pas convenable de ma part.

25 — Je comprends. Vous autres femmes des villes, vous vous inquiétez toujours de ce qui est convenable ; nous autres femmes de village, nous ne pensons qu'à ce qui est bien.

— Mais il est tard !... Et votre frère, que pen-

30 sera-t-il de moi ?

— Il pensera qu'il n'est point abandonné par ses amis, et cela lui donnera du courage pour souffrir.

— Et mon père, il sera si inquiet...

— Il vous sait avec moi... Eh bien, décidez-vous... Vous regardiez son portrait ce matin, ajouta-t-elle avec un sourire de malice.

— Non... vraiment, Colomba, je n'ose... ces bandits qui sont là...

— Eh bien, ces bandits ne vous connaissent pas, qu'importe ? Vous désiriez en voir !...

— Mon Dieu !

— Voyez, mademoiselle, prenez un parti. Vous laisser seule ici, je ne le puis pas ; on ne sait pas ce qui pourrait arriver. Allons voir Orso, ou bien retournons ensemble au village... Je verrai mon frère... Dieu sait quand..., peut-être jamais...

— Que dites-vous, Colomba ?... Eh bien, allons ! mais pour une minute seulement, et nous reviendrons aussitôt. »

Colomba lui serra la main et, sans répondre, elle se mit à marcher avec une telle rapidité que Miss Lydia avait peine à la suivre. Heureusement Colomba s'arrêta bientôt en disant à sa compagne : « N'avançons pas davantage avant de les avoir prévenus ; nous pourrions peut-être attraper un coup de fusil. » Elle se mit à siffler entre ses doigts ; bientôt après on entendit un chien aboyer, et la sentinelle avancée des bandits ne tarda pas à paraître. C'était notre vieille connaissance, le chien Brusco, qui reconnut aussitôt Colomba, et se chargea de lui servir de guide. Après maints détours dans les sentiers étroits du maquis, deux hommes armés jusqu'aux dents se présentèrent à leur rencontre.

« Est-ce vous, Brandolaccio ? demanda Colomba. Où est mon frère ?

— Là-bas ! répondit le bandit. Mais avancez doucement ; il dort, et c'est la première fois que
5 cela lui arrive depuis son accident. Vive Dieu, on voit bien que par où passe le diable une femme passe bien aussi. »

Les deux femmes s'approchèrent avec précaution, et auprès d'un feu dont on avait prudem-
10 ment masqué l'éclat en construisant autour un petit mur en pierres sèches, elles aperçurent Orso couché sur un tas de fougères et couvert d'un pilone[1]. Il était fort pâle et l'on entendait sa respiration oppressée. Colomba s'assit auprès de lui, et
15 le contemplait en silence les mains jointes, comme si elle priait mentalement. Miss Lydia, se couvrant le visage de son mouchoir, se serra contre elle ; mais de temps en temps elle levait la tête pour voir le blessé par-dessus l'épaule de
20 Colomba. Un quart d'heure se passa sans que personne ouvrît la bouche. Sur un signe du théologien, Brandolaccio s'était enfoncé avec lui dans le maquis, au grand contentement de Miss Lydia, qui, pour la première fois, trouvait que les
25 grandes barbes et l'équipement des bandits avaient trop de couleur locale.

Enfin Orso fit un mouvement. Aussitôt Colomba se pencha sur lui et l'embrassa à plusieurs reprises, l'accablant de questions sur sa blessure,
30 ses souffrances, ses besoins. Après avoir répondu qu'il était aussi bien que possible, Orso lui

---

1. *Pilone* : voir p. 241, n. 1. Le mot revient encore p. 290.

demanda à son tour si Miss Nevil était encore à Pietranera, et si elle lui avait écrit. Colomba, courbée sur son frère, lui cachait complètement sa compagne, que l'obscurité, d'ailleurs, lui aurait difficilement permis de reconnaître. Elle tenait une main de Miss Nevil, et de l'autre elle soulevait légèrement la tête du blessé.

« Non, mon frère, elle ne m'a pas donné de lettre pour vous... ; mais vous pensez toujours à Miss Nevil, vous l'aimez donc bien ?

— Si je l'aime, Colomba !... Mais elle, elle me méprise peut-être à présent ! »

En ce moment, Miss Nevil fit un effort pour retirer sa main ; mais il n'était pas facile de faire lâcher prise à Colomba ; et, quoique petite et bien formée, sa main possédait une force dont on a vu quelques preuves.

« Vous mépriser ! s'écria Colomba, après ce que vous avez fait... Au contraire, elle dit du bien de vous... Ah ! Orso, j'aurais bien des choses d'elle à vous conter. »

La main voulait toujours s'échapper mais Colomba l'attirait toujours plus près d'Orso.

« Mais enfin, dit le blessé, pourquoi ne pas me répondre ?... Une seule ligne, et j'aurais été content. »

À force de tirer la main de Miss Nevil, Colomba finit par la mettre dans celle de son frère. Alors, s'écartant tout à coup en éclatant de rire : « Orso, s'écria-t-elle, prenez garde de dire du mal de Miss Lydia, car elle entend très bien le corse. »

Miss Lydia retira aussitôt sa main et balbutia quelques mots inintelligibles. Orso croyait rêver.

« Vous ici, Miss Nevil ! Mon Dieu ! comment avez-vous osé ? Ah ! que vous me rendez heureux ! » Et, se soulevant avec peine, il essaya de se rapprocher d'elle.

5 « J'ai accompagné votre sœur, dit Miss Lydia... pour qu'on ne pût soupçonner où elle allait... et puis, je voulais aussi... m'assurer... Hélas ! que vous êtes mal ici ! »

Colomba s'était assise derrière Orso. Elle le
10 souleva avec précaution et de manière à lui soutenir la tête sur ses genoux. Elle lui passa les bras autour du cou, et fit signe à Miss Lydia de s'approcher. « Plus près ! plus près ! disait-elle : il ne faut pas qu'un malade élève trop la voix. » Et
15 comme Miss Lydia hésitait, elle lui prit la main et la força de s'asseoir tellement près, que sa robe touchait Orso, et que sa main, qu'elle tenait toujours, reposait sur l'épaule du blessé.

« Il est très bien comme cela, dit Colomba d'un
20 air gai. N'est-ce pas, Orso, qu'on est bien dans le maquis, au bivac[1], par une belle nuit comme celle-ci ?

— Oh oui ! la belle nuit ! dit Orso. Je ne l'oublierai jamais !

25 — Que vous devez souffrir ! dit Miss Nevil.

— Je ne souffre plus, dit Orso, et je voudrais mourir ici. » Et sa main droite se rapprochait de celle de Miss Lydia, que Colomba tenait toujours emprisonnée.

30 « Il faut absolument qu'on vous transporte quelque part où l'on pourra vous donner des

1. *Bivac* : voir p. 104, n. 1.

soins, monsieur della Rebbia, dit Miss Nevil. Je
ne pourrai plus dormir, maintenant que je vous ai
vu si mal couché... en plein air...

— Si je n'eusse craint de vous rencontrer,
Miss Nevil, j'aurais essayé de retourner à Pietra-   5
nera, et je me serais constitué prisonnier.

— Et pourquoi craigniez-vous de la rencontrer,
Orso ? demanda Colomba.

— Je vous avais désobéi, Miss Nevil... et je
n'aurais pas osé vous voir en ce moment.   10

— Savez-vous, Miss Lydia, que vous faites faire
à mon frère tout ce que vous voulez ? dit Colomba
en riant. Je vous empêcherai de le voir.

— J'espère, dit Miss Nevil, que cette malheureuse affaire va s'éclaircir, et que bientôt vous   15
n'aurez plus rien à craindre... Je serai bien
contente si, lorsque nous partirons, je sais qu'on
vous a rendu justice et qu'on a reconnu votre
loyauté comme votre bravoure.

— Vous partez, Miss Nevil ! Ne dites pas   20
encore ce mot-là.

— Que voulez-vous... mon père ne peut pas
chasser toujours... Il veut partir. »

Orso laissa retomber sa main qui touchait celle
de Miss Lydia, et il y eut un moment de silence.   25

« Bah ! reprit Colomba, nous ne vous laisserons
pas partir si vite. Nous avons encore bien des
choses à vous montrer à Pietranera... D'ailleurs,
vous m'avez promis de faire mon portrait, et vous
n'avez pas encore commencé... Et puis je vous ai   30
promis de vous faire une *serenata* [1] en soixante et

1. *Serenata* : voir p. 141, n. 1.

quinze couplets... Et puis... Mais qu'a donc Brusco à grogner ?... Voilà Brandolaccio qui court après lui... Voyons ce que c'est. »

Aussitôt elle se leva, et posant sans cérémonie la tête d'Orso sur les genoux de Miss Nevil, elle courut auprès des bandits.

Un peu étonnée de se trouver ainsi soutenant un beau jeune homme, en tête à tête avec lui au milieu d'un maquis, Miss Nevil ne savait trop que faire, car, en se retirant brusquement, elle craignait de faire mal au blessé. Mais Orso quitta lui-même le doux appui que sa sœur venait de lui donner, et, se soulevant sur son bras droit : « Ainsi, vous partez bientôt, Miss Lydia ? Je n'avais jamais pensé que vous dussiez prolonger votre séjour dans ce malheureux pays..., et pour-tant... depuis que vous êtes venue ici, je souffre cent fois plus en songeant qu'il faut vous dire adieu... Je suis un pauvre lieutenant... sans ave-nir..., proscrit maintenant... Quel moment, Miss Lydia, pour vous dire que je vous aime... mais c'est sans doute la seule fois que je pourrai vous le dire et il me semble que je suis moins mal-heureux, maintenant que j'ai soulagé mon cœur. »

Miss Lydia détourna la tête, comme si l'obscu-rité ne suffisait pas pour cacher sa rougeur : « Monsieur della Rebbia, dit-elle d'une voix trem-blante, serais-je venue en ce lieu si... » Et, tout en parlant, elle mettait dans la main d'Orso le talis-man égyptien. Puis, faisant un effort violent pour reprendre le ton de plaisanterie qui lui était habi-tuel : « C'est bien mal à vous, monsieur Orso, de parler ainsi... Au milieu du maquis, entourée de vos bandits, vous savez bien que je n'oserais jamais me fâcher contre vous. »

Orso fit un mouvement pour baiser la main qui lui rendait le talisman ; et comme Miss Lydia la retirait un peu vite, il perdit l'équilibre et tomba sur son bras blessé. Il ne put retenir un gémissement douloureux.

« Vous vous êtes fait mal, mon ami ? s'écria-t-elle, en le soulevant ; c'est ma faute ! pardonnez-moi... » Ils se parlèrent encore quelque temps à voix basse, et fort rapprochés l'un de l'autre. Colomba, qui accourait précipitamment, les trouva précisément dans la position où elle les avait laissés.

« Les voltigeurs ! s'écria-t-elle. Orso, essayez de vous lever et de marcher, je vous aiderai.

— Laissez-moi, dit Orso. Dis aux bandits de se sauver... ; qu'on me prenne, peu m'importe ; mais emmène Miss Lydia : au nom de Dieu, qu'on ne la voie pas ici !

— Je ne vous laisserai pas, dit Brandolaccio qui suivait Colomba. Le sergent des voltigeurs est un filleul de l'avocat ; au lieu de vous arrêter, il vous tuera, et puis il dira qu'il ne l'a pas fait exprès. »

Orso essaya de se lever, il fit même quelques pas ; mais, s'arrêtant bientôt : « Je ne puis marcher, dit-il. Fuyez, vous autres. Adieu, Miss Nevil ; donnez-moi la main, et adieu !

— Nous ne vous quitterons pas ! s'écrièrent les deux femmes.

— Si vous ne pouvez marcher, dit Brandolaccio, il faudra que je vous porte. Allons, mon lieu-

tenant, un peu de courage ; nous aurons le temps
de décamper par le ravin, là derrière. Monsieur le
curé va leur donner de l'occupation.

— Non, laissez-moi, dit Orso en se couchant
à terre. Au nom de Dieu, Colomba, emmène
Miss Nevil !

— Vous êtes forte, mademoiselle Colomba, dit
Brandolaccio ; empoignez-le par les épaules, moi
je tiens les pieds ; bon ! en avant, marche ! »

Ils commencèrent à le porter rapidement,
malgré ses protestations ; Miss Lydia les suivait,
horriblement effrayée, lorsqu'un coup de fusil se
fit entendre, auquel cinq ou six autres répondirent aussitôt. Miss Lydia poussa un cri, Brandolaccio une imprécation, mais il redoubla de
vitesse, et Colomba, à son exemple, courait au
travers du maquis, sans faire attention aux
branches qui lui fouettaient la figure ou qui
déchiraient sa robe.

« Baissez-vous, baissez-vous, ma chère, disait-
elle à sa compagne, une balle peut vous attraper. » On marcha ou plutôt on courut environ
cinq cents pas de la sorte, lorsque Brandolaccio
déclara qu'il n'en pouvait plus, et se laissa tomber
à terre, malgré les exhortations et les reproches
de Colomba.

« Où est Miss Nevil ? » demandait Orso.

Miss Nevil, effrayée par les coups de fusil, arrêtée à chaque instant par l'épaisseur du maquis,
avait bientôt perdu la trace des fugitifs, et était
demeurée seule en proie aux plus vives angoisses.

« Elle est restée en arrière, dit Brandolaccio,
mais elle n'est pas perdue, les femmes se retrou-

vent toujours. Écoutez donc, Ors' Anton', comme le curé fait du tapage avec votre fusil. Malheureusement on n'y voit goutte, et l'on ne se fait pas grand mal à se tirailler de nuit.

— Chut ! s'écria Colomba ; j'entends un cheval, nous sommes sauvés. »

En effet, un cheval qui paissait dans le maquis, effrayé par le bruit de la fusillade, s'approchait de leur côté.

« Nous sommes sauvés ! » répéta Brandolaccio. Courir au cheval, le saisir par les crins, lui passer dans la bouche un nœud de corde en guise de bride, fut pour le bandit, aidé de Colomba, l'affaire d'un moment. « Prévenons maintenant le curé », dit-il. — Il siffla deux fois ; un sifflet éloigné répondit à ce signal, et le fusil de Manton cessa de faire entendre sa grosse voix. Alors Brandolaccio sauta sur le cheval. Colomba plaça son frère devant le bandit, qui d'une main le serra fortement, tandis que de l'autre, il dirigeait sa monture. Malgré sa double charge, le cheval, excité par deux bons coups de pied dans le ventre, partit lestement et descendit au galop un coteau escarpé où tout autre qu'un cheval corse se serait tué cent fois.

Colomba revint alors sur ses pas, appelant Miss Nevil de toutes ses forces, mais aucune voix ne répondait à la sienne... Après avoir marché quelque temps à l'aventure, cherchant à retrouver le chemin qu'elle avait suivi, elle rencontra dans un sentier deux voltigeurs qui lui crièrent : « Qui vive ?

— Eh bien, messieurs, dit Colomba d'un ton railleur, voilà bien du tapage. Combien de morts ?

— Vous étiez avec les bandits, dit un des soldats, vous allez venir avec nous.

5 — Très volontiers, répondit-elle ; mais j'ai une amie ici, et il faut que nous la trouvions d'abord.

— Votre amie est déjà prise, et vous irez avec elle coucher en prison.

— En prison ? c'est ce qu'il faudra voir ; mais,
10 en attendant, menez-moi auprès d'elle. »

Les voltigeurs la conduisirent alors dans le campement des bandits, où ils rassemblaient les trophées de leur expédition, c'est-à-dire le pilone qui couvrait Orso, une vieille marmite et une
15 cruche pleine d'eau. Dans le même lieu se trouvait Miss Nevil, qui, rencontrée par les soldats à demi morte de peur, répondait par des larmes à toutes leurs questions sur le nombre des bandits et la direction qu'ils avaient prise.

20 Colomba se jeta dans ses bras et lui dit à l'oreille : « Ils sont sauvés. » Puis, s'adressant au sergent des voltigeurs : « Monsieur, lui dit-elle, vous voyez bien que mademoiselle ne sait rien de ce que vous lui demandez. Laissez-nous revenir
25 au village, où l'on nous attend avec impatience.

— On vous y mènera, et plus tôt que vous ne le désirez, ma mignonne, dit le sergent, et vous aurez à expliquer ce que vous faisiez dans le maquis à cette heure avec les brigands qui vien-
30 nent de s'enfuir. Je ne sais quel sortilège emploient ces coquins, mais ils fascinent sûrement les filles, car partout où il y a des bandits on est sûr d'en trouver de jolies.

— Vous êtes galant, monsieur le sergent, dit Colomba, mais vous ne ferez pas mal de faire attention à vos paroles. Cette demoiselle est une parente du préfet, et il ne faut pas badiner avec elle.

— Parente du préfet ! murmura un voltigeur à son chef ; en effet, elle a un chapeau.

— Le chapeau n'y fait rien, dit le sergent. Elles étaient toutes les deux avec le curé, qui est le plus grand enjôleur du pays, et mon devoir est de les emmener. Aussi bien, n'avons-nous plus rien à faire ici. Sans ce maudit caporal Taupin..., l'ivrogne de Français[1] s'est montré avant que je n'eusse cerné le maquis... sans lui nous les prenions comme dans un filet.

— Vous êtes sept ? demanda Colomba. Savez-vous, messieurs, que si par hasard les trois frères Gambini, Sarocchi et Théodore Poli se trouvaient à la croix de Sainte-Christine[2] avec Brandolaccio et le curé, ils pourraient vous donner bien des affaires. Si vous devez avoir une conversation avec le *commandant de la campagne*[3] je ne me soucierais pas de m'y trouver. Les balles ne connaissent personne la nuit. »

1. L'ivrogne de Français : cf. *Mateo Falcone*, p. 39 et n. 1.
2. La croix de Sainte-Christine : voir p. 261 et n. 1. Les noms des Gambini et de Sarocchi sont réels, Mérimée a pu les rencontrer dans les *Recherches* de Robiquet. Quant à Théodore Poli, peut-être le bandit le plus célèbre de la Corse, il est entré dans le maquis justement en 1819, année où se dénoue l'action de *Colomba* ; il ne fut abattu qu'en 1827, et en 1840 encore le jeune Flaubert écoutait, ravi, conter ses exploits (voir notre ouvrage sur *Colomba*, « Foliothèque », p. 202-205).
3. « C'était le titre que prenait Théodore Poli » (note de Mérimée).

La possibilité d'une rencontre avec les redou-
tables bandits que Colomba venait de nommer
parut faire impression sur les voltigeurs. Toujours pestant contre le caporal Taupin, le chien de
5 Français, le sergent donna l'ordre de la retraite, et
sa petite troupe prit le chemin de Pietranera,
emportant le pilone et la marmite. Quant à la
cruche, un coup de pied en fit justice. Un voltigeur voulut prendre le bras de Miss Lydia ; mais
10 Colomba le repoussant aussitôt : « Que personne
ne la touche ! dit-elle. Croyez-vous que nous
avons envie de nous enfuir ! Allons, Lydia, ma
chère, appuyez-vous sur moi, et ne pleurez pas
comme un enfant. Voilà une aventure, mais elle
15 ne finira pas mal ; dans une demi-heure nous
serons à souper. Pour ma part, j'en meurs d'envie.

— Que pensera-t-on de moi ? disait tout bas
Miss Nevil.

— On pensera que vous vous êtes égarée dans
20 le maquis, voilà tout.

— Que dira le préfet ?... que dira mon père surtout ?

— Le préfet ?... vous lui répondrez qu'il se mêle
de sa préfecture. Votre père ?... à la manière dont
25 vous causiez avec Orso, j'aurais cru que vous
aviez quelque chose à dire à votre père. »

Miss Nevil lui serra le bras sans répondre.

« N'est-ce pas, murmura Colomba dans son
oreille, que mon frère mérite qu'on l'aime ? Ne
30 l'aimez-vous pas un peu ?

— Ah ! Colomba, répondit Miss Nevil souriant
malgré sa confusion, vous m'avez trahie, moi qui
avais tant de confiance en vous ! »

Colomba lui passa un bras autour de la taille, et l'embrassant sur le front : « Ma petite sœur, dit-elle bien bas, me pardonnez-vous ?

— Il le faut bien, ma terrible sœur », répondit Lydia en lui rendant son baiser.

Le préfet et le procureur du roi logeaient chez l'adjoint de Pietranera, et le colonel, fort inquiet de sa fille, venait pour la vingtième fois leur en[1] demander des nouvelles, lorsqu'un voltigeur, détaché en courrier par le sergent, leur fit le récit du terrible combat livré contre les brigands, combat dans lequel il n'y avait eu, il est vrai, ni morts ni blessés, mais où l'on avait pris une marmite, un pilone et deux filles qui étaient, disait-il, les maîtresses ou les espionnes des bandits. Ainsi annoncées comparurent les deux prisonnières au milieu de leur escorte armée. On devine la contenance radieuse de Colomba, la honte de sa compagne, la surprise du préfet, la joie et l'étonnement du colonel. Le procureur du roi se donna le malin plaisir de faire subir à la pauvre Lydia une espèce d'interrogatoire qui ne se termina que lorsqu'il lui eut fait perdre toute contenance.

« Il me semble, dit le préfet, que nous pouvons bien mettre tout le monde en liberté. Ces demoiselles ont été se promener, rien de plus naturel par un beau temps ; elles ont rencontré par hasard un aimable jeune homme blessé, rien de plus naturel encore. » Puis, prenant à part Colomba : « Mademoiselle, dit-il, vous pouvez mander à votre frère que son affaire tourne mieux

---

1. Pour cet emploi de « en », voir p. 35, n. 1.

que je ne l'espérais. L'examen des cadavres, la
déposition du colonel démontrent qu'il n'a fait
que riposter, et qu'il était seul au moment du
combat. Tout s'arrangera, mais il faut qu'il quitte
le maquis au plus vite et qu'il se constitue prisonnier. »

Il était près de onze heures lorsque le colonel,
sa fille et Colomba se mirent à table devant un
souper refroidi. Colomba mangeait de bon appétit, se moquant du préfet, du procureur du roi et
des voltigeurs. Le colonel mangeait mais ne disait
mot, regardant toujours sa fille qui ne levait pas
les yeux de dessus son assiette. Enfin, d'une voix
douce, mais grave :

« Lydia, lui dit-il en anglais, vous êtes donc
engagée avec della Rebbia ?

— Oui, mon père, depuis aujourd'hui », répondit-elle en rougissant, mais d'une voix ferme.

Puis elle leva les yeux, et, n'apercevant sur la
physionomie de son père aucun signe de courroux, elle se jeta dans ses bras et l'embrassa,
comme les demoiselles bien élevées font en
pareille occasion.

« À la bonne heure, dit le colonel, c'est un brave
garçon ; mais, par Dieu ! nous ne demeurerons
pas dans son diable de pays ! ou je refuse mon
consentement.

— Je ne sais pas l'anglais, dit Colomba, qui les
regardait avec une extrême curiosité ; mais je
parie que j'ai deviné ce que vous dites.

— Nous disons, répondit le colonel, que nous
vous mènerons faire un voyage en Irlande.

— Oui, volontiers, et je serai la *surella*[1]
Colomba. Est-ce fait, colonel ? Nous frappons-
nous dans la main ?

— On s'embrasse dans ce cas-là », dit le
colonel.

CHAPITRE XX

Quelques mois après le coup double qui plon-
gea la commune de Pietranera dans la conster-
nation (comme dirent les journaux), un jeune
homme, le bras gauche en écharpe, sortit à cheval
de Bastia dans l'après-midi, et se dirigea vers le
village de Cardo, célèbre par sa fontaine, qui, en
été, fournit aux gens délicats de la ville une eau
délicieuse[2]. Une jeune femme, d'une taille élevée
et d'une beauté remarquable, l'accompagnait
montée sur un petit cheval noir dont un connais-
seur eût admiré la force et l'élégance, mais qui
malheureusement avait une oreille déchiquetée
par un accident bizarre. Dans le village, la jeune
femme sauta lestement à terre, et, après avoir
aidé son compagnon à descendre de sa monture,
détacha d'assez lourdes sacoches attachées à l'arçon de sa selle. Les chevaux furent remis à la
garde d'un paysan, et la femme chargée des
sacoches qu'elle cachait sous son mezzaro, le

1. *Surella* : petite sœur.
2. Cardo est tout proche de Bastia, à flanc de montagne.

jeune homme portant un fusil double, prirent le
chemin de la montagne en suivant un sentier fort
raide et qui ne semblait conduire à aucune habitation. Arrivés à un des gradins élevés du mont
5   Quercio[1], ils s'arrêtèrent, et tous les deux s'assi-
rent sur l'herbe. Ils paraissaient attendre quelqu'un car ils tournaient sans cesse les yeux vers la
montagne, et la jeune femme consultait souvent
une jolie montre d'or, peut-être autant pour
10   contempler un bijou qu'elle semblait posséder
depuis peu de temps que pour savoir si l'heure
d'un rendez-vous était arrivée. Leur attente ne fut
pas longue. Un chien sortit du maquis, et, au nom
de Brusco prononcé par la jeune femme, il s'em-
15   pressa de venir les caresser. Peu après parurent
deux hommes barbus, le fusil sous le bras, la cartouchière à la ceinture, le pistolet au côté. Leurs
habits déchirés et couverts de pièces contrastaient avec leurs armes brillantes et d'une
20   fabrique renommée du continent. Malgré l'inéga-
lité apparente de leur position, les quatre personnages de cette scène s'abordèrent familièrement
et comme de vieux amis.

    « Eh bien, Ors' Anton', dit le plus âgé des ban-
25   dits au jeune homme, voilà votre affaire finie.
Ordonnance de non-lieu. Mes compliments. Je
suis fâché que l'avocat[2] ne soit plus dans l'île pour
le voir enrager. Et votre bras ?

    — Dans quinze jours, répondit le jeune

---

    1. Plus exactement Querciolo, au nord de Cardo (ce nom ne
figure que sur la carte signalée p. 126, n. 3).
    2. *L'avocat* : le vieux Barricini.

homme, on me dit que je pourrai quitter mon écharpe. — Brando, mon brave, je vais partir demain pour l'Italie, et j'ai voulu te dire adieu, ainsi qu'à Monsieur le curé. C'est pourquoi je vous ai priés de venir.

— Vous êtes bien pressés, dit Brandolaccio : vous êtes acquitté d'hier et vous partez demain ?

— On a des affaires, dit gaiement la jeune femme. Messieurs, je vous ai apporté à souper : mangez, et n'oubliez pas mon ami Brusco.

— Vous gâtez Brusco, mademoiselle Colomba, mais il est reconnaissant. Vous allez voir. Allons, Brusco, dit-il, étendant son fusil horizontalement, saute pour les Barricini. » Le chien demeura immobile, se léchant le museau et regardant son maître. « Saute pour les della Rebbia ! » Et il sauta deux pieds plus haut qu'il n'était nécessaire.

« Écoutez, mes amis, dit Orso, vous faites un vilain métier ; et s'il ne vous arrive pas de terminer votre carrière sur cette place que nous voyons là-bas[1], le mieux qui vous puisse advenir, c'est de tomber dans un maquis sous la balle d'un gendarme.

— Eh bien, dit Castriconi, c'est une mort comme une autre, et qui vaut mieux que la fièvre qui vous tue dans un lit, au milieu des larmoiements plus ou moins sincères de vos héritiers. Quand on a, comme nous, l'habitude du grand air, il n'y a rien de tel que de mourir dans ses souliers, comme disent nos gens de village.

1. « La place où se font les exécutions à Bastia » (note de Mérimée).

— Je voudrais, poursuivit Orso, vous voir quitter ce pays... et mener une vie plus tranquille. Par exemple, pourquoi n'iriez-vous pas vous établir en Sardaigne, ainsi qu'ont fait plusieurs de vos
5 camarades ? Je pourrais vous en faciliter les moyens.

— En Sardaigne ! s'écria Brandolaccio. *Istos Sardos !* [1] que le diable les emporte avec leur patois. C'est trop mauvaise compagnie pour nous.
10 — Il n'y a pas de ressource en Sardaigne, ajouta le théologien. Pour moi, je méprise les Sardes. Pour donner la chasse aux bandits, ils ont une milice à cheval ; cela fait la critique à la fois des bandits et du pays [2]. Fi de la Sardaigne ! C'est
15 une chose qui m'étonne, monsieur della Rebbia, que vous, qui êtes un homme de goût et de savoir, vous n'ayez pas adopté notre vie du maquis, en ayant goûté comme vous avez fait.

— Mais, dit Orso en souriant, lorsque j'avais
20 l'avantage d'être votre commensal, je n'étais pas trop en état d'apprécier les charmes de votre position, et les côtes me font mal encore quand je me rappelle la course que je fis une belle nuit, mis en travers comme un paquet sur un cheval sans selle
25 que conduisait mon ami Brandolaccio.

1. *Istos Sardos* : accusatif de mépris (« ces Sardes ! », en latin).
2. « Je dois cette observation critique sur la Sardaigne à un ex-bandit de mes amis, et c'est à lui seul qu'en appartient la responsabilité. Il veut dire que des bandits qui se laissent prendre par des cavaliers sont des imbéciles, et qu'une milice qui poursuit à cheval les bandits n'a guère de chances de les rencontrer » (note de Mérimée. La seconde phrase de cette note n'apparaît que dans l'édition de 1850).

— Et le plaisir d'échapper à la poursuite, reprit Castriconi, le comptez-vous pour rien ? Comment pouvez-vous être insensible au charme d'une liberté absolue sous un beau climat comme le nôtre ? Avec ce porte-respect (il montrait son fusil), on est roi partout, aussi loin qu'il peut porter la balle. On commande, on redresse les torts... C'est un divertissement très moral, monsieur, et très agréable, que nous ne nous refusons point. Quelle plus belle vie que celle de chevalier errant, quand on est mieux armé et plus sensé que don Quichotte ? Tenez, l'autre jour, j'ai su que l'oncle de la petite Lilla Luigi, le vieux ladre qu'il est, ne voulait pas lui donner une dot ; je lui ai écrit, sans menaces, ce n'est pas ma manière ; eh bien, voilà un homme à l'instant convaincu ; il l'a mariée. J'ai fait le bonheur de deux personnes. Croyez-moi, monsieur Orso, rien n'est comparable à la vie de bandit. Bah ! vous deviendriez peut-être des nôtres sans une certaine Anglaise que je n'ai fait qu'entrevoir, mais dont ils parlent tous, à Bastia, avec admiration.

— Ma belle-sœur future n'aime pas le maquis, dit Colomba en riant, elle y a eu trop peur.

— Enfin, dit Orso, voulez-vous rester ici ? soit. Dites-moi si je puis faire quelque chose pour vous.

— Rien, dit Brandolaccio, que de nous conserver un petit souvenir. Vous nous avez comblés. Voilà Chilina qui a une dot, et qui, pour bien s'établir, n'aura pas besoin que mon ami le curé écrive des lettres de menaces. Nous savons que votre fermier nous donnera du pain et de la

poudre en nos nécessités : ainsi, adieu. J'espère
vous revoir en Corse un de ces jours.

— Dans un moment pressant, dit Orso, quelques pièces d'or font grand bien. Maintenant que
5 nous sommes de vieilles connaissances, vous ne
me refuserez pas cette petite cartouche[1] qui peut
vous servir à vous en procurer d'autres.

— Pas d'argent entre nous, lieutenant, dit
Brandolaccio d'un ton résolu.

10 — L'argent fait tout dans le monde, dit Castriconi ; mais dans le maquis on ne fait cas que d'un
cœur brave et d'un fusil qui ne rate pas.

— Je ne voudrais pas vous quitter, reprit Orso,
sans vous laisser quelque souvenir. Voyons, que
15 puis-je te laisser, Brando ? »

Le bandit se gratta la tête, et, jetant sur le fusil
d'Orso un regard oblique :

« Dame, mon lieutenant... si j'osais... mais non,
vous y tenez trop.

20 — Qu'est-ce que tu veux ?

— Rien... la chose n'est rien... Il faut encore la
manière de s'en servir. Je pense toujours à ce diable
de coup double et d'une seule main... Oh ! cela ne
se fait pas deux fois.

25 — C'est ce fusil que tu veux ?... Je te l'appor-
tais ; mais sers-t'en le moins que tu pourras.

— Oh ! je ne vous promets pas de m'en servir
comme vous ; mais, soyez tranquille, quand un
autre l'aura, vous pourrez bien dire que Brando
30 Savelli a passé l'arme à gauche.

---

1. *Cartouche* : petit étui cylindrique contenant plusieurs
pièces.

— Et vous, Castriconi, que vous donnerai-je ?

— Puisque vous voulez absolument me laisser un souvenir matériel de vous, je vous demanderai sans façon de m'envoyer un Horace du plus petit format possible. Cela me distraira et m'empê- 5 chera d'oublier mon latin. Il y a une petite qui vend des cigares, à Bastia, sur le port ; donnez-le-lui, et elle me le remettra.

— Vous aurez un Elzévir[1], monsieur le savant ; il y en a précisément un parmi les livres que je 10 voulais emporter. — Eh bien, mes amis, il faut nous séparer. Une poignée de main. Si vous pensez un jour à la Sardaigne, écrivez-moi ; l'avocat N. vous donnera mon adresse sur le continent.

— Mon lieutenant, dit Brando, demain, quand 15 vous serez hors du port, regardez sur la montagne, à cette place ; nous y serons, et nous vous ferons signe avec nos mouchoirs. »

Ils se séparèrent alors : Orso et sa sœur prirent le chemin de Cardo, et les bandits, celui de la 20 montagne.

CHAPITRE XXI

Par une belle matinée d'avril, le colonel Sir Thomas Nevil, sa fille, mariée depuis peu de jours, Orso et Colomba sortirent de Pise en

---

1. Un *Elzévir* : une belle édition in-12 (du nom d'une célèbre famille d'imprimeurs hollandais des xvie et xviie siècles).

calèche pour aller visiter un hypogée[1] étrusque,
nouvellement découvert, que tous les étrangers
allaient voir. Descendus dans l'intérieur du monument, Orso et sa femme tirèrent des crayons et se
5 mirent en devoir d'en dessiner les peintures ; mais
le colonel et Colomba, l'un et l'autre assez indifférents pour l'archéologie, les laissèrent seuls et se
promenèrent aux environs.

« Ma chère Colomba, dit le colonel, nous ne
10 reviendrons jamais à Pise à temps pour notre *luncheon*[2]. Est-ce que vous n'avez pas faim ? Voilà
Orso et sa femme dans les antiquités ; quand ils se
mettent à dessiner ensemble, ils n'en finissent
pas.

15 — Oui, dit Colomba, et pourtant ils ne rappor-
tent pas un bout de dessin.

— Mon avis serait, continua le colonel, que
nous allassions à cette petite ferme là-bas. Nous y
trouverons du pain, et peut-être de l'aleatico[3], qui
20 sait ? même de la crème et des fraises, et nous
attendrons patiemment nos dessinateurs.

— Vous avez raison, colonel. Vous et moi, qui
sommes les gens raisonnables de la maison, nous
aurions bien tort de nous faire les martyrs de ces
25 amoureux qui ne vivent que de poésie. Donnez-
moi le bras. N'est-ce pas que je me forme ? Je

---

1. *Hypogée* : sépulture souterraine. Mérimée, qui, lors de son
passage en Italie en 1839, s'était intéressé aux fouilles archéologiques, oublie ici que l'exploration des tombes étrusques n'a
commencé qu'en 1828 (même inadvertance que pour Champollion, cf. p. 163 et n. 1).
2. *Luncheon* : déjeuner de midi.
3. *Aleatico* : vin local de Toscane.

prends le bras, je mets des chapeaux, des robes à la mode ; j'ai des bijoux ; j'apprends je ne sais combien de belles choses ; je ne suis plus du tout une sauvagesse. Voyez un peu la grâce que j'ai à porter ce châle... Ce blondin, cet officier de votre régiment, qui était au mariage... mon Dieu ! je ne puis pas retenir son nom ; un grand frisé, que je jetterais par terre d'un coup de poing...

— Chatworth ? dit le colonel.

— À la bonne heure ! mais je ne le prononcerai jamais. Eh bien, il est amoureux fou de moi.

— Ah ! Colomba, vous devenez bien coquette. Nous aurons dans peu un autre mariage.

— Moi ! me marier ? Et qui donc élèverait mon neveu... quand Orso m'en aura donné un ? qui donc lui apprendrait à parler corse ?... Oui, il parlera corse, et je lui ferai un bonnet pointu[1] pour vous faire enrager.

— Attendons d'abord que vous ayez un neveu ; et puis vous lui apprendrez à jouer du stylet, si bon vous semble.

— Adieu les stylets, dit gaiement Colomba ; maintenant j'ai un éventail, pour vous en donner sur les doigts quand vous direz du mal de mon pays. »

Causant ainsi, ils entrèrent dans la ferme où ils trouvèrent vin, fraises et crème. Colomba aida la fermière à cueillir des fraises pendant que le colonel buvait de l'aleatico. Au détour d'une allée, Colomba aperçut un vieillard assis au soleil sur une chaise de paille, malade, comme il semblait ;

1. Un bonnet pointu : voir p. 189 et n. 1.

car il avait les joues creuses, les yeux enfoncés ; il était d'une maigreur extrême, et son immobilité, sa pâleur, son regard fixe, le faisaient ressembler à un cadavre plutôt qu'à un être vivant. Pendant plusieurs minutes, Colomba le contempla avec tant de curiosité qu'elle attira l'attention de la fermière. « Ce pauvre vieillard, dit-elle, c'est un de vos compatriotes, car je connais bien à votre parler que vous êtes de la Corse, mademoiselle. Il a eu des malheurs dans son pays ; ses enfants sont morts d'une façon terrible. On dit, je vous demande pardon, mademoiselle, que vos compatriotes ne sont pas tendres dans leurs inimitiés. Pour lors, ce pauvre monsieur, resté seul, s'en est venu à Pise, chez une parente éloignée, qui est la propriétaire de cette ferme. Le brave homme est un peu timbré ; c'est le malheur et le chagrin... C'est gênant pour madame, qui reçoit beaucoup de monde ; elle l'a donc envoyé ici. Il est bien doux, pas gênant ; il ne dit pas trois paroles dans un jour. Par exemple, la tête a déménagé. Le médecin vient toutes les semaines, et il dit qu'il n'en a pas pour longtemps.

— Ah ! il est condamné ? dit Colomba. Dans sa position, c'est un bonheur d'en finir.

— Vous devriez, mademoiselle, lui parler un peu corse ; cela le ragaillardirait peut-être d'entendre le langage de son pays.

— Il faut voir », dit Colomba avec un sourire ironique ; et elle s'approcha du vieillard jusqu'à ce que son ombre vînt lui ôter le soleil. Alors le pauvre idiot leva la tête et regarda fixement Colomba, qui le regardait de même, souriant toujours. Au bout d'un instant, le vieillard passa la main sur son[1] front, et ferma les yeux comme pour échapper au regard de Colomba. Puis il les rouvrit, mais démesurément ; ses lèvres tremblaient ; il voulait étendre les mains ; mais, fasciné par Colomba, il demeurait cloué sur sa chaise, hors d'état de parler ou de se mouvoir. Enfin de grosses larmes coulèrent de ses yeux, et quelques sanglots s'échappèrent de sa poitrine.

« Voilà la première fois que je le vois ainsi, dit la jardinière. Mademoiselle est une demoiselle de votre pays ; elle est venue pour vous voir, dit-elle au vieillard.

— Grâce ! s'écria celui-ci d'une voix rauque ; grâce ! n'es-tu pas satisfaite ? Cette feuille... que j'avais brûlée... comment as-tu fait pour la lire[2] ?... Mais pourquoi tous les deux ?... Orlanduccio, tu n'as rien pu lire contre lui... il fallait m'en laisser un... un seul... Orlanduccio... tu n'as pas lu son nom...

— Il me les fallait tous les deux, lui dit Colomba à voix basse et dans le dialecte corse. Les rameaux sont coupés ; et, si la souche n'était pas pourrie, je l'eusse arrachée. Va, ne te plains pas ; tu n'as pas longtemps à souffrir. Moi, j'ai souffert deux ans ! »

Le vieillard poussa un cri, et sa tête tomba sur sa poitrine. Colomba lui tourna le dos, et revint à pas lents vers la maison en chantant quelques mots incompréhensibles d'une *ballata* : « Il me

---

1. L'édition de 1850 imprime : « sur le front ». Nous revenons à la leçon antérieure, plus satisfaisante.
2. *Comment as-tu fait pour la lire* : voir p. 153-154.

faut la main qui a tiré, l'œil qui a visé, le cœur qui
a pensé... [1] »

Pendant que la jardinière s'empressait à secou-
rir le vieillard, Colomba, le teint animé, l'œil en
feu, se mettait à table devant le colonel.

« Qu'avez-vous donc ? dit-il, je vous trouve l'air
que vous aviez à Pietranera, ce jour où, pendant
notre dîner, on nous envoya des balles.

— Ce sont des souvenirs de la Corse qui me
sont revenus en tête. Mais voilà qui est fini. Je
serai marraine, n'est-ce pas ? Oh ! quels beaux
noms je lui donnerai : Ghilfuccio-Tomaso-Orso-
Leone ! »

La jardinière rentrait en ce moment. « Eh bien,
demanda Colomba du plus grand sang-froid, est-
il mort, ou évanoui seulement ?

— Ce n'était rien, mademoiselle ; mais c'est
singulier comme votre vue lui a fait de l'effet.

— Et le médecin dit qu'il n'en a pas pour longtemps ?

— Pas pour deux mois, peut-être.

— Ce ne sera pas une grande perte, observa
Colomba.

— De qui diable parlez-vous ? demanda le colonel.

— D'un idiot de mon pays, dit Colomba d'un
air d'indifférence, qui est en pension ici. J'enverrai savoir de temps en temps de ses nouvelles.
Mais, colonel Nevil, laissez donc des fraises pour
mon frère et pour Lydia. »

Lorsque Colomba sortit de la ferme pour re-

1. Derniers mots de la *ballata* du matelot, ci-dessus p. 119.

monter dans la calèche, la fermière la suivit des yeux quelque temps. « Tu vois bien cette demoiselle si jolie, dit-elle à sa fille, eh bien, je suis sûre qu'elle a le mauvais œil [1]. »

1. « Tout le monde n'a pas le pouvoir de nuire par les yeux ; il faut avoir le mauvais œil », dit Mérimée dans le passage, déjà cité, des *Notes d'un voyage en Corse* sur l'*annocchiatura* (éd. Auzas, p. 715, et notre ouvrage sur *Colomba*, « Foliothèque », p. 172).

DOSSIER

CHRONOLOGIE
1803-1870

1803. *28 septembre*. Naissance, à Paris, de Prosper
Mérimée. Son père, Léonor, âgé de 46 ans, fils
d'un avocat, est peintre et professeur de dessin à
l'École polytechnique. Sa mère, Anne-Louise
née Moreau, âgée de 28 ans, est la petite-fille de
Mme Leprince de Beaumont, célèbre auteur de
contes pour enfants.

1812. Prosper commence sa scolarité au lycée Napoléon (actuel lycée Henri-IV) et l'y poursuit jusqu'au baccalauréat.

1819. *2 novembre*. Inscription à la faculté de droit.

1822. Première rencontre avec Stendhal.

1823. Exempté de service militaire pour faiblesse de
constitution, Mérimée obtient sa licence en
droit.

1824. *Novembre*. Débuts littéraires : Mérimée publie
dans *Le Globe*, journal romantique modéré créé
deux mois plus tôt par Dubois, quatre articles
sur le théâtre espagnol.

1825. *13 mars*. Mérimée est reçu pour la première fois
dans le salon animé par le critique libéral Delécluze. Le lendemain, il y donne lecture de deux
courtes pièces de théâtre, *Les Espagnols en
Danemarck* [*sic*] et *Une femme est un diable*.
27 mars. Jean-Jacques Ampère, lié avec Méri-

mée depuis le temps du lycée, lit chez Delécluze deux autres pièces de son ami, *Le Ciel et l'Enfer* et *L'Amour africain*.

29 mai. Lecture d'*Inès Mendo*.

4 juin. Publication du *Théâtre de Clara Gazul*, recueil attribué à une comédienne imaginaire et contenant les pièces précédemment lues chez Delécluze.

1827. *Fin juillet.* Publication de *La Guzla ou Choix de poésies illyriques*, recueil de ballades prétendument authentiques, nouvelle supercherie littéraire de l'auteur.

1828. *Janvier.* Devenu l'année précédente l'amant d'une jeune femme, Émilie Lacoste, Mérimée se bat en duel avec son mari et, sans avoir lui-même tiré, est légèrement blessé en haut du bras gauche. Il garde un souvenir marquant de cette rencontre.

7 juin. Publication d'un nouveau recueil de pièces de théâtre contenant *La Jaquerie* [*sic*] et *La Famille de Carvajal*.

1829. *5 mars.* Publication de *Chronique du règne de Charles IX*, roman historique sur la Saint-Barthélemy.

3 mai. Prépublication de la nouvelle *Mateo Falcone* dans la *Revue de Paris*, qui vient d'être créée. Toutes les œuvres de 1829 à 1832 sont prépubliées dans cette revue, sauf mention contraire.

14 juin. *Le Carrosse du Saint-Sacrement*, pièce de théâtre.

26 juillet. *Vision de Charles XI*, nouvelle.

Septembre. Prépublication de la nouvelle *L'Enlèvement de la redoute* dans la *Revue française*.

4 octobre. *Tamango*, nouvelle.

25 octobre. *Le Fusil enchanté*, nouvelle.

15 novembre. *Fédérigo*, nouvelle.

29 novembre. *L'Occasion*, pièce de théâtre.

1830. 14 février. *Le Vase étrusque*, nouvelle.

28 mars. *Les Mécontents*, comédie en prose.

13 juin. *La Partie de trictrac*, nouvelle.

Juillet-novembre. Premier voyage en Espagne. Mérimée se lie d'une amitié durable avec la famille de Montijo (Eugénie, l'une des petites filles, alors âgée de quatre ans, est la future femme de Napoléon III).

Septembre. L'Occasion et *Le Carrosse du Saint-Sacrement* sont inclus dans la deuxième édition du *Théâtre de Clara Gazul*.

1831. 2 janvier. *Lettres d'Espagne* (I), toujours dans la *Revue de Paris*.

13 mars. *Lettres d'Espagne* (II). Le même jour, Mérimée reçoit sa nomination de chef du cabinet du ministre du Commerce, le comte d'Argout.

1832. 26 août. *Lettres d'Espagne* (III).

29 décembre. Première rencontre avec Jenny Dacquin, qui devient l'une des amies les plus chères de Mérimée.

31 décembre. D'Argout devient ministre de l'Intérieur et garde Mérimée comme chef de cabinet.

1833. 4 juin. Publication de *Mosaïque*, qui regroupe *Les Mécontents* et toutes les nouvelles parues en revues depuis 1829.

7 septembre. Publication en librairie de *La Double Méprise*, nouvelle.

29 décembre. *Lettres d'Espagne* (IV), dans la *Revue de Paris* ; ce texte, prêt trop tardivement, n'a pu être inclus dans *Mosaïque*.

1834. 27 mai. Date capitale dans la vie de Mérimée : Thiers, ministre de l'Intérieur, lui confie le poste récemment créé d'Inspecteur des Monuments historiques.

31 juillet-14 décembre. Première tournée d'inspection (Bourgogne, Lyonnais, Provence, Languedoc, Roussillon, pays toulousain). C'est au cours de cette tournée que, à la mi-novembre, il passe par Perpignan et Ille.

15 août. Prépublication de la nouvelle *Les Âmes du purgatoire* dans la *Revue des Deux Mondes*.

21-31 décembre. Tournée en Touraine et à Chartres.

1835.   *24 juillet.* Publication des *Notes d'un voyage dans le midi de la France*.

28 juillet-fin octobre. Tournée en Bretagne et Poitou. Mérimée voit près de Baud (Morbihan) la Vénus de Quinipily [ou Quinipili] et visite les alignements de Carnac.

1836.   *16 février.* Début d'une longue liaison avec Valentine Delessert.

14 mai-10 août. Tournée dans l'Est et dans la vallée du Rhin.

27 septembre. Mort du père de Mérimée.

22 octobre. Publication des *Notes d'un voyage dans l'ouest de la France*.

1837.   *15 mai.* Prépublication de *La Vénus d'Ille* dans la *Revue des Deux Mondes*.

25 mai-mi-août. Tournée en Auvergne.

1838.   *20 juin-12 septembre.* Tournée dans l'Ouest et le Sud-Ouest.

27 octobre. Publication des *Notes d'un voyage en Auvergne*.

1839.   *29 juin-7 octobre.* Tournée dans le Sud-Est et en Corse. Le séjour dans l'île dure du 16 août au 7 octobre (pour le détail des lieux visités, voir la notice de *Colomba*).

Octobre-10 novembre. Mérimée séjourne chez

Stendhal, consul de France à Civita-Vecchia, et visite avec lui Rome et Naples.

1840. *5 avril.* Publication des *Notes d'un voyage en Corse.*

1ᵉʳ juillet. Prépublication du texte intégral de *Colomba* dans la *Revue des Deux Mondes.*

5 juillet-9 août. Tournée dans le Sud-Ouest, de Tours à Bayonne.

Mi-août-21 octobre. Deuxième voyage en Espagne. Séjour à Madrid chez les Montijo.

1841. *29 mai.* Publication de l'édition originale de *Colomba.*

4 juin-24 juillet. Tournée (Normandie, Touraine, Berri, Orléanais).

25 août-début janvier 1842. Voyage en Grèce et en Asie Mineure avec J.-J. Ampère. Mérimée visite Athènes (septembre) et Constantinople (novembre).

1842. *23 mars.* Mort de Stendhal.

28 juin-18 août. Tournée en Arles et à Orange (sites romains).

1843. *Août.* Tournée en Bourgogne et en Franche-Comté, en compagnie de Viollet-le-Duc.

1844. *14 mars.* Mérimée est élu à l'Académie française.

15 mars. Prépublication de la nouvelle *Arsène Guillot* dans la *Revue des Deux Mondes.*

23 mars. Publication des *Études sur l'histoire romaine.*

22 août-27 septembre. Tournée (Val de Loire, Poitou, Saintonge).

1845. *6 février.* Pour sa réception à l'Académie, Mérimée prononce l'éloge de son prédécesseur Charles Nodier, qu'il n'apprécie guère.

5 août-16 septembre. Tournée (Dordogne, Languedoc, Provence).

1ᵉʳ octobre. Prépublication de la nouvelle *Carmen* dans la *Revue des Deux Mondes*.

1ᵉʳ novembre-15 décembre. Troisième voyage en Espagne (Madrid).

1846. *24 février*. Prépublication de la nouvelle *L'Abbé Aubain* dans *Le Constitutionnel*.

18 juillet-18 août. Tournée (Lorraine, Bourgogne, Auvergne).

Septembre. Voyage en Allemagne.

Novembre. Quatrième voyage en Espagne (Barcelone).

1847. *22 septembre-14 octobre*. Tournée en Picardie et Normandie.

1848. *18 mai*. Mérimée a le grand plaisir de recevoir son ami Ampère à l'Académie française. Mais les bouleversements de l'année politique (révolution de février, massacres de juin) lui donnent le sentiment d'un gâchis et le laissent très amer.

26 septembre-14 octobre. Tournée en Alsace.

1849. *4 septembre-12 octobre*. Tournée en Touraine, Saintonge, Périgord, Berri, Bourgogne.

1850. *13 mars*. Création houleuse du *Carrosse du Saint-Sacrement* à la Comédie-Française.

16 septembre-22 octobre. Tournée en Auvergne, Languedoc et pays toulousain.

1852. *30 avril*. Mort de la mère de Mérimée.

7 septembre-1ᵉʳ octobre. Tournée dans le Midi.

1853. *23 juin*. Mérimée est nommé sénateur. Cette faveur concrétise son amitié pour la famille impériale (Eugénie de Montijo a épousé Napoléon III le 30 janvier) et correspond à son évolution intellectuelle vers le conservatisme. Il conserve ses fonctions d'Inspecteur des Monuments historiques mais ne fait plus de tournées.

1854. Voyages à Londres et en Europe centrale.

29 décembre. Rupture définitive et douloureuse avec Valentine Delessert.

1855. *10 février.* Publication des *Mélanges historiques et littéraires.*

1856. Voyages en Grande-Bretagne et en Provence. La santé de Mérimée commence à se dégrader (asthme, étouffements).

1857-1870. Sauf quelques dernières œuvres signalées ci-dessous, la vie de Mérimée se réduit à des voyages, notamment en Angleterre et en Espagne, et surtout à de longs séjours à Cannes où il tente de se porter moins mal. Il est également, à intervalles réguliers, l'hôte de la famille impériale à Compiègne, à Fontainebleau ou à Biarritz, et suit par moments les séances du Sénat.

1866. *Septembre.* Mérimée, qui depuis des années n'écrit plus guère que des articles historiques (sur la Russie notamment), compose à l'intention de l'impératrice la nouvelle *La Chambre bleue.*

1868. *Septembre.* Mérimée écrit la nouvelle *Lokis.*

1869. *15 septembre.* Prépublication de *Lokis* dans la *Revue des Deux Mondes,* sous le titre *Le Manuscrit du professeur Wittembach.*

1870. *Fin janvier-février.* Mérimée écrit sa dernière nouvelle, *Djoûmane.*

23 septembre. Mérimée, très affecté par la défaite de la France à Sedan, meurt à Cannes, où il est inhumé le 25.

1871. *23 mai.* La maison, la bibliothèque et tous les papiers de Mérimée brûlent durant les troubles de la Commune.

6-7 septembre. Prépublication de *La Chambre bleue,* jusqu'alors restée inédite, dans le journal *L'Indépendance belge.*

1873. Publication des *Dernières Nouvelles* de Mérimée, volume composite qui contient notamment les éditions originales en librairie de *Lokis*, *La Chambre bleue* et *Djoûmane*.

NOTICE

Mateo Falcone

Cette courte nouvelle, la première de Mérimée, a été rédigée au printemps de 1829, alors que le jeune écrivain ne connaissait pas encore la Corse. Le manuscrit se trouve depuis 1944 chez un collectionneur non identifié, mais est connu par la transcription qu'en avait faite un de ses premiers possesseurs, le marquis de Queux de Saint-Hilaire (tirage à petit nombre, Charpentier, 1876).

Prépublié dans la *Revue de Paris* du 3 mai 1829 sous le titre *Mateo Falcone. Mœurs de la Corse*, le texte sort en édition originale chez Fournier en juin 1833, en tête du volume intitulé *Mosaïque*. La deuxième édition, de 1842, est publiée chez Charpentier, au sein d'un volume qui s'ouvre sur *Colomba* (voir ci-après) ; elle comporte des modifications de détails inexacts, dont certains ont été corrigés par Mérimée à son retour de Corse en 1839 (nous signalons les points intéressants dans les notes). Réimprimée en 1845, cette version reçoit encore quelques corrections, essentiellement typographiques, pour le tirage de 1850, qui fixe le texte définitif de la nouvelle (voir Maurice Souriau, « Les variantes de *Mateo Falcone* », *Revue d'histoire littéraire*, 1913, p. 332-342).

Les sources possibles de ce petit texte ne manquent pas. Deux récits de la fin du XVIIIe siècle, notamment, avaient pu venir sous les yeux de Mérimée : l'un, de l'abbé de Germanes, dans son *Histoire des révolutions de la Corse* (1771, t. II, p. 254-256), est démarqué de près dans un passage d'une longue étude anonyme sur la Corse publiée par la *Revue trimestrielle* fondée par Alexandre Buchon, un ami de Mérimée (numéro de juillet 1828, p. 138-139) ; l'autre récit, de l'abbé Gaudin, dans son *Voyage en Corse et vues politiques sur l'amélioration de cette île* (1787), est repris en anglais (langue que Mérimée maîtrisait parfaitement dès l'enfance) par Robert Benson dans *Sketches of Corsica*, paru à Londres en 1823, et dont un compte rendu avait de plus été publié dans *Le Globe* du 25 mai 1826. Dans l'un et l'autre récit, un père (ou même, dans le premier texte, toute une famille) exécute un fils coupable d'avoir « déshonoré sa nation et sa famille en recevant le prix du sang » (*Revue trimestrielle*). Ce qui revient en propre à Mérimée, c'est l'idée de donner le rôle du traître à un jeune enfant, et c'est surtout le parti pris de brièveté et de concision qui, dès la publication de l'œuvre, lui assura une célébrité jamais démentie.

Deux adaptations théâtrales furent faites de *Mateo Falcone* : un drame de Dulong, *La Famille corse* (Cirque-Olympique, 16 juin 1829) et un opéra de Ruolz sur un livret de Pillet et Vannois, *La Vendetta* (Académie royale de musique, 11 septembre 1839). On pourra consulter à leur propos notre étude sur *Colomba*, « Foliothèque », p. 44-45.

La Vénus d'Ille

Cette nouvelle énigmatique a pour origine le passage de Mérimée en Roussillon, du 12 au 14 novembre 1834, lors de sa première tournée comme Inspecteur des Monuments historiques. Il avait été accueilli à Perpignan par un agronome et archéologue local averti, le baron François Jaubert de Passa, né en 1785 ; sous sa conduite il avait vu Ille, Bouleternère, Serrabone et le Canigou.

La rédaction du texte a probablement eu lieu durant l'hiver 1836-1837, mais l'idée est sans doute plus ancienne. Le manuscrit, après avoir appartenu à divers collectionneurs, dont Roger Alexandre, qui en avait analysé avec soin les particularités (« Manuscrit de *La Vénus d'Ille*, de Prosper Mérimée », *Bulletin du bibliophile*, 1898, p. 15-24), et le colonel Sickles (1977-1989), a finalement été acquis par la Bibliothèque nationale de France (vente des 28-29 novembre 1996). C'est dans ce manuscrit que se trouvent les seules variantes intéressantes de l'œuvre ; le texte, en effet, a été ensuite très peu modifié au fil des états imprimés successifs, à savoir : la prépublication dans la *Revue des Deux Mondes* du 15 mai 1837 ; l'édition originale, dans le même volume que *Colomba* (voir ci-après), chez Magen et Cormon, fin mai 1841 ; la deuxième édition, chez Charpentier, en 1842, dans le volume déjà signalé à propos de *Mateo Falcone* ; c'est cette édition qui a été ensuite réimprimée régulièrement, sans aucune modification à partir de 1850.

Le dossier des sources littéraires et documentaires de *La Vénus d'Ille* est loin d'être clos ; nous en proposons ici les grandes lignes.

La légende qui sert de base au récit (une statue de Vénus devenue la femme de celui qui lui a passé au doigt son anneau, et qui se venge de son infidélité) est ancienne. On la trouve déjà dans un manuscrit latin du XIIe siècle, *De gestibus regum anglorum* [Les exploits des rois d'Angleterre], dû à un bénédictin, Guillaume de Malmesbury, publié pour la première fois à Londres en

1596, et que Mérimée a peut-être lu au printemps de
1835, lors d'un de ses nombreux courts séjours en
Angleterre (voir sa lettre à Jaubert de Passa, 5 juillet
1835, *Correspondance générale*, t. I, p. 442). Mérimée
lui-même, dans diverses lettres souvent tardives, a
donné à ses correspondants d'autres renseignements,
imprécis, et dont aucun commentateur spécialisé n'a
pu tirer de parti satisfaisant ; il nous semble donc peu
utile d'en développer le détail.

En revanche, une source dont il ne parle pas lui-
même semble plausible ; c'est un récit un peu moins
ancien, également en latin, de Hermann Corner, chroniqueur du XVe siècle, et que Mérimée peut avoir connu
par Villemain, le professeur et critique ; celui-ci, en
effet, autour de 1830, rédigeait une *Histoire de Gré-
goire VII* restée inédite de son vivant, mais que ses amis
connaissaient, et dans laquelle il reproduit le texte de
Corner (édition posthume, Didier, 1873, t. I, p. 272-
273 ; traduction française dans le bon livre d'Augustin
Filon, *Mérimée et ses amis*, Hachette, 2e édition, 1909,
p. 365-366). L'anecdote est vraiment très proche de
celle que conte Mérimée : un jeune aristocrate romain
de l'an 1051 retire son anneau de fiançailles pour jouer
à la balle sur le Champ de Mars et le glisse au doigt
d'une statue de Vénus ; mais, lorsqu'il veut le reprendre,
la statue a « recourbé » le doigt ; la nuit suivante, alors
qu'il est au lit avec sa femme, un « fantôme » se glisse
entre eux et l'épouvante — sans que toutefois il en
meure.

On a encore proposé d'autres origines possibles : un
passage de *The Anatomy of Melancholy* de Robert Bur-
ton (1621) ; le « Discours préliminaire » du curieux
ouvrage de Berbiguier de Terre-Neuve du Thym, *Les
Farfadets ou Tous les démons ne sont pas de l'autre
monde* (1821) ; une allusion du journal *La Mode* du
28 février 1830 ; l'argument de *Zampa ou la Fiancée de*

marbre, opéra-comique d'Herold qui remporta un grand succès pendant plusieurs années après sa création, le 3 mai 1831... Ces textes constituent autant de variations sur la même vieille histoire ; l'important est donc moins d'être sûr de l'endroit où Mérimée a trouvé la trace de cette légende, que de voir quel traitement il lui a fait subir.

C'est là qu'interviennent Ille, Bouleternère et plus généralement l'archéologie roussillonnaise. Port-Vendres, à la frontière espagnole, c'est *Portus Veneris*, le port de Vénus ; un temple dédié à cette déesse dominait le rivage à l'époque romaine et, même si la Vénus d'Ille n'existe pas en tant que telle, la possibilité de son existence est très raisonnable, étant donné le passé du pays. Clarisse Requena, dans une thèse récente (voir la bibliographie), propose de prendre au sérieux les développements de Mérimée sur la fréquentation ancienne de ces rivages par les navigateurs et les commerçants phéniciens, et invite les chercheurs à ne pas considérer comme simplement aventureuses et ridicules les étymologies avancées dans *La Vénus d'Ille*. Lorsque Mérimée lui-même affirme, dans une lettre à Éloi Johanneau, que « les inscriptions [de la Vénus] ont été fabriquées [...] avec Muratori et Orelli[1] » (11 novembre 1847, *Correspondance générale*, t. V, p. 200), il veut simplement dire que sa Vénus est imaginaire. Un détail amusant de la scène avec l'« antiquaire » local M. de Peyrehorade rappelle d'ailleurs la passion de l'écrivain-inspecteur pour les inscriptions antiques. Pour déchiffrer les mots latins qui figurent sur le bras de la Vénus, le narrateur se hisse sur le socle de la statue ; c'est exactement le geste irrévérencieux rapporté par Mérimée

1. Sur Orelli, voir p. 70, n. 3. Ludovico Muratori (1672-1750) est un érudit italien qui a, lui aussi, travaillé sur les inscriptions latines.

lui-même dans ses *Notes d'un voyage dans l'ouest de la France* : intrigué par l'étrange et primitive Vénus vue en 1835 à Quinipily, en Bretagne, il était de même « mont[é] sur le piédestal » pour lire une inscription à demi effacée (voir *Notes de voyage*, éd. Auzas, p. 351).

Dans *La Vénus d'Ille*, Mérimée, certes, fait de l'humour, et notamment aux dépens des archéologues ; mais pourquoi en tirer, comme continue de le faire une solide tradition interprétative, la conclusion (illogique) que son texte n'aurait pas de soubassement sérieux ? Une intention double est à considérer ici. Mérimée a voulu, à travers cet épisode comme dans l'ensemble de la nouvelle, donner de son passage en Roussillon une idée fidèle, c'est-à-dire ambivalente (celle que donne aussi sa correspondance) : hospitalité chaleureuse, mais accablante, notamment sur le plan gastronomique ; sites naturels et vestiges intéressants, mais gâtés par la cuistrerie des érudits locaux. Le personnage de Peyrehorade serait la synthèse de ce Roussillon biface : accueillant et serviable, comme l'avait été Jaubert de Passa, mais en même temps quelque peu grotesque et suffisant dès que sa science est en cause, comme l'était, semble-t-il, un autre savant du coin, Pierre Puigarri, qui, en janvier 1836, avait donné au *Publicateur* de Perpignan deux articles sévères contre les erreurs que Mérimée, absent de France lors de la correction des épreuves, avait laissé subsister dans ses *Notes d'un voyage dans le midi de la France* ; pour vengeance, le malicieux écrivain aurait attribué à son antiquaire des hypothèses archéologiques analogues à celles que risquait Puigarri dans ses propres écrits, tout en donnant son nom, à peine modifié, à la fiancée du peu intéressant fils Peyrehorade. Mérimée s'offre même probablement le luxe d'une autocritique en évoquant (p. 69-70) Nera, épouse du général et aventurier romain Publius Pivesus Tetricus : certes, ce personnage s'était fait pro-

clamer empereur à Bordeaux en 268 et avait exercé
pendant cinq ans son pouvoir sur les Gaules et l'Espagne ; sa présence près d'Ille n'est donc pas invraisemblable ; mais, dans ses *Notes d'un voyage dans le midi de
la France*, Mérimée avait longuement disserté sur un
bas-relief d'authenticité douteuse trouvé à Nérac (Lot-
et-Garonne) et censé représenter Tetricus et Nera (voir
Notes de voyage, éd. Auzas, p. 232-233). Il est fort possible ici qu'il ait voulu jeter le doute sur ses propres
hypothèses, brouillant ainsi un peu plus encore les
pistes. Ce double jeu qui est sans cesse le sien, entre
moquerie et conviction, entre auto-ironie et enthousiasme, a en effet abusé plus d'un commentateur, alors
que l'ambiguïté est pourtant constitutive de son être
d'homme et d'écrivain. L'article récent d'Isabelle
Moreau sur les inscriptions latines de la nouvelle parle
significativement d'« érudition fantaisiste » (voir la
bibliographie), et même si Clarisse Requena se pas-
sionne peut-être trop, elle, pour l'hypothèse phénicienne, du moins a-t-elle raison de déplorer le monoli-
thisme des lectures habituelles.

Sur un autre point enfin, la genèse de *La Vénus d'Ille*
est intéressante à étudier : je veux parler de la présence
de Mérimée dans son texte. Non de sa présence comme
narrateur, qui se perçoit aisément : il est à la fois personnage d'une fiction, et lui-même, vrai savant parisien
en tournée professionnelle ; et déjà ce dédoublement
permet des effets littéraires savoureux. Je pense à
l'écart qui, sur certains points précis, sépare le manuscrit du texte imprimé, spécialement à propos de la fiancée, Mlle de Puygarrig. L'écrivain semble, à mesure que
ce personnage s'est élaboré dans son esprit, l'avoir
considéré avec une attention croissante et même avec
une sympathie inattendue ; la lecture des brouillons,
ici, est instructive, car ils disent nettement ce que le
texte définitif atténue, voire omet. Un premier détail

concerne le portrait de la jeune fille (p. 74) ; dans le manuscrit, il est très différent (« figure [...] d'une immobilité désespérante [...] une personne parfaitement belle, mais nullement séduisante »), mais Mérimée ajoutait à la fin : « Je ne pus m'empêcher de penser que Mlle de Puygarrig gagnerait singulièrement à prendre une légère teinte de la malice si fortement empreinte aux [*sic*] traits de la déesse ». Il a finalement refondu le personnage (tout en gardant l'idée de sa ressemblance avec la statue), et l'a rendu plus subtil, plus touchant aussi, ce qui s'accorde avec un autre passage, celui où il exprime son opinion sur les mariages de convenance (p. 87). Dans le texte édité ce passage est clair, certes ; mais les brouillons étaient d'une crudité plus nette. Mérimée avait d'abord écrit : « Un maire revêt une écharpe tricolore, un curé une étole et voilà la plus honnête fille du monde à la merci d'un animal qui va la traiter comme une courtisane » ; puis il raye les six derniers mots et corrige : « [...] d'un animal qui ne lui fera connaître de l'amour que ce qui pourrait l'en dégoûter ». C'est le mot « animal » qui a dû fournir l'idée de la métaphore moins rude du Minotaure, qu'on lit dans le texte imprimé (voir p. 87 et n. 1). Puis le brouillon enchaînait : « Deux êtres qui ne s'aiment pas vont accomplir l'œuvre la plus ignoble qui devient ravissante, sublime entre deux amants. Que peuvent-ils se dire [...] ». Or, dès la prépublication dans la *Revue des Deux Mondes*, le passage trop explicite, « effacé par ordre supérieur[1] », est remplacé par une simple virgule, peut-être à la demande du directeur, Buloz, qui ne voulait pas choquer ses abonné(e)s les plus bégueules ; peut-être, pensent d'autres, à la prière de Mme Delessert elle-même. Quelle que soit l'origine de cette atté-

---

1. Mention portée par Mérimée au bas du folio du manuscrit.

nuation, elle nous montre (si toutefois c'était encore
à démontrer) combien le « hautain » Mérimée était
capable d'indignation et de chaleur humaine : un
charme de plus pour cette *Vénus d'Ille* aux prestiges
déjà multiples.

Colomba

De même que *La Vénus d'Ille, Colomba* a pour origine
immédiate les activités de Mérimée comme Inspecteur
des Monuments historiques. Débarqué à Bastia le
16 août 1839, il parcourt jusqu'au 7 octobre à peu près
mille kilomètres à travers l'île : toute la côte est par la
montagne, et retour ; de Bastia à Ajaccio par Corte ;
tout le sud de l'île, jusqu'à Sartène, Bonifacio, Porto-
Vecchio ; le nord-ouest, d'Ajaccio jusqu'à Cargèse ;
enfin tout le secteur de Bastia. La récolte professionnelle est maigre, et se limite à un inventaire partiel des
nombreux vestiges mégalithiques de l'île. L'observation
des mœurs, en revanche, est féconde, et fournit à Mérimée de quoi développer une histoire autrement structu-
rée que le parfait mais mince *Mateo Falcone*.

La rédaction de *Colomba* est rapide : environ cinq
semaines, de début mai à début juin 1840. Nous n'en
possédons pas le manuscrit, qui semble avoir été travaillé d'assez près pour que les divers états du texte
imprimé comportent peu de variantes notables : de la
prépublication dans la *Revue des Deux Mondes* du
1er juillet 1840 à l'édition originale de mai 1841 (dans le
même volume que *La Vénus d'Ille*), puis à la réédition
Charpentier de 1842 (en tête du volume où figurent
aussi les deux autres œuvres réunies ici), le contenu
n'évolue pratiquement pas. Comme pour *Mateo Falcone*
et *La Vénus d'Ille*, c'est le retirage de 1850 qui fixe la dis-

position définitive des alinéas, la teneur des notes de bas de page ainsi que certaines graphies.

On ne sait pas si Mérimée a eu l'idée de *Colomba* avant que le ministre de l'Intérieur ne le charge, le 8 mai 1839, d'une mission en Corse. Ce serait parfaitement plausible, car plusieurs des éléments qui ont pu lui servir pour la rédaction sont déjà connus de lui avant son départ : le récit détaillé d'une veillée funèbre, dans *Le Globe* du 28 décembre 1826 ; les nouvelles corses (pas moins de cinq) publiées par Rosseeuw Saint-Hilaire dans la *Revue de Paris* et dans la *Revue des Deux Mondes*, entre août 1829 et avril 1831 ; ou un roman historique du comte de Pastoret sur la vendetta au temps du roi Théodore (*Claire Catalanzi ou La Corse en 1736*, Gosselin, 1838) ; dans tous ces textes sont déjà dessinés les motifs sur lesquels Mérimée brode à son tour. L'un des plus énergiques, celui de la chemise sanglante du mort (que l'on montre à celui qui doit le venger), apparaît notamment dans un autre article de la série du *Globe* (4 juillet 1826) et dans « La trêve de Dieu » de Rosseeuw Saint-Hilaire, qui figure au sommaire du numéro de la *Revue de Paris* où est publiée la nouvelle de Mérimée *La Partie de trictrac* (13 juin 1830). Avant de reprendre ce thème obligé dans *Colomba* (p. 192), Mérimée lui-même en avait rappelé l'importance dans ses *Notes d'un voyage en Corse*, en annotant ainsi un vers du *Vocero di Niolo* : « La chemise sanglante d'un homme assassiné est gardée dans une famille, comme un souvenir de vengeance. On la montre aux enfants pour les exciter à punir les meurtriers » (*Notes de voyage*, éd. Auzas, p. 731, et notre ouvrage sur *Colomba*, « Foliothèque », p. 177).

Avant son départ aussi, l'écrivain aurait pu prendre connaissance des volumineuses *Recherches historiques et statistiques sur la Corse* de Robiquet (Rennes et Paris, 1835), ouvrage nourri d'enquêtes dans les archives criminelles, et où il est notamment question des deux *vendette* dont Mérimée s'est effectivement inspiré. Autre source possible : les *Voyages en Corse, à l'île d'Elbe et en Sardaigne* de Valery (Bourgeois-Maze, 1837-1838, 2 vol.), qui offrent un traitement moins critique et plus pittoresque du thème de la vengeance corse.

C'est dans ce livre (t. I, p. 203-204, passage reproduit dans notre ouvrage cité, « Foliothèque », p. 53) que Valery raconte sa rencontre avec Colomba Bartoli et sa fille Catherine, en qui l'on s'accorde à reconnaître le double "modèle" de Colomba. Mais comme, une fois en Corse, Mérimée a voulu les rencontrer à son tour, peut-être est-ce seulement à ce moment-là que lui est venue l'idée de les utiliser comme sources d'une œuvre de fiction (voir le récit de leur entrevue dans l'importante lettre à son ami Requien du 30 septembre 1839, *Correspondance générale*, t. II, p. 288-289, reproduite dans notre ouvrage, « Foliothèque », p. 165-166). De même, c'est seulement après son arrivée en Corse, semble-t-il, que Mérimée lit vraiment, et de près, le gros livre de Robiquet, que lui a prêté le journaliste ajaccien Étienne Conti. Et c'est seulement après son retour à Paris que, le 20 janvier 1840, il emprunte à la Bibliothèque royale l'*Histoire de Corse* de Filippini, publiée en 1594 (voir Camille Friess, « Historiens nationaux de la Corse », second article, *Journal de l'Institut historique*, mai 1835, p. 184-189) ; c'est notamment dans cet ouvrage émaillé d'erreurs, mais qui est un des premiers sur le sujet, qu'il puise son information sur Sampiero d'Ornano, dit Sampiero Corso (1498-1567). Ce grand chef de guerre, humilié par les maîtres génois de l'île, y débarqua en 1553, tint une bonne part du territoire pendant cinq ans, et ne fut battu que sur le papier, lorsque, par le traité du Cateau-Cambrésis (1559), le roi de France Henri II restitua toute la Corse aux Génois. Pendant que Sampiero courait l'Europe pour attacher des partisans à sa cause, sa femme Vannina se laissa convaincre par les Génois d'entrer en pourparlers avec eux ; l'ayant appris, il la fit enlever et ramener à Marseille où il la tua de sa main pour l'avoir déshonoré (1563). Il retourna ensuite en Corse où il harcela sans relâche les troupes génoises, jusqu'à ce que, au cours d'une embuscade, son propre capitaine d'armes, Vittolo, acheté par l'ennemi, ne lui tire dans le dos. Cette mort, et le caractère indomptable qui avait toujours été le sien, firent de lui, immédiatement, un héros. Son histoire a visiblement plu à Mérimée, qui avait pu en trouver la trace dans nombre des textes qu'il connaissait (voir notre ouvrage cité, « Foliothèque », p. 12, 20, 24-25, 27, 37, 190), et qui l'évoque trois fois dans *Colomba* (p. 118, 121, 259).

Quant à l'intrigue elle-même, et à la rivalité qui oppose les deux familles della Rebbia et Barricini (des noms corses authentiques, trouvés dans Filippini), elle se base sur deux affaires réelles dont Robiquet et Valery parlent tous les deux dans leurs ouvrages. La première vendetta prend place à Fozzano, 20 km environ au nord de Sartène, et oppose deux clans constitués de chaque côté de trois familles alliées ; dans l'un de ces deux camps figure la veuve Bartoli, prénommée Colomba, instigatrice, le 30 décembre 1833, d'une embuscade qui fait quatre morts dont son propre fils ; c'est celle-là même que Mérimée, six ans après, va visiter. Mais, séduit par la beauté de sa fille Catherine, il choisit cette dernière comme modèle physique de sa Colomba à lui. L'autre vendetta se situe à Sartène même, entre les familles Ortoli et Roccaserra. C'est Jérôme Roccaserra, notable local (il est conseiller d'arrondissement), qui, le 20 février 1833, parvient à tuer deux adversaires malgré une blessure au bras gauche ; Mérimée s'est inspiré de ce « coup double », fameux dans la région, pour décrire le guet-apens dont Orso sort miraculeusement vivant (voir la lettre à Georges Grote, 26 octobre 1848, *Corres-*

pondance générale, t. XVI [supplément], p. 279). L'écrivain a compensé l'inconvénient que pouvaient présenter des allusions à des événements aussi proches et précis de deux manières : en reculant l'action jusqu'en 1817 et 1819 (ce qui lui permet aussi de la situer à une époque où les problèmes posés à l'État par la vendetta étaient plus aigus) ; et en rendant inidentifiable l'emplacement du village natal des della Rebbia : Pietranera existe, mais c'est un bourg côtier proche de Bastia ; quant au site du village de la nouvelle, « sur un palier de la montagne » (p. 176), il évoque plutôt, mais pas seulement, le site de Fozzano — sans être situé dans ce secteur, puisque les diverses indications du texte sur les itinéraires suivis par les personnages invitent à l'imaginer dans la région de Vizzavona.

En Corse, Mérimée s'est également penché avec curiosité sur le patrimoine oral des chants populaires, notamment en rapport avec la vendetta ; il en publie quatre à la fin de ses *Notes d'un voyage en Corse*, dont il achève la rédaction en janvier 1840. Il réutilise peu ou prou ces textes dans sa nouvelle (voir p. 118-119, 141-142, 209-213). Restent les éléments qui viennent de son cru : la vedette donnée au personnage même de Colomba, et le développement du thème des relations entre la Corse et le monde extérieur par la double création d'Orso, Corse continentalisé par une longue absence, et de Lydia Nevil, l'Irlandaise de Londres[1]. Nous avons montré dans la préface l'infléchissement apporté au récit par leur idylle.

---

1. Dans toute la nouvelle, d'ailleurs, Mérimée emploie constamment « Anglais » pour « Irlandais » — peut-être justement parce que le colonel et sa fille vivent à Londres ?

NOTE SUR LE TEXTE
DE CETTE ÉDITION

Pour les trois nouvelles, nous avons suivi l'édition de 1850, qui diminue notablement le nombre des passages à la ligne par rapport aux états précédents du texte ; après ce tirage de 1850, aucune modification n'intervient plus. Nous ne sommes revenus à des leçons antérieures que dans quelques cas évidents ou probables d'erreur (nous l'indiquons alors en note).

Nous avons généralement adopté les usages orthographiques actuels ; ainsi, dans *Mateo Falcone* comme dans *Colomba*, Mérimée écrit partout « mâquis », avec un accent ; nous avons corrigé. En revanche, nous avons conservé quelques graphies anciennes, expressément demandées par lui lors de la préparation de cette édition de 1850 ; nous les signalons en note.

INDICATIONS BIBLIOGRAPHIQUES

Textes de Mérimée

Théâtre de Clara Gazul, Romans et Nouvelles, édition de Jean Mallion et Pierre Salomon, Gallimard, Bibliothèque de la Pléiade, 1978. Riche matériau documentaire, dans lequel nous avons beaucoup puisé. Signalons deux autres éditions commentées des romans et nouvelles : celles de Maurice Parturier (« Classiques Garnier », 1967) et de Michel Crouzet (Imprimerie nationale, 1988).

Notes d'un voyage dans le midi de la France, in *Notes de voyage*, édition de Pierre-Marie Auzas, Hachette, 1971, surtout p. 209-216.

Notes d'un voyage en Corse, ibid., p. 655-745.

Correspondance générale, publiée par Maurice Parturier, Pierre Josserand et Jean Mallion (17 volumes, Paris, Le Divan et Toulouse, Privat, 1941-1964).

Études sur Mérimée en général

Pierre TRAHARD, *La Jeunesse de Prosper Mérimée*, Champion, 1925 (2 volumes), et *Prosper Mérimée de 1834 à 1853*, Champion, 1928. Études de référence (biographie et critique des sources).

Pierre-Georges Castex, « Mérimée et son art », in *Le Conte fantastique en France de Nodier à Maupassant*, Corti, 1951, chap. IV.

Pierre-Hubert Dubé, *Bibliographie de la critique sur Prosper Mérimée, 1825-1993*, Droz, 1997. Près de 2 400 références.

Xavier Darcos, *Mérimée*, Flammarion, 1998.

Choix d'études concernant les œuvres de ce volume

Maria Kosko, *Le Thème de Mateo Falcone*, Nizet, 1960.

Michel Guerrero, « *La Vénus d'Ille* ou le cryptogramme non déchiffré », *Europe*, numéro sur Mérimée, septembre 1975, p. 77-91 ;

Pierrette Jeoffroy-Faggianelli, *L'Image de la Corse dans la littérature romantique française*, PUF, 1979 ; synthèse de référence ;

Jacques Chabot, *L'Autre Moi. Fantasmes et fantastique dans les nouvelles de Mérimée*, Aix-en-Provence, Édisud, 1983, p. 15-26 (*Mateo Falcone*), 121-158 (*La Vénus d'Ille*), 159-188 (*Colomba*) ;

Études corses, n° 29, 1987 (trois études sur Mérimée, dont deux sur *Mateo Falcone*) ;

Franck Bauer, « La Colomba de Mérimée ou la Mérimée de Colomba ? Contribution à l'étude de l'énonciation narrative dans le récit réaliste », *Littérature*, n° 68, décembre 1987, p. 26-63 ;

Patrick Berthier, « *Colomba* » de Prosper Mérimée, « Foliothèque », Gallimard, 1992 (essai critique, dossier documentaire, bibliographie étendue, iconographie) ;

Bernard Terramorsi, « Fouille, folie, fantastique » [sur *La Vénus d'Ille*], *Frénésie*, n° 10, 1992, p. 35-54 ;

Michael Issacharoff, « Signer l'ellipse ou le cercle et son

double » [sur *La Vénus d'Ille*], *Littérature*, n° 88, décembre 1992, p. 15-22 ;

Isabelle Moreau, « De l'érudition fantaisiste au fantastique : les inscriptions latines dans *La Vénus d'Ille* de Prosper Mérimée », *in* [G. Cesbron & L. Richer éd.], *La Réception du latin du xixe siècle à nos jours*, Presses universitaires d'Angers, 1996, p. 57-66 ;

Clarisse Requena, *Unité et dualité dans l'œuvre de Prosper Mérimée : mythe et récit*, thèse de doctorat, Université de Paris-Sorbonne (Paris-IV), février 1998, sous presse chez Champion. Étude [déjà consultable à la bibliothèque des thèses de l'Université] centrée sur une étude approfondie des aspects archéologiques, épigraphiques et ésotériques de *La Vénus d'Ille*.

COLLECTION FOLIO

Dernières parutions

Impression Maury-Imprimeur
à Malesherbes, le 20 janvier 2011
Dépôt légal : janvier 2011
1ᵉʳ dépôt légal dans la collection : avril 1999.
N° d'imprimeur : 161985.

ISBN 978-2-07-040921-1 / Imprimé en France.